WOLVES VS REPTILES

ROMAN

VON

AKIF TURAN

Impressum

Bibliografische Information der Deutschen
Nationalbibliothek: Die Deutsche Nationalbibliothek
verzeichnet diese Publikation in der Deutschen
Nationalbibliografie; detaillierte bibliografische Daten
sind im Internet über dnb.dnb.de abrufbar.

© 2021 Akif Turan
Herstellung und Verlag: BoD – Books on Demand,
Norderstedt
ISBN: 978-3-7534-6455-8

Wenn der Mond am Nachthimmel erscheint,
erwachen die Wölfe heulend aus der Dunkelheit.
Sie werden sich ihren Feinden stellen vereint,
bis ihr Blut getrunken ist und ihre Körper verspeist.
So werden die Wölfe, sie alle verschlingen.
Mit ihren scharfen Krallen,
werden sie die Feinde bezwingen.
Es hilft kein Flehen und auch kein Verstecken.
Die Wölfe, werden sie alle vernichten.

Akif Turan

KAPITEL 1

KURTAP

Das Osmanische Reich war gerade erst durch den türkischen Fürsten Osman im 13. Jahrhundert gegründet worden.
Mit der Entstehung des Osmanischen Reiches wurden die Türken immer mächtiger, sodass sie ein Land nach dem anderen eroberten.
Nicht nur die heutige Türkei gehörte dazu, sondern auch Arabien, der Norden von Afrika und der Südosten von Europa waren lange Zeit osmanisch.
Doch während das Osmanische Reich im 13. Jahrhundert rasant wuchs, wuchs auch gleichzeitig eine Gefahr von ganz weit außerhalb des Planeten, von dem weder die Türken noch der Rest der Welt auch nur das geringste ahnten.
Und eines ruhigen Herbstnachts, war es dann auch soweit.
Ohne, dass irgendjemand auch etwas davon mitbekam, drang ein riesiger Raumschiff, der wie ein Rohr ausgesehen hatte, in die Erdatmosphäre hinein und landete auf einer dicht bewachsenen und mit Gebirgen umgebenen Landschaft in Konstantinopel, dem heutigen Istanbul und der damaligen Hauptstadt des Osmanischen Reiches.
Nachdem das seltsame Raumschiff, das vom Eintreten in die Erdatmosphäre bis zu seiner Landung kein einziges Licht absonderte, gelandet war, schaltete ihre grellen und großen Scheinwerfer ein, während sich gleichzeitig eine Luke an der Seite des Raumschiffes öffnete und langsam zu Boden ausfuhr.
Kaum hatte sie sich in den Waldboden hineingebohrt, traten eine Gruppe seltsam aussehende Kreaturen aus ihr heraus. Sie waren weder bekleidet gewesen noch hatten sie Körperbehaarungen und sahen aus wie echsenartige Lebewesen, jedoch

4

wirkten sie viel menschlicher als die Echsen, die man bereits aus der Tierwelt der Erde kannte. Ihre Haut hatte sehr feine Schuppen. Einige von ihnen hatten grün-braune, andere wiederum hatten grün-weiße und wieder andere hatten grün-graue Hautfarben.

Eine Minderheit der Gruppe, hatte grün-gelbe Hautfarbe. Obwohl ihre Hautfarben verschieden waren, sahen sie sich alle dennoch sehr ähnlich. Bis auf die Tatsache, dass einige unter ihnen dicke und teilweise lange Schwänze hatten, die denen der Krokodile glichen. Der Rest hatte keine.

Auch ihre gelblichen Augen sowie ihr gesamtes Gesicht ähnelte denen eines Krokodils, jedoch waren ihre Schnauzen eingedrückter und ragten nicht so hinaus wie bei den gewöhnlichen Krokodilen.

In ihnen verbargen sich ihre messerscharfen und spitzen Zähne, sowie ihre dünne schlangenartige Zunge.

Ihre Ohren waren ganz feine und kleine Löcher an den Seiten. Diese Reptilienwesen, gingen auf zwei Beinen und kommunizierten untereinander mit einer Sprache, die den Menschen fremd war.

Doch es stellte sich heraus, dass sie sehr lernfähige und äußerst intelligente Wesen waren, die die Sprache der Menschen in kürzester Zeit perfekt sprechen konnten.

Denn sie hatten sich unter die Menschen gemischt, nachdem sie ihr Raumschiff verlassen, dieses in einer Höhle tief unter der Erde versteckt und zum ersten Mal den Erdboden berührt hatten.

Aber die Menschen ahnten nicht, dass diese Wesen sich unter ihnen aufhielten, weil sie die Gestalt des Menschen kopiert hatten. Diese Reptilienwesen hatten sich also, ähnlich wie ein Chamäleon, nur, dass deren Verwandlung viel besser und ausgereifter gewesen war, in Menschen verwandelt und sich unter das Volk gemischt. Sie sahen so aus wie Menschen, sie bewegten sich wie sie, sie aßen und tranken wie sie, sie sprachen wie sie und sie gingen arbeiten und einkaufen wie die Menschen. Sie taten alles um nicht aufzufallen. Dies gelang ihnen sensationell gut. Denn sie schafften es für eine sehr lange Zeit unentdeckt zu bleiben. Bis zum 14. Jahrhundert um genau zu sein.

Bis zu jener Nacht, in der sie zufällig von zwei Osmanischen Soldaten, die man als die Janitscharen kannte, entdeckt worden waren.

Die Janitscharen waren im Osmanischen Reich die Elitetruppe der Armee und waren die Leibwache des Sultans gewesen.

Doch bis dahin war so einiges geschehen.

Nachdem die Reptilienwesen sich voll und ganz den Menschen angepasst und herausgefunden hatten wie sie leben, fingen sie an, nach und nach die Kontrolle über sie zu gewinnen. Dies schafften sie durch viele Wege. Sie gaben sich zum Beispiel als Bedienstete oder Soldaten des Sultans aus. Oder bezogen ernsthafte Position in deren Politik. Einige von ihnen wurden zu großen Marktbesitzern auf dem osmanischen Basar. Sie betrieben Großhandel und übernahmen immer mehr die Kontrolle von den kleineren Handeln und Geschäften. Sie wussten sehr gut, wie man Menschen manipulierte und sie überlisten konnte. So wuchs ihre Spezies in all den Jahren rasant an, weil immer mehr aus ihrem ursprünglichen Planeten zur Erde kamen und sich einnisteten. Sie bekamen nicht genug und wurden immer gieriger und immer machtbesessener, sodass sie eines Tages auf die Idee gekommen waren, die Menschheit auszurotten und nur wenige von ihnen am Leben zu lassen um diese zu ihren Sklaven zu machen, aber vor allem, damit die sich ständig weiter vermehren konnten. Denn diese Reptilien aus dem Weltall, ernährten sich vom menschlichem Fleisch. Sie waren lei-

denschaftliche Verzehrer des menschlichen Fleisches. All die
Jahre, seit ihrer Landung auf der Erde, aßen sie viele Menschen
auf um zu überleben und sich zu vermehren. Meistens ent-
führten sie Menschen oder lockten sie in ein Hinterhalt, weswegen die Vermisstenanzeige rasant hochgestiegen war, seitdem sie die Erde betreten hatten. Doch da niemand von deren
Existenz wusste, konnte sich kein Mensch, das Verschwinden
von Angehörigen oder sonstigen Passanten, erklären. Das versetzte die Menschen in Aufruhr. Sie hatten Angst ihre Häuser
zu verlassen und ihre Kinder zum Spielen alleine hinauszu-
schicken. Die Nachrichten von den Vermissten verbreitete sich
im ganzen Osmanischen Reich. Bis zum Sultan.
Als der damalige Sultan Çelebi Mehmed diese schreckliche
Nachricht, die seit geraumer Zeit die Runde machte, zu hören
bekam, sandte er im gesamten Osmanischen Reich seine Janitscharen aus, damit sie dieser Sache auf den Grund gehen und
herausfinden konnten, was tatsächlich in seinem Sultanat vor
sich ging.
Die Janitscharen rückten dabei immer zu zweit mit ihren Pferden aus und patrouillierten Tag und Nacht. Zum Einen wollten
sie, dass das Volk sich sicher fühlte und sich wieder hinaus
traute und zum Anderen wollten sie so schnell wie möglich die
Ursache für das mysteriöse Verschwinden sämtlicher Person,
groß und klein, herausfinden.
Und bereits am dritten Tag war es dann auch soweit gewesen.
Eines Nachts, während zwei der Janitscharen des Sultans gemütlich auf ihren Pferden sitzend eine der Wälder durchstreiften und dabei sämtlicher ihrer Sinne aktiv hielten, wurden sie
Zeugen einer sehr bestialischen und schrecklichen Tat, dass sie
mit Bedauern und Entsetzen beobachten mussten.
Denn, unweit von ihnen, vielleicht fünfzig Meter weiter, sahen
sie wie ein echsenartige, aber auch zugleich menschenähnliche

Kreatur einen erwachsenen Mann auffraß. Er hatte die beiden Krieger nicht bemerkt und aß in aller Ruhe und vollem Genuss seine Mahlzeit auf. Das Opfer, ein Teppichhändler auf dem Basar und dreifacher Familienvater, war gerade auf dem Weg nach Hause als er von dieser Kreatur überrascht und entführt worden war. Die Kreatur hatte ihn bis tief in den Wald gezerrt, ihn anschließend getötet, aufgeschlitzt und aufgegessen. Als die Janitscharen sie dabei entdeckten, hatte sie den Mann bereits zur Hälfte aufgefressen. Teile seiner Eingeweide lagen auf dem Waldboden auf dem sich bereits eine kleine Pfütze aus seinem Blut gebildet hatte. Ein Arm war abgerissen und etwa bis zum Ellenbogen völlig abgenagt gewesen. Seine Schädeldecke war aufgebrochen und das Gehirn war nicht zu sehen. Womöglich hatte die Kreatur es bereits verspeist. Genauso auch seine Augen. Denn an der Stelle, wo sich seine Augen befinden sollten, waren nur zwei blutige und ausgestochene Höhlen zu erkennen, die nur noch ein tiefes und dunkles Loch gewesen waren.

Schmatzend und mit ihren gierigen Kiefern das Fleisch von den Knochen ihres Opfers nagend, kaute sie darauf herum und verschlang es, wie ein Krokodil seine frischerlegte Beute verschlang. Den Kopf nach hinten geneigt, sodass das halbdurchgekaute Fleisch schön durch den breiten und langen Hals hindurch rutschen und im Magen landen konnte. So würgte sie ein Fleisch nach dem anderen hinunter.

Obwohl die Janitscharen viele schreckliche Szenarien gesehen hatten und sie für alles schlimme vorbereitet und trainiert gewesen waren, wurde ihnen bei diesem grauenhaften Anblick dennoch so sehr übel, dass sie sich fast übergeben hätten. Denn auf einen Moment wie diesen, waren sie nicht vorbereitet gewesen. Wie denn auch?

Als einer von den Janitscharen ein etwas lautes Würgegeräusch von sich gegeben hatte, wurde die Kreatur auf die beiden Männer aufmerksam. Sie warf die Hand sofort ab, die bereits so sehr abgenagt worden war, dass bereits drei Finger fehlten und die Knochen zum Vorschein gekommen waren, richtete sich blitzartig auf seine zwei muskulösen Beine auf, blickte und schnupperte gleichzeitig in die Richtung aus der das fremde Geräusch an ihre Ohren gedrungen war. In dieser Haltung sah die Kreatur aus wie ein Jagdhund, der seine Beute gewittert hatte und kurz davor war sie zu holen und sie anschließend stolz dem Jäger zu überbringen.

Doch es lief komplett anders ab, als die beiden Janitscharen es sich gedacht hatten. Denn sobald die Kreatur die beiden Männer entdeckt hatte und ihr in diesem Augenblick bewusst wurde, dass sie von ihnen beobachtet worden war, machte sie eine ruckartige Kehrtwendung und lief so schnell davon, sodass die Janitscharen sie augenblicklich aus ihren Augen verloren hatten. Von der einen Sekunde zum nächsten war sie verschwunden und hinterließ einen vollkommen zerstückelten Mann zurück. Sie lief so schnell davon, sodass für einige Sekunden der Staub, den sie dadurch zum Aufwirbeln gebracht hatte, immer noch in der Luft umher schwebte und dadurch den Blick der beiden Janitscharen umso mehr beeinträchtigte.

Doch die zwei Janitscharen fackelten nicht länger herum und galoppierten auf ihren Pferden der Kreatur nach und versuchten sie einzuholen. Nicht nur das, sie wollten sie erwischen und einfangen um sie später dem Sultan vorführen zu können. Immer wieder traten sie mit ihren Füßen gegen ihre Pferde um sie noch schneller vorantreiben zu können. Die beiden Pferde rannten so schnell wie nie zuvor in ihrem Leben. Ihre Mäuler waren geöffnet und sowohl ihre wilden Mähnen als auch ihre Schweife wippten synchron zueinander auf und ab. Genauso auch ihre beiden Reiter, die fest umklammernd auf ihnen saßen und mit ihren Körper leicht nach vorne gebeugt waren. Bei der gewaltigen Geschwindigkeit, die die beiden Pferde zurücklegten, stampften sie ihre Hufen so sehr in den weichen Waldboden hinein, sodass sie gewaltige Spuren hinterließen, wodurch mindestens zwei Zentimeter tiefe Kerben entstanden.

Doch es lohnte sich. Denn die Kreatur war wieder in Sichtweite geraten und die Janitscharen ritten umso schneller und holten alles aus ihren Pferden, die immer noch kein Zeichen von Erschöpfung zeigten, heraus, was diese nur an Kraft und Geschwindigkeit hergeben konnten.

Sie liefen bereits ganz dicht hinter der seltsamen Kreatur hinterher und gaben sich gegenseitig durch ein deutliches Signal, indem sie ihre Augenbrauen hoch hoben und mit ihren Köpfen eine kreisende Bewegung machten, zu verstehen, dass es besser wäre die Kreatur, die auf zwei Beinen lief, zu umkreisen.

Sofort begaben sich die Janitscharen auf ihren Pferden jeweils auf die linke und auf die rechte Seite und liefen direkt neben der Kreatur her. Das sich in der Mitte befindende Echsenwesen, versuchte nun ein wenig schneller zu laufen, da es dachte, es sei umzingelt gewesen.

Die Janitscharen verengten den Spalt zwischen der Kreatur, indem sie immer näher zu ihr in die Mitte vorrückten. Sie wollten sie so zum Stehen bringen.

Und dann, kurz nachdem sie ihre Schwerter zogen und nur mit einer Hand ihre Pferde koordinierten, während sie der Kreatur immer näher kamen, machte diese einen gewaltigen Sprung nach vorne und ließ die beiden Männer mit ihren Pferden wieder hinter sich. Die Janitscharen warfen sich gegenseitig einen völlig erstaunten Blick zu und wandten ihre Augen wieder zurück zu der Kreatur um sie nicht aus den Augen zu verlieren.

Mit ihren Schwertern in der Luft, traten sie noch kräftiger gegen ihre Pferde um so ihre Geschwindigkeit weiter anzuheben und sich der Kreatur wieder zu nähern.

Sie hatten dabei vergessen wie weit sie bereits gerannt waren und wie lange sie schon die Kreatur verfolgten.

Sie befanden sich weit außerhalb der Stadt und dachten nicht umzukehren eher sie die Kreatur nicht eingefangen hatten.

Während sie noch immer der Kreatur hinterher jagten, näherten sie sich einem Abgrund zu. Am Fuße des Abgrunds, etwa zwanzig Meter in der Tiefe, befand sich ein weiteres Waldgebiet mit dichten Bäumen. Und genau gegenüber, etwa fünfzehn Meter weiter, ragte ein großer Berg hinauf, auf dessen Oberfläche sich weitere dicht bewachsene Bäume und eine teilweise grasige Landschaft befanden. Die Oberfläche war von der Stelle des Abgrundes bis zu einem gewissen Teil sichtbar gewesen. Die Kreatur rannte direkt darauf zu und die Janitscharen genauso ihr hinterher. Keiner von ihnen hatte vor zu bremsen. Mit voller Kraft liefen alle drei auf den Abgrund zu.

Doch dann, wurden die Janitscharen zeugen eines weiteren Spektakels. Das Echsenwesen machte, kurz vor dem Abgrung einen noch gewaltigeren Sprung als den, den es gemacht hatte um sich aus der Mitte der Janitscharen zu befreien, sodass die Janitscharen, die diesen Sprung mit weit aufgerissenen Augen und weit heruntergeklapptem Unterkiefer staunend beobachteten. Sie schafften es noch knapp rechtzeitig ihre Pferde zum Stehen zu bringen. Die Pferde traten mit allen ihren Beinen und ihrem gesamten Gewicht auf den Waldboden, rutschten dabei knappe zwei Meter und hinterließen ziemlich erkennbare Bremsspuren, während die beiden Janitscharen ganz fest an ihren Riemen die Köpfe der Pferde nach hinten zogen, sodass diese am Ende auf ihren zwei Beinen standen, laut wieherten und anschließend am Boden aufkamen. Das Echsenwesen hatte sich am Berg festgekrallt und kletterte genauso schnell wie es lief hinauf. Wenn die Janitscharen es nicht besser wüssten, würden sie behaupten, dass die Kreatur geflogen und nicht abgesprungen war.

Sie konnten beobachten wie die Kreatur oben ankam, einen kurzen Blick zu ihnen hinunterwarf und anschließend in der Dunkelheit verschwand.

Ihre Echsenaugen leuchteten im dunklen Wald, auf den lediglich nur das Licht des Vollmondes drauf fiel, wie zwei gelbe Laternen.

Die beiden Janitscharen warfen sich erneut erstaunte Blicke zu und verschnauften dabei für einen Moment um sich von der gewaltigen Hetzjagd zu erholen.

Nachdem sie wieder zu Atem kamen und ihren Schweiß von ihrer Stirn abwischten, beschlossen sie, diesen außerordentlichen Vorfall umgehend dem Sultan zu melden. Sie steckten ihre Schwerter weg, kehrten um und galoppierten mit ihren Pferden zurück in die Stadt.

So wie sie in der Stadt angekommen waren, ritten sie zum Palast des Sultans und schilderten ihm den gesamten Vorfall und alles was sie beobachten konnten.

Das Entsetzen und der Schock war den beiden ins Gesicht geschrieben.

Einige Bedienstete des Sultans waren ebenso zu diesem Zeitpunkt anwesend, woraufhin sie alle mit erschaudern und großem Furcht in ihren Augen, den beiden Janitscharen zuhörten.

Der Sultan hingegen zeigte keinerlei Furcht oder zitterte vor Angst als er erfahren hatte, welch Unheil sich in seinem Reich verbreitet hatte. Er wirkte nachdenklich und ein wenig besorgt.

Nicht etwa, weil er nicht wusste, was er gegen diese schreckliche Sache unternehmen könnte und wie er das seinem Volk erklären sollte. Er machte sich Gedanken darüber, dass er ein solch schreckliches Ereignis bereits erwartet hätte. Er wusste, dass es eines Tages geschehen würde, doch er wusste nicht, dass es zu seinen Herrschaftstagen geschehen würde.

Doch nun war es eingetreten und es lag an ihm, sich dieser Sache zu stellen und sie zu beenden.

Also fing der Sultan alles zu erzählen an, was er darüber wusste, während ihm alle anwesenden Personen im Raum aufmerksam zuhörten.

Der Sultan seufzte, atmete tief ein und fing mit seiner Geschichte an:

>>*Mir war bereits bekannt, dass eines Tages ein solch schrecklicher Vorfall in ungeheurem Ausmaß stattfinden würde. Ich hätte nur nicht gedacht, dass es zu meiner Zeit eintreffen würde. Denn bereits vor langer Zeit...Vor vielen Jahren als das Osmanische Reich noch gar nicht existierte, hatte sich folgendes zugetragen...Im 6. Jahrhundert vor Christus lebte einst eine sehr mächtige und furchtlose Kriegerin. Ihr Name war Tomyris und sie war eine Saka Königin. Die Saken gehörten nicht, wie viele denken, dem Persischen Volk an, sondern zu den Urtürken. Doch Tomyris und ihre Armee führten einst Krieg gegen die Perser und ihrem König Kyros II. Denn das damalige Persische Imperium war der größte Feind der Saken. Die Perser marschierten oft in das Land der Saken ein um sie anzugreifen, doch die Saken waren jedes Mal schlau genug ihren Feinden taktisch aus dem Weg zu gehen um sie bei der nächsten Gelegenheit überraschend angreifen zu können. Denn Königin Tomyris war nicht nur mutig und stark gewesen, sie zudem auch sehr intelligent und hatte stets schlaue Ideen parat. Doch mit einer Sache hatte selbst eine so mächtige Frau wie sie niemals rechnen können. Eines Tages schienen die Perser und deren König Kyros II. ganz klar im Vorteil zu sein. Denn Kyros II. hatte es geschafft eine damalige Hexe, die in einem ihrer Dörfer bekannt gewesen war gefangen zu nehmen*

und ihre magischen Fähigkeiten für sich zu nutzen. Diese Hexe empfand zudem eine große Leidenschaft für den persischen König, aber er zeigte ihr stets die kalte Schulter und behandelte sie wie den letzten Abschaum. Kyros ließ sie oft verfolgen und einsperren und drohte ihr sie umbringen zu lassen, falls er auch nur den kleinsten Verdacht haben sollte, dass sie ihn mit ihrer Magie verfluchte. Er wollte keineswegs mit jemandem zusammen sein, die sich mit Okkultismus und Schwarzer Magie beschäftigte. Doch an jenem Tag, war er genau auf diese Schwarze Magie angewiesen gewesen. Sie soll sich zwar dagegen gewehrt haben, weil sie sich nicht ausnutzen lassen wollte, doch, er zwang sie letztendlich dazu, ihm und seiner Armee die nötige Kraft zu verleihen um Königin Tomyris und ihre Krieger ein für alle mal zu vernichten. Die Hexe erklärte sich schließlich daraufhin bereit und wand, in einer Vollmondnacht wie heute, Schwarze Magie an um den Wunsch ihres Königs in Erfüllung zu bringen. Doch dem war nicht so. Ohne, dass König Kyros II. etwas davon ahnte, belegte die Hexe ihn und seine gesamte Armee mit einem Fluch. Dieser Fluch verwandelte Kyros und seine Armee in blutrünstige Bestien. Sie waren weder Mensch noch Tier. Sie hatten von beidem etwas. Sie sahen aus wie großgewachsene menschliche Fledermäuse. Sie hatten große und spitze Fangzähne. Ebenso lange und spitze Krallen schmückten ihre Pranken. Zudem waren ihnen große und breite Flügel aus ihren Rücken gewachsen mit denen sie problemlos fliegen konnten. Für diesen Fluch hatte die Hexe ihre gesamte Kraft und Energie verbraucht, woraufhin sie sehr schwach wurde. Mit ihrem letzten Atemzug, ließ sie ein magisches Buch erscheinen, auf dessen Vordereinband sich der Antlitz eines Wolfes befand. Sie befahl dem Buch, die Königin Tomyrs zu finden und sich ihr zu öffnen. Das Buch flog in Windeseile davon und suchte Königin Tomyris auf. Die Hexe starb

14

kurz danach und zerfiel zu Staub.

*Die zu Bestien verwandelten persischen Krieger und deren Kö-
nig, dürsteten nach frischem Blut der Menschen, woraufhin sie
sofort aus ihrem Palast hinaus flogen und sich direkt zu den
Saken aufmachten.*

*Schon als ein menschliches Wesen bekam Kyros nicht genug
vom Blut und Gemetzel, weswegen er sich immer nach Krieg
und Schlacht sehnte. Er hatte sehr viel Blut fließen lassen.
Und er hatte nicht vor damit aufzuhören.*

*Weder Tomyris noch ihre Kriegerschar hatten geahnt welch
Unheil sie schon bald aufsuchen würde.*

*Während sie und ihre Soldaten sich in ihrem Palast aufhielten
und weitere Strategien planten, näherte sich die Gefahr aus
der Luft.*

*Der Sohn von der Königin und einige weitere Saken befanden
sich zu dem Zeitpunkt außerhalb des Palastes. Einige unterhielten sich miteinander, während andere die noch ruhige
Vollmondnacht genossen.*

*Noch vor der Ankunft der fliegenden Monster, erreichte das
magische Buch, das von der Hexe gesandt worden war, den
Palast von Tomyris. Es flog durch das offene Fenster und fiel
direkt vor ihr auf den Tisch hin. Natürlich hatten sie sich zuerst alle einmal erschrocken, doch so mutig wie Tomyris nunmal gewesen war, nahm sie das Buch vorsichtig in ihre Hände
um es näher zu betrachten. So wie es berührt hatte, öffnete sich
das Buch ganz von alleine und blätterte zu der Seite, von der
die Hexe wollte, dass Tomyris sie liest.*

*Währenddessen hatten König Kyros II. und seine Krieger, die
allesamt Bestien waren, die Saken erreicht und fingen auch
schon mit dem Gemetzel an. Weder die Anwesenden im Palast
noch der Sohn und die anderen Saken, die sich draußen befanden, hatten etwas davon mitbekommen. Tomyris fing an, die*

Zeilen, die im Buch standen zu lesen an. Und so wie sie fertig geworden war, erschien plötzlich, direkt vor ihnen, ein dämonischer Wolf namens Marchosias. Marchosias erklärte ihr, worin seine Aufgabe bestand und zu welchem Zweck er immer heraufbeschworen wurde. Tomyris war natürlich misstrauisch, aber als die Bestien bereits zu dem Zeitpunkt direkt vor den Toren des Palastes standen und Tomyris mit einer großen Erschütterung beobachten musste, wie die Bestie Kyros ihren Sohn zerfleischte, wurde ihr schwarz vor Augen. Ihre Welt war dadurch zerstört worden. So entschied sie sich das zu tun, wofür Marchosias erschienen war. Marchosias verwandelte Tomyris und alle ihre Krieger in Wolfsmenschen...Zu Werwölfen. So wie sie sich verwandelt hatten, begann auch schon eine große, blutige und sehr grausame Schlacht. Die ruhige hatte sich zu einer langen Nacht des Gemetzels verwandelt. Einige Überlebende aus dieser Zeit behaupten, dass Tomyris sich kurzfristig zurückverwandelt hatte um Kyros folgende Worte zuzurufen: „Kyros! Du, der nach Blut dürstet! Du hast mein Sohn nicht durch Mut, sondern durch den dir auferlegten Fluch umgebracht. Doch ich schwöre bei der Sonne, dass ich dich mit Blut sättigen werde." Hinterher verwandelte sie sich wieder in ein Werwolf und kämpfte weiter. Schließlich hatten Tomyris und ihre verbliebenen Krieger gewonnen. Sie hatten die gesamte Armee von Kyros besiegt und vernichtet. Doch Augenzeugen berichteten auch, dass ein einziger die Flucht ergreifen und davon flüchten konnte. Keiner weiß, wohin er geflogen war, aber kurz nach seiner Flucht, gingen sehr ernstzunehmende Gerüchte umher, dass eine Bestie, sich in einer tiefen und dunklen Höhle in Transsylvanien, verkrochen haben soll. Zumindest passte die Beschreibung zu den Kreaturen, zu denen Kyros und seine Armee geworden waren...Wie dem auch sei. Nachdem Kyros verloren hatte, nahm er seine menschliche

Form an. Die Sonne war gerade aufgegangen und sein Körper fing zu verbrennen an. Tomyris soll daraufhin zu ihm gesagt haben, dass die Sonne auf den sie geschworen hatte, nun aufgegangen sei. Anschließend nahm sie ihr Schwert zur Hand und enthauptete damit Kyros. Sein Körper fiel zu Boden und zerfiel anschließen zu Staub und Asche. Tomyris hielt sein Kopf in der Hand, trug es zu einem mit Blut gefülltem Fass und schmiss den Kopf hinein. Der Fass war mit dem Blut ihrer im Schlacht verstorbenen Krieger, also somit dem Blut der Werwölfe gefüllt gewesen. Noch bevor sich der Kopf von Kyros darin zersetzte und auflöste, soll sie ihm noch folgende Worte gesagt haben: „Dein ganzes Leben lang, hattest du nach Blut gedürstet, nun, jetzt ertränke ich dich mit Blut!" Als alle ihre Feinde sich in Staub und Asche verwandelt und aufgelöst hatten, rief Tomyris den dämonischen Wolf Marchosias wieder herbei und verlangte von ihm den Fluch des Werwolfes wieder aufzuheben. Nachdem er dies getan hatte verschwand er. Das Buch, das den Namen Kurtap hatte, blieb bei Tomyris. Sie verwahrte ihn sicher auf. Nur für den Fall, falls eines Tages ein derartig schreckliches Schicksal wieder eintreffen sollte. So blieb das Buch Kurtap bei den Turkvölkern und der Wolf wurde seither zum beschützenden Symbol der gesamten Turkvölker. Und weil die Königin Tomyris, die erste Anführerin dieses außerordentlichen Wolfsrudels gewesen war, wurden die Frauen bei den Turkvölkern umso mehr geehrt und respektiert. Das Buch Kurtap wurde von Generation zu Generation, von Kriegsherr zum Kriegsherr, vom Anführer zum Anführer und vom Sultan zu Sultan weitergegeben. Damit diese Marchosias heraufbeschwören konnten, sofern sie seine Hilfe benötigten. Doch das traf seit damals nicht mehr ein...bis heute...Wir werden erneut von bösartigen und blutrünstigen Kreaturen und Bestien angegriffen...Nun liegt es an mir, genau wie die Kö-

nigin Tomyris es einst getan hatte, mein Volk vor diesen Bestien zu beschützen. Auch wenn es sich, laut euren Berichten zufolge...<<

Er sah dabei die beiden Janitscharen an, stand auf und sprach weiter:

>>...nicht um die selben Kreaturen handeln sollte, wie die, die den Palast von Tomyris gestürmt hatten.<<

Der Sultan ging voran und befahl seinen Männern ihm zu folgen. Er sandte einen der Wachen hinaus und forderte auch alle anderen auf, die nicht im Raum gewesen waren, ihm zu folgen. Sie sollten sich so schnell wie möglich in der privaten Bibliothek des Sultans versammeln.

Noch während er am Gehen war und seine Männer ihm dicht hinterher folgten, erzählte der Sultan weiter:

>>Über das geheime und mystische Buch Kurtap wissen nur wir Sultane Bescheid, da es uns unter höchstem Schweigepflicht anvertraut wird, nachdem wir den Thron bestiegen haben.<<

Er öffnete die Tür zu seiner privaten Bibliothek und trat ein. Seine Männer betraten die Bibliothek des Sultans ebenfalls. Sowie er drinnen war, holte er ein Schlüssel hervor, den er um sein Hals an eine Kette befestigt umhängen hatte.

Danach ging zu einem der Regale und holte ein dickes Buch heraus. Während er das tat, trafen auch bereits die restlichen Janitscharen des Sultans ein. Er legte das Buch aus seiner Hand auf den daneben liegenden Schreibtisch und nahm die Kette mit dem Schlüssel von seinem Hals ab. Danach griff er in den Regal hinein, an der das dicke Buch gestanden hatte, steckte den Schlüssel in das dafür vorgesehene Schlüsselloch und öffnete damit das geheime Fach, das sich dahinter befand.

In diesem geheimen Fach befand sich das Buch Kurtap von dem der Sultan gesprochen hatte. Die Janitscharen waren alle verblüfft und wandten ihre erstaunten Blicke nicht vom Buch ab. Ein Geflüster machte sich in der Bibliothek unter ihnen breit.

Der Sultan drehte sich zu seinen Kriegern um, hielt das Kurtap in die Höhe, sodass es alle sehen konnten und sagte in einem strengen Tonfall:

>>Dies ist das Buch von dem ich euch erzählt hatte...Dies ist das Buch Kurtap...Das Buch der Wölfe. Wir werden heute Nacht...in dieser Vollmondnacht, darin lesen um dadurch Marchosias heraufzubeschwören. Marchosias wird uns die nötige Macht verleihen um die Kreaturen, die sich in unserem Lande breit gemacht haben, zu vernichten. Sobald wir alle unsere Feinde vernichtet oder davon gejagt haben, werden wir Marchosias darum bitten, den Fluch und somit die Macht, die er uns verliehen hat, zurückzunehmen.<<

Der Sultan ließ seine Blicke im gesamten Raum umherschweifen und blickte dabei alle seine Krieger an während er zugleich ihnen, die Zeit gab, darüber nachzudenken, was er ihnen erzählt hatte. Als er das Gefühl hatte, dass es alle verstanden haben, sprach er weiter:

>>Doch einst müsst ihr mir versprechen, meine treuen und mutigen Krieger!...Ihr dürft niemandem etwas davon erzählen! Niemand darf je davon erfahren. Dies muss unser Geheimnis bleiben! Habt ihr das verstanden?<<

Die Janitscharen sahen sich alle gegenseitig an und riefen anschließen alle zusammen:

>>Jawohl mein Sultan!<<

Der Sultan nahm das Buch wieder herunter und sprach weiter:

>>Jedoch muss ich einen von euch damit beauftragen auf dieses Buch aufzupassen, solange wir anderen unterwegs sind. Es darf nicht unbeaufsichtigt bleiben. Es muss streng bewacht werden.<<

Noch bevor der Sultan jemanden als Wächter des Buches Kurtap beauftragen konnte, meldete sich einer von den Janitscharen freiwillig:

>>*Mein Sultan!...Ich melde mich dafür freiwillig und verspreche das Buch mit meinem Leben zu beschützen!*<<

Der Sultan nickte einverständnisvoll und sagte stolz:

>>*Ich danke dir mein treuer und mutiger Krieger! Dann sollst du das Buch bewachen und beschützen bis ich wieder zurück bin!*<<

Er hielt kurz inne und sagte anschließend:

>>*Nun denn...dann fangen wir mit der Beschwörung an.*<<

Die Janitscharen waren alle sehr aufgeregt gewesen und warteten gespannt darauf, was als nächstes passieren würde.

Der Sultan öffnete das Buch und blätterte bis zu der Seite, auf der der Beschwörungsspruch für Marchosias gestanden hatte.

Nachdem er die Seite aufgeschlagen hatte, warf er einen kurzen Blick in die Runde, atmete einmal tief ein und begann folgendes laut vorzulesen:

>> *In dieser dunklen Stunde, ist es so weit.*

Die Bedrohung ist nahe, denn der Feind ist bereit.

So rufe ich dich, damit du zur Hilfe eilst.

Marchosias, Herr der Wölfe! Hiermit öffne ich dir meinen Geist.<<

So wie der Sultan zu Ende gelesen hatte, erschien sofort danach, in einem sehr grell leuchtendem Licht, der Wolfsdämon genannt Marchosias.

Sowohl der Sultan, als auch seine Janitscharen sahen ihn mit leicht erschrockenen, aber auch mit begeisterten Augen an. Obwohl sie ihn direkt vor sich stehen sahen, konnten sie es kaum glauben.

Marchosias blickte mit seinen rot glühenden Augen, aus denen kleine Flammen hervor stachen, den Sultan an. Er sah durchaus wie ein gewöhnlicher Wolf aus, doch er unterschied sich dennoch durch kleine Merkmale von einem richtigen Wolf. Sein volles und prächtiges Fell war pechschwarz. Ein Schwarzton, den weder der Sultan noch eines seiner Janitscharen je zuvor gesehen hatten. Er stand zwar auf seinen vier Pfoten, aber dennoch war er mit seiner drei Meter Höhe ein Hüne unter den Wölfen. Sein Schwanz bestand aus einer einzigen Flamme. Genau wie seine zwei Greifenflügeln, die auf seiner Schulter ruhten. Ein solch beeindruckendes Wesen faszinierte den Sultan sehr.

Ohne sein Maul zu bewegen sprach Marchosias zu dem Sultan. Das Gespräch, das sie miteinander führten wirkte zwar wie durch Telepathie, aber so war es nicht. Denn auch die Janitscharen konnten die tiefe und widerhallende Stimme von Marchosias hören als er folgendes sprach:

>>*Ihr habt mich herbei gerufen, weil ihr meine Hilfe nötig habt.*<<

Der Sultan antwortete mit einer gewissen Begeisterung in seiner Stimme:

>>*Ganz recht Marchosias. Meine Janitscharen, mein Volk und ich benötigen deine Hilfe.*<<

>>*Du bist dir wirklich bewusst, worauf du dich hier einlässt?*<<

Wollte Marchosias sich vergewissern, woraufhin der Sultan wie folgt antwortete:

>>*Ja, ja ich mir ist vollkommen bewusst, worauf ich mich hier einlasse.*<<

>>*Ist dir auch bewusst, wie du vorgehen musst, nachdem du für den Zauber, wonach du verlangst, keine Verwendung mehr hast?*<<

Wollte Marchosias nun wissen.

Auch hier gab der Sultan ihm eine klare und selbstbewusste

Antwort:

>>*Ja, Marchosias. Auch das ist mir bekannt und ich habe auch schon dafür gesorgt.*<<

Er warf einen Blick zu dem Janitscharen, den er für die Bewachung des Buches Kurtap beauftragt hatte. Dieser erwiderte den Blick seines Sultans und nickte dabei.

Denn der Sultan hatte vor, nachdem sie sich ihren Feinden gestellt hatten, das Buch Kurtap dazu zu verwenden, den Zauber, der ihnen durch Marchosias verliehen werden sollte, Rückgängig zu machen. Ansonsten würde das sehr fatale und grausame Folgen für sie, aber auch für alle anderen haben.

>>*Nun denn...*<<

Sprach Marchosias und fing mit dem Zauber, der ja in Wahrheit ein Fluch gewesen war, an:

>>*Hiermit verleihe ich dir und deinen Männern, die Macht und die Kraft des Wolfes sowie die nötige Kraft und die Fähigkeit der Lykanthropie um das Fell des Wolfes tragen zu können.*<<

Marchosias verschwand danach, ohne jegliche Vorwarnung, genauso wie er erschienen war. Der Sultan schloss das Buch Kurtap und übergab es in die Hände des Janitscharen, der es bewachen sollte, bis er und seine restlichen Männer zurückkommen.

>>*Pass gut darauf auf!*<<

Sagte der Sultan ein letztes Mal und so wie das Buch von den Händen des Sultans in die Hände des Janitscharen hinüber gereicht worden war, fing der Zauber beziehungsweise der Fluch von Marchosias zu wirken an.

In einer Mischung aus großen Schmerzen und Schreien, fing die Verwandlung von Mensch zu Tier an. Die Verwandlung von Mensch zu Wolf. Die Haut der Männer löste sich auf und überließ den Körper einer muskulösen und mit dichtem Fell bewachsenem Körper einer Bestie zurück, die einem Wolf glich. Ihre Kleidungen sprengten sich förmlich in die Luft, während sie von ihren immer mehr wachsenden Körpern rissen und sich als ein Haufen Klumpen am Boden anhäuften. Ihre Knochen machten dabei unerträgliche Klänge und Geräusche während sie sich deformierten, sich unter ihrer Haut hin und her schoben und neu eingliederten. Große Klauen einer Bestie mit Krallen, die einem Dolch glichen, waren aus ihren Händen entstanden. Gelbe Augen, die in ihren Höhlen leuchteten wie die Sonne am Himmel blickten zum Mond hinauf während sie ein erschütterndes und furchteinflößendes Geheul von sich ausstießen und dabei ihre Häupter in die Luft streckten. Große und spitze Fangzähne ragten ober- und unterhalb ihrer Schnauzen heraus als sie ihre mächtigen Kiefer öffneten.

Ihre Verwandlung, ihre Transformation war abgeschlossen.

Aus dem Sultan und seinen Janitscharen waren nun Bestien geworden.

Sie wurden zu Werwölfen. Werwölfe, die sich nach dem Blut ihrer Feinde sehnten.

Der Ruf der Wölfe,
ist der Ruf nach Gerechtigkeit.

Akif Turan

KAPITEL 2

DER FLUCH

So wie sie sich in wilde Bestien verwandelt hatten, die nach Blut und frischem Fleisch lechzten, so hatten sie sich bereits in der finsteren Vollmondnacht auf die Jagd begeben. Sie durchstreiften den Wald in Windgeschwindigkeit und waren dabei dennoch so leise wie der Flügelschlag einer Eule. Lediglich die Blätter auf den Bäumen, raschelten ein wenig durch eine leichte Brise Wind, der entstand während sie an ihnen vorbeizogen, wie Geister auf einem Friedhof.

Der Sultan, als der Alpha-Wolf, lief seinem Rudel dicht hinterher, weil es sich für einen wahren Anführer nun mal so gehörte. Die neu rekrutierten Janitscharen, liefen ganz an der Front, weil sie noch unerfahren waren, während dicht hinter ihnen die erfahrensten Krieger folgten. In den mittleren Bereichen folgten ihnen die, die mit dem Schutz der Herde beauftragt worden waren. Sie mussten auf ihre Umgebung achten. Und hinter ihnen zogen weitere erfahrene Krieger nach. Der Sultan, folgte seiner Herde mit einem gewissen Abstand hinterher, weil er so alles im Blickfeld hatte und alles genau beobachten konnte. So konnte er seine Herde beschützen, falls hinterhältige Feinde plötzlich angreifen würden oder ihnen Fallen stellten. Denn ein guter Anführer zu sein heißt nicht gleich sich immer ganz vorne zu befinden, sondern stets auf sein Rudel Acht zu geben und diesen zu beschützen.

In dieser Formation rückten sie immer näher an die feindlichen Linien vor.

Während also die Werwölfe in den Wäldern des Osmanischen Reiches umherschweiften um die bedrohlichen Feinde zu eliminieren, befand sich der Wächter des Buches Kurtap im Palast des Sultans und hielt das große Buch der Werwölfe fest umklammert in seinen Händen.

Er hatte sich, unbemerkt, aus der großen und privaten Bibliothek des Sultans hinausbegeben und spazierte unauffällig den Flur bis in die Küche des Palastes hinunter.

Als er dort ankam, sah er sich links und rechts um, um sich zu vergewissern, dass sich niemand in der Nähe befindet.

Er betrat die Küche und sah sich darin ein wenig um, um auch sich hier davon zu überzeugen, dass sich niemand darin befindet.

Nachdem er sich in der großen Küche umgesehen und festgestellt hatte, dass er ganz alleine im Raum war, warf er einen kurzen Blick auf das Buch Kurtap und bewegte sich danach langsam auf den Steinofen zu, der am Ende der Küche in die Wand eingebaut worden und mit einem edlen Marmorrahmen umrandet war. Darin wurden die feinsten Lämmer und zahlreiche Teigwaren für den Sultan, aber auch für seine Gäste zubereitet.

Er stapelte etwas Brennholz unterhalb des Ofens übereinander, heizte ihn ein und wartete bis die Flammen hoch genug waren um gleich darauf in den nächsten Schritt übergehen zu können.

Die Flammen im Ofen loderten und knisterten während der Wächter einen hasserfüllten Blick auf Kurtap warf.

Ganz gewiss wollte er das Buch der Werwölfe im Ofen verbrennen und vernichten.

So sprach er in einem ebenso hasserfüllten Ton wie sie bereits in seinen Blicken zu erkennen waren, zu dem Buch Kurtap:

>>*Du wirst uns nie wieder unsere Pläne vermasseln.*<<

So wie er seinen Satz beendet hatte, schleuderte er das Buch in das tanzende Feuer hinein sah zu wie es verbrannte.

Genau in diesem Augenblick hörte er plötzlich hinter sich ein lautes klimperndes und klapperndes Geräusch. Erschrocken und tief einatmend drehte er sich sofort um und sah eine der Küchenmitarbeiterinnen des Sultans vor sich stehen. Sie hatte niemanden in dieser späten Stunde in der Küche des Sultans erwartet, weswegen sie vor lauter Schreck, das vollkommen aus Silber bestehende Geschirr, auf den Küchenboden fallen ließ.

>>*Ach Sie sind es also.*<<

Sprach sie mit einer sehr hohen Stimme und beendete ihren Satz wie folgt:

>>*Bitte verzeihen Sie mir! Ich hatte niemanden so spät in der Küche erwartet.*<<

Der Wächter antwortete mit einer ruhigen und gelassenen Stimme:

>>*Schon gut. Kann ich verstehen.*<<

>>*Kann ich Ihnen vielleicht helfen? Wollten Sie sich im Ofen etwas zu Essen zubereiten?*<<

Nachdenklich und mit langsamen Schritten bewegte er sich ihr zu und behielt sie dabei genau im Blick.

Die Küchenmitarbeiterin wurde nervöser und bekam etwas mehr Angst, aber sie ließ sich das nicht anmerken, kniete sich auf den Boden und sammelte das Geschirr wieder ein.

Während sie mit zitternden Händen das Geschirr einsammelte, kam der Wächter ihr immer näher. Je näher er kam umso nervöser wurde sie. Ihre Hände zitterten dabei umso mehr, weswegen sie einpaar mal das Geschirr erneut fallen ließ.

Und dann stand der Wächter direkt vor ihr und blickte zu ihr hinunter. Sie sah die spitzen seiner Stiefel, schenkte ihm jedoch keine Beachtung.

Nachdem sie es endlich geschafft hatte, das Geschirr vom Boden komplett aufzusammeln, stand sie ruckartig wieder auf.

Aus Respekt, aber vor allem aus Furcht vermied sie den Blickkontakt mit dem Wächter. Sie sah nur hin und wieder mit verlegenen und schnellen Blicken ihn ein paar mal an und hörte dabei nichts anderes als ihr Herz, das rasend hinter ihrer Brust schlug.

Der Wächter stellte seinen eingeknickten Zeigefinger unter ihr Kinn und hob sanft ihren Kopf hinauf, damit sie ihm in seine Augen sehen konnte.

Sie schreckte für einen kurzen Moment zurück als sie ihn berührte.

Sie wusste nicht was er vor hatte. Ihre Augen flimmerten wie, als ob sie plötzlich ein Eigenleben bekommen hätten. Sie hatte sie nicht mehr unter Kontrolle. Sie hatte in diesem Moment gar nichts mehr unter Kontrolle. Sie war nur eine erschrockene und nervöse junge Dame, die erst zwei Wochen zuvor ihren neunzehnten Geburtstag gefeiert hatte.

Als sie in seine kalten und beängstigenden Augen blickte, beantwortete er ihre Frage:

>>*O ja! Ich könnte jetzt tatsächlich eine köstliche Mahlzeit vertragen.*<<

Noch bevor sie ihm eine Antwort darauf geben konnte, blieb ihr fast das Herz stehen, als sie zu Zeugin etwas anatomisch unmöglichem geworden war. Erneut ließ sie das Silbergeschirr auf den Boden fallen, während er sie mit seinen leuchtend gelben Augen anstarrte, die sich wie die einer Schlange oder eines anderen Reptils geformt hatten.

Sie war gerade dabei zu schreien, doch der Wächter packte sie am Hals und drückte ihn ganz fest zu. Sie wurde sofort ganz blass im Gesicht und ihre Augen sprangen fast aus ihren Höhlen, während sie verzweifelt versuchte ein wenig Sauerstoff zu inhalieren. Sie brachte kein Ton aus sich heraus außer einige Seufzer und Würgegeräusche. Der Wächter hob sie mit einem Arm vom Boden auf und verwandelte sich dabei von Kopf bis Fuß in eines der Echsenwesen, die der Sultan und seine tapferen Janitscharen im Moment angreifen wollten. Nachdem er die Gestaltwandlung abgeschlossen hatte, öffnete er seinen schleimigen Maul und präsentierte der hilflosen jungen Frau seine spitzen Zähne und gewährte ihr zugleich einen Einblick in seinen breiten Rachen, der wie der einer Schlange aussah. Die junge Frau zappelte nur noch umso mehr, aber sie war nicht stark genug um sich von seinen Fängen zu befreien. Lautlos flossen ihr die Tränen ihrer bleich gewordenen Wangen hinunter, während die Kreatur, die wie ein menschliches Reptil aussah, mit seiner schleimigen Schnauze immer näher zu ihr Gesicht kam.

Ohne zu zögern, schnappte er zu und biss ihr mitten ins Gesicht. Sie zuckte nur noch mehr, während ihr Blut auf den Boden tröpfelte. Doch ihr Zappeln und ihre verzweifelten Versuche zu entkommen, nahmen ein Ende, nachdem er ihr ein Großteil ihres Gesichtes abgebissen hatte.

Noch an Ort und Stelle begann er sie weiter aufzufressen, während die letzten Seiten von Kurtap sich in Asche verwandelten. Der Wächter, der von Anfang an zu den Echsenwesen gehört und sich bis in den Palast des Sultans hineingeschmuggelt hatte, ohne, dass auch nur eine Person den geringsten Verdacht schöpfen konnte, wusste ganz genau, was er tat, als er sich freiwillig gemeldet hatte um auf das Buch der Werwölfe aufzupassen. Doch er wusste nicht, dass er etwas zu voreilig gehandelt hatte. In dem Wissen, dass er sich und seine Spezies, die der Reptiloiden, so wie sie sich bezeichneten, gerettet hätte, stolzierte er hinaus aus der Küche. Die restlichen Teile der jungen Dame, die er nicht mehr verspeisen wollte, weil er schon einen vollen Bauch bekam, verbrannte er ebenfalls im Ofen und ließ dadurch ihre Spuren verschwinden.

Später sollte sie ebenso bei den Vermisstenanzeigen landen, wie all die Opfer vor ihr.

Der Sultan und sein Wolfsrudel, waren bereits am Versteck der Reptiloiden angekommen und hielten sich vorerst hinter den dichten Büschen und den dicken Bäumen versteckt, ehe sie zum Angriff übergingen.

Die Nacht war zu ihrer Verbündeten geworden.

Der Sultan wollte erst einmal die Lage außerhalb beziehungsweise oberhalb abklären, den die Höhle der Reptiloiden befand sich tief unter der Erde, bevor er sich mit seinem Rudel in die Höhle begeben und die Feinde überraschen wollte.

Doch draußen befand sich keiner von ihnen. Kein einziger war zu sehen, aber die Wölfe konnten sie umso besser riechen.

Obwohl sich alle Reptiloiden mehrere Meter unter ihnen befanden.

Die Werwölfe wurden schon unruhig und sie fingen zu knurren an, während einige von ihnen tiefe Kratzer an den Bäumen hinterließen.

Sie konnten es kaum erwarten die Höhle zu stürmen und alle Reptiloiden, die sie darin vorfinden würden, zu zerstückeln und zu zerfleischen. Es war eindeutig, dass sie hungrig waren. Es war eindeutig, dass sie nach dem Blut ihrer Feinde lechzten.

Ihre spitzen Fangzähne strahlten in der Finsternis, während ihre Augen wie Scheinwerfer leuchteten.

Sie fletschten ihre Zähne. Sie wurden ungeduldig und unruhig. Mit langsamen Bewegungen drangen sie immer weiter zum Eingang der Höhle vor und behielten dabei stets den Alpha-Wolf im Blick.

Es war eine warme und ruhige Nacht. Lediglich eine kleine Brise Wind zog hin und wieder an ihnen vorbei und setzte ihr glänzendes und dichtes Fell in Bewegung.

Dann war es endlich soweit gewesen. Der große Moment war endlich gekommen. Sowie der Alpha-Wolf auf seinen zwei Beinen seine muskulöse Brust anhob, sein Hals in den Nachthimmel ausstreckte und den Vollmond, der sie in dieser Nacht begleitete, anheulte, machte es ihm der Rudel nach. Gleich darauf liefen sie alle in einer sehr hohen Geschwindigkeit in die Höhle hinein.

Eine ganze Armee an Janitscharen, die sich zu blutrünstigen Wölfen verwandelt hatten, rannten in Rekordgeschwindigkeit die finstere Höhle hinunter um ihre Beute zu erwischen.

Dicht hinter ihnen lief der Sultan, der Alpha-Wolf, ihnen nach und war fest davon entschlossen, sämtliche Feinde, die er unten antreffen würde, zu eliminieren.

Nach nur wenigen Minuten erreichten sie das Versteck der Reptiloiden und stürzten sich sofort auf die völlig überraschten und erschrockenen Kreaturen drauf.

Jeder von ihnen befand sich in seiner natürlichen Echsengestalt. Genauso auch ihr Anführer. Er sah zwar optisch genau so aus wie seine Untertanen, war jedoch deutlich größer als jeder einzelne von ihnen. Zudem war er muskulöser und hatte eine kräftige Rückenpanzerung, die gekielt und durch knöcherne Platten verstärkt waren und die bis zu der Spitze seines ebenso kräftigen Schwanzes reichten.

Er war eine wahrhaftige Bestie mit großen Pranken und langen Krallen.

Die Höhle, die er gemeinsam mit seinen Untertanen aufgebaut hatte, war recht futuristisch gestaltet gewesen. Die gesamte Höhle war umgeben mit Metallplatten. Zudem war sie mit einer Technologie ausgestattet gewesen, die dem Sultan und seiner Armee völlig fremd gewesen waren.

Doch weder der Sultan noch die Janitscharen hatten keine Zeit, die Höhle zu bewundern. Ihr Ziel war es den Feind zu eliminieren und genau das taten sie auch.

Während die Werwölfe und die Reptiloiden sich gegenseitig zerfleischten, bekämpften sich der Anführer der Reptiloiden und der Alpha-Wolf gegenseitig. Eine blutige und brutale Schlacht war tief unter dem Osmanischen Boden ausgebrochen. Jede Menge Blut, das teilweise meterweit spritzte, laut brechende Knochen, brutal ausgerissene Gliedmaßen, sich tief in das Fleisch bohrende Zähne und gewaltige Bisse. Aufgeschlitzte Bäuche sowie ausgerissene Augen und Gedärme. Das gesamte Paket an Gewalt und Brutalität wurde in dieser Nacht dargeboten. Keiner der beiden Spezies schenkte sich etwas. Es war ein Gemetzel. Es war ein Krieg der Bestien. Doch nachdem der Anführer der Reptiloiden eingesehen hatte und ihm klar geworden war, dass die Werwölfe ihnen überlegen waren, ergriff er mit seinen übrig gebliebenen Untertanen die Flucht und zog sich zurück. Sein schuppiger und gepanzerter Körper wies jede Menge ernsthafte Verletzungen auf, die ihm der Alpha-Wolf zugefügt hatte.

Er rief alle Reptiloiden dazu auf ihm zu folgen. Jeder von ihnen zog sich sofort zurück und sie alle rannten in das Raumschiff mit dem sie vor langer Zeit auf der Erde gelandet waren.

Die Werwölfe rannten ihnen nach und zerfleischten einige weiter Reptiloiden, die sie gerade noch erwischen konnten.

Alle anderen waren bereits in das Raumschiff geflüchtet.

So wie sie sich in Sicherheit gebracht hatten, starteten sie das riesige Raumschiff und schoosen mit einem gewaltigen Hieb aus ihrer Höhle hinaus ins Freie und verschwanden in der dunklen Nacht nach Westen.

Durch den Start und dem Durchbruch des Raumschiffes aus der Höhle, fing alles zu beben an. Nach kurzer Zeit zerfiel die Höhle in sich zusammen und begrub alles unter sich. Der Alpha-Wolf und sein übriger Rudel, konnten sich gerade noch hinaus retten. Oben angekommen stießen sie allesamt ein Siegesgeheul aus, das bis in die Stadt vor drang und bei einigen Einwohnern, vor allem Kindern, die noch nicht im Bett waren, für Gänsehaut sorgte. Sie zogen ihre Decke bis über ihre Köpfe und verkrochen sich darunter.

Die Anzahl der übrigen Janitscharen hatte sich nach dem Kampf zwar ein wenig herabgesenkt, aber sie waren nach wie vor eine große Armee gewesen.

Der stolze Alpha-Wolf ließ seine Augen über sein tapferes Rudel schweifen und verwandelte sich kurzfristig in den Sultan zurück, der er eigentlich war um eine kleine Ansprache zu halten und seine gefallenen Soldaten zu ehren. Weil er jedoch ohne jegliche Bekleidung dastehen würde, verwandelte er sich nur soweit zurück, sodass sein nackter Körper mit genug Behaarung ummantelt gewesen war:

>>*Meine Krieger!...Meine tapferen Krieger!...Heute Nacht habt ihr mich erneut mit stolz erfüllt. Denn heute Nacht haben wir es geschafft den Feind zu besiegen und zu verjagen...Heute Nacht, haben wir unser Reich, unser Territorium mit Erfolg verteidigt. Heute Nacht fand ein Krieg statt. Ein Krieg, der wie alle Kriege sonst auch, Opfer gebracht hat. Auch unsere Kameraden sind heute Nacht im Krieg gefallen. Doch ihr Fall wird nicht umsonst gewesen sein. Ihr Fall war nicht umsonst. Denn durch ihren mutigen und heldenhaften Einsatz, haben sie dazu beigetragen, ihr Vaterland zu beschützen. Sie beschützten es mit ihrem Leben...Diese tapferen Krieger, sind heute Nacht gefallen, damit das Land, für das sie sich geopfert haben, weiterbestehen kann. Damit ihre Familien ihr Leben weiterführen können. Ohne weiterhin in Angst und Leid leben zu müssen. Wir werden unsere Kameraden, unsere Brüder, die heute Nacht gefallen sind in Ehren halten. Wir werden weder sie, noch ihre Einsätze oder ihre Dienste, die sie für dieses Land, für das Osmanische Reich, geleistet haben, vergessen. Daher bitte ich euch,...meine edlen und tapferen Krieger,...hier und jetzt, für unsere gefallenen Brüder zu beten.*<<

Das Rudel war tief berührt von den Worten und der Ansprache ihres Sultans. Ohne zu zögern, verwandelten sie sich alle zurück, gerade noch so, sodass sie ebenso wie der Sultan genug Körperbehaarung hatten, damit sie nicht vollkommen nackt dastanden und hielten gemeinsam mit Sultan Çelebi Mehmed ein Gebet ab. Hierbei ging es um das Gebet Al-Fātiha, die erste Sure des Korans.

Nachdem sie zu Ende gebetet hatten, sprach der Sultan noch einige letzte Worte, ehe sie wieder zum Palast aufbrachen:

>>*Meine Soldaten!...Selbstverständlich werden wir davon, was in der heutigen Nacht passiert ist, niemandem erzählen. Daher bitte ich euch, behaltet die heutige Nacht für euch und nehmt sie mit ins Grab! Ich möchte nicht, dass das Volk je davon erfährt. Das müssen wir für uns behalten.*<<

An dieser Stelle meldete sich einer der Janitscharen zu Wort:

>>*Mein Sultan, welchen Bericht sollen wir dann über all die vermissten Personen abgeben? Wie sollen wir das dem Volk erklären? Und was sollen wir den Familien und Angehörigen unserer gefallenen Kameraden erzählen?*<<

Der Sultan dachte für einen Augenblick nach und beantwortete schließlich die berechtigte Frage:

>>*Was die vermissten Personen angeht, werde ich gleich morgen nach dem Morgengebet eine Versammlung einberufen und dem Volk erzählen, dass wir keinerlei Spuren hinsichtlich den Vermissten finden konnten. Anschließend werde ich für jeden einzelnen dieser Vermissten ein Baum mit ihrem Namen einpflanzen lassen um sie dadurch zu ehren. Ich würde ihnen zwar den Tod ihrer Angehörigen nicht verschweigen wollen, aber wir haben keine Leichen, die wir begraben können. Ich denke, es ist besser für sie alle, wenn sie all diese Personen weiterhin als vermisst wissen. So werden sie zwar jeden Tag darauf hoffen, dass die Vermissten wieder auftauchen könnten, aber das*

ist immer noch besser als ihnen klar machen zu müssen, dass ihre geliebten Angehörigen von bestialischen Kreaturen zerfleischt und aufgefressen wurden und wir dadurch keine Leichen haben, die wir begraben können...Und bezüglich unseren gefallenen Brüdern, werde ich gleich darauf erzählen, dass wir letzte Nacht von Feinden aus dem Norden überrascht und angegriffen worden sind und wir sofort ausrücken mussten. Und in dieser Schlacht hätten wir sie dann verloren. Denn zumindest können wir ihre leblosen Körper aus dieser Ruine heraustragen und anständig begraben, sodass wenigstens ihre Angehörigen sie an ihrem Grab besuchen können. Nachdem wir unsere Brüder alle herausgeholt haben, werden wir die Leichen dieser abscheulichen Kreaturen und all ihre Geräte darunter liegen lassen. Sie sollen darunter begraben liegen und auf keinster Weise auf die Oberfläche vordringen können.<<

Nachdem der Sultan mit seiner Rede fertig war, verwandelten sie sich alle wieder in Werwölfe und begannen mit der Arbeit. Durch ihre Verwandlung konnten sie die Arbeit viel schneller und ohne Mühe abschließen. Sie holten alle ihre gefallenen Kameraden aus der eingestürzten unterirdischen Höhle hinaus, schulterten sie und liefen auf dem direkten Weg zurück zum Palast. Die Leichen der Reptiloiden haben sie sicher und sauber begraben zurückgelassen und die Stelle so abgedichtet, sodass sie nicht wie ein Ruin ausgesehen hatte. So würde niemand sie zufällig entdecken können.

Auf diese Weise hatte Sultan Çelebi Mehmed, die osmanische Herrschaft wieder hergestellt und konnte vorerst in alle Ruhe aufatmen. Denn der bedrohliche und gefährliche Feind schien besiegt worden zu sein.

Doch seine Ruhe sollte nicht von langer Dauer sein.

Zurück im Palast hatten sich der Sultan und seine Janitscharen erneut unauffällig in der Bibliothek versammelt. Sie hatten sich bereits zurück verwandelt und hatten auch schon alle wieder ihre Bekleidungen an. Nachdem der Sultan sich ebenso fertig angezogen hatte und bereit war den Zauber von sich und seinen Janitscharen beheben zu lassen, verlangte er umgehend nach dem Wächter, den er für das Bewachen des Buches Kurtap beauftragt hatte.

Doch anstatt des Wächters, rannte, völlig hysterisch, einer der zahlreichen Bediensteten des Sultans in die Bibliothek hinein, die vor lauter Aufregung kaum in der Lage gewesen war zu sprechen. Der Sultan legte seine beiden Hände auf ihre vor Schreck zitternden Schultern und verlangte von ihr, dass sie sich beruhigen soll. Aber sie beruhigte sich nicht und brach schließlich in Tränen aus. Nun wurde der Sultan ganz nervös und er verlangte von ihr erneut, dass sie ihm auf der Stelle erzählen soll, was sie so sehr in Angst und Panik versetzt hat. Unter fließenden Tränen und endlosem Schluchzen, versuchte sie dem Sultan die Lage, die sie in diesen Zustand gebracht hatte, in halbwegs verständlichen Worten zu schildern.

Während sie erzählte, stockte ihr bei jedem zweiten Wort der Atem, weswegen es ein wenig dauerte bis sie endlich an das Ende kam. Die ganze Zeit über hatten ihr sowohl der Sultan als auch seine anwesenden Janitscharen ganz aufmerksam zugehört und versuchten sich, die Stellen, die sie nicht allzu gut verstanden hatten, selbst zusammenzureimen. Der Sultan hatte am Ende alles verstanden und war erschüttert und zornig zugleich gewesen. Er blieb erst einmal regungslos und nachdenklich stehen, während er eine kurze Weile in die Leere starrte. Die Dame hatte ihm nämlich erzählt, was während seiner Abwesenheit im Palast geschehen war. Die verbrannten restlichen Körperteile der jungen Küchenarbeiterin, wurden im brennenden Ofen vorgefunden. Genau so, ein paar abgebrannte Seiten, die womöglich von einem Buch stammen könnten. Es war zwar nicht mehr zu erkennen, welches Buch verbrannt worden war, aber der Sultan wusste ganz genau, dass es sich nur um Kurtap handeln könnte.

Der Reptiloid dürfte den Ofen nicht ausgemacht haben, bevor er den Palast, nach seinen schrecklichen Taten, unbemerkt verlassen hatte.

Der Sultan war über beide Nachrichten wie am Boden zerstört gewesen. Sofort eilte er in die Küche um sich selbst ein Bild von diesem erschütternden Ereignis machen zu können.

Seine Janitscharen folgten ihm dabei auf Schritt und Tritt.

In der Küche angekommen mussten alle erst einmal ihre Nasen mit ihren Händen zu halten, da sie nach verbranntem Leichnam stank. Sie verzogen dabei entsetzt ihre Gesichter und manche von ihnen begannen auch zu husten.

Der grau-schwarze Dunst vom verbranntem Fleisch schwebte immer noch in der Luft. Es war eine Tragödie, dass ein solches Verbrechen ausgerechnet im Palast des Sultans stattgefunden hatte. Er ging langsam, immer noch seine Hand an seine Nase drückend, zu dem Ofen hinüber um nachzusehen, ob noch etwas vom Buch Kurtap zu retten gewesen war. Doch zu seinem tiefen Bedauern war das Buch komplett abgebrannt und längst zur Asche verwandelt worden.

Mit schnellen und zornigen Schritten verließ er die Küche des Horrors und verlangte sofort nach dem Wächter des Buches.

Als er erfuhr, dass er nirgendwo im Palast zu finden war, befahl er sämtlichen seinen Janitscharen, dass sie den gesamten Palast, innen und außen, komplett durchsuchen sollen. Sie sollen keine Ecke, kein Loch und keine Ritze auslassen. Denn für ihn bestand kein Zweifel mehr. Der Sultan war sich absolut sicher, dass der Wächter, das arme junge Mädchen umgebracht und so brutal und menschlich zugerichtet hatte. Und das konnte nur eines bedeuten. Nämlich, dass der Wächter, der die ganze Zeit über dem Sultan und seinen restlichen Kameraden vorgemacht hatte ein stolzer und treuer Janitschar gewesen zu sein, sie all die Zeit über getäuscht hatte, in Wahrheit eines dieser widerwärtigen und hinterhältigen Kreaturen, die sich Reptiloiden nannten, gewesen sein musste.

Denn nur Bestien wie sie wären zu solch einem grausamen Mord fähig. In diesem Moment war dem Sultan auch klar geworden, dass diese Echsenwesen in der Lage waren, ihre Gestalt zu ändern und somit wie ein ganz gewöhnlicher Mensch aussehen konnten. Daher bat der Sultan seine Janitscharen ganz besonders aufzupassen und ihre Augen offen zu halten. Denn er könnte direkt vor ihnen stehen und sie würden es nicht merken.

So suchten die Janitscharen die ganze Nacht lang, bis zum Morgengrauen, den entflohenen Mörder und Gestaltwandler. Doch ihre Suche sollte vergebens sein.

Worüber der Sultan sich noch anderweitig Sorgen machte, war die Tatsache, dass er und seine Armee, ohne das Buch Kurtap sich nicht mehr zurückverwandeln konnten. Ihm wurde klar, dass sie für immer, den Rest ihres Lebens, als Werwölfe ein Doppelleben führen mussten. Ihm wurde klar, dass der Fluch des Werwolfes seit dieser Nacht an ihnen allen lasten würde. Und weil sie sich davon nicht mehr erlösen konnten, mussten sie lernen damit zu leben. So kam es vor, dass ihre Nachfahren, aber auch all die jenen Menschen, die von ihnen angegriffen und verletzt wurden, die Gene der Werwölfe in sich trugen. So verbreitete sich der Fluch des Werwolfs ganz schnell unter vielen Menschen und sie alle konnten sich fortan zu Werwölfen verwandeln, wann immer sie wollten. Der Vollmond spielte dabei keine Rolle. Denn sie alle, angefangen vom Sultan und seinen Janitscharen bis hin zu ihren Nachkommen und ihren

Opfern, konnten sich immer zu jeder Zeit in Werwölfe verwandeln. Doch bei Vollmond, gewannen sie mehr an Kraft und Stärke, sodass sie doppelt so stark wurden. Der Vollmond also, machte sie noch stärker und blutrünstiger als sie es ohnehin schon gewesen waren.

Hätte der Reptiloid damals nicht schnell gehandelt und hätte das Buch Kurtap vernichtet, nachdem der Sultan und seine Janitscharen den Fluch von sich behoben ließen, dann hätte sich der Fluch auch nicht weiter ausbreiten und die Reptiloiden viel schneller die Welt unter ihre Kontrolle nehmen können.

Und weil sie es nie schaffen konnten ein Gegenzauber zu finden, ging der Fluch des Werwolfs über das Osmanische Reich hinaus und verbreitete sich schon bald darauf auf der ganzen Welt.

Bis hin zu der gegenwärtigen Zeit.

The Day The Wolves Will Rise,
Is The Day Where Justice Will Last Forever.
There Will Be A War,
Which Will Be Greater Than Ever.
A Lot Of Blood Will Flow Like A River.
In This Day, The Claws Of The Wolves
Will Unite Together.

Akif Turan

KAPITEL 3

EIN MANN, EIN WOLF

Die Gegenwart

Ein weiterer anstrengender Arbeitstag mit weiterer anstrengender Kundschaft war angebrochen. Das Berufsleben war für viele nie einfach gewesen. Doch ganz egal wie anstrengend die Arbeit und wie unerträglich die Kundschaft oder allgemein die Menschen auch sein mochten, man musste die Zähne zusammenbeißen und das Ganze mit erhobenen Hauptes bewältigen. Denn schließlich hieß es, keine Arbeit kein Geld, kein Geld keine Träume, die in Erfüllung gehen und auch keine Ziele, die nie oder nur schwer erreicht werden. Folglich bedeutete das, kein Geld kein Leben. Denn um in dieser großen weiten Wildnis, genannt Welt, überleben zu können, musste man ein wahrer Überlebenskünstler sein. Ansonsten besteht eben die Gefahr, dass man sehr schnell untergehen kann. Doch das war für Ilkay Duman nie ein wahrhaftiges Problem gewesen. Er wusste, wie man mit dem alltäglichen Arbeitsstress umzugehen hatte. Er war einer dieser Überlebenskünstler, die in der Wildnis zurechtkamen. Ganz anders hingegen, war sein Kollege und bester Freund Andreas Wittmann. Er ließ sich ganz schnell stressen und aus der Fassung bringen. Andreas konnte sich nie, obwohl er sich sehr viel Mühe gab, mit seiner Arbeit so richtig anfreunden.
Doch gleichzeitig wollte er den Job nicht wechseln.
Zum Einen, weil er einfach schon, seiner Aussage nach, zu alt dafür gewesen war und zum Anderen, weil er seine Kollegen, aber auch die weibliche Kundschaft mochte. Denn Ilkay und Andreas arbeiteten in einem renommierten und beliebten Fit-

nessstudio im 22. Wiener Gemeindebezirk. Sie waren Anfang Dreißig und hatten eine stattliche Figur. Ilkay war als einer der Personal Trainer beschäftigt, während Andreas an der Rezeption tätig gewesen war.

Doch auch er hatte eine professionelle Ausbildung als Personal Trainer und Ernährungsexperte, weswegen er auch hin und wieder, ganz besonders wenn es sich um attraktive Damen handelte, als Trainer mit anpackte.

Und obwohl ihm die Mitglieder, vor allem die männlichen, aber auch einige ältere, auf die Nerven gingen und ihn auf die Palme brachten, gab er nicht auf und machte weiter. So einfach würde er sich von diesem Job nicht verabschieden. Denn immerhin durften sie als Mitarbeiter auch umsonst trainieren und von vielen weiteren Vorteilen profitieren.

Doch die beiden jungen Männer waren kein Super-Duo, sondern gehörten vielmehr einem Super-Trio an. Denn auch die reizende und gut aussehende Jennifer Leone gehört zu ihrem engen Freundeskreis. Sie ist zwei Jahre jünger als ihre beiden männlichen Kollegen und Freunde und arbeitet ebenso wie Ilkay als Personal Trainer. Sie stammt ursprünglich aus Italien, wohingegen Andreas ein echter Wiener ist und Ilkay türkische Wurzeln hat. Doch sowohl Jennifer als auch Ilkay wurden in Wien geboren. Zudem ist die Mutter von Jennifer eine Österreicherin aus Tirol. Sie waren schon immer das perfekte Trio gewesen, die stets zusammenhielten und sich nie im Stich ließen. Sie waren immer füreinander da. Sie lachten zusammen, sie weinten zusammen und sie machten zusammen auch hin und wieder Unfug. Ihre Beziehung zueinander war eben so, wie es unter engen und guten Freunden so üblich ist. Sie hatten auch kaum Geheimnisse voreinander und konnten sich, ohne sich zu schämen, ihre intimsten Geheimnisse miteinander teilen. Das war ein ganz besonderes Band, das die drei Freunde

zusammenhielt. Mittlerweile arbeiteten sie ganze zwei Jahre als Kollegen miteinander und hatten sich von Anfang an sehr gut verstanden. Andreas hatte noch damals versucht mit Jennifer zu flirten und sie zu umwerben, doch er hatte keine Chance bei ihm. Irgendwann hatte er es eingesehen und seine Niederlage wie ein ehrenhafter Mann eingesteckt. Inzwischen sind sie die besten Freunde geworden. Andreas war der erste, vier Monate später begann Ilkay im Fitnessstudio zu arbeiten an und sechs Monate später kam Jennifer dazu. Obwohl sie sich auch mit ihren restlichen Kolleginnen und Kollegen recht gut verstanden, hatten sie zu keinem von ihnen ein so enges Verhältnis wie füreinander. Doch obwohl sie so eng miteinander befreundet waren und sich sämtliche Geheimnisse anvertrauten, verheimlichte Ilkay seinen beiden besten Freunden eine Wahrheit, die sie womöglich nicht verstehen würden. Vielleicht würde dieses Geheimnis sogar ihre Freundschaft gefährden, ja sogar für immer beenden. Ilkay hatte zwar in der Vergangenheit oft versucht es den beiden irgendwie zu erzählen und ihnen klar zu machen, dass er nicht so ganz der ist, der er vorzugeben scheint, aber er fürchtet sich einfach viel zu sehr, dass er damit seine beiden Freunde verjagen würde oder ihm dadurch schlimmeres zustoßen könnte, weil sie dieses Geheimnis vielleicht nicht länger für sich behalten könnten. Es war einfach etwas, dass ihn ständig beschäftigte und ihn ein wenig unwohl machte. Jedoch war es Ilkay stets bewusst gewesen, dass er dieses Geheimnis irgendwann seinen beiden besten Freunden erzählen müsste. Irgendwann sollte es dann schon soweit sein. Irgendwann, vielleicht schon sehr bald, sollte er Andreas und Jennifer davon in Kenntnis setzen, dass er ein Werwolf ist.
Ilkay wusste zwar nicht genau, wann dieser Moment sein würde, aber er wusste zumindest, dass er es schon merken würde, wenn dieser Moment dann auch tatsächlich eintreffen würde.

Also verschonte er die beiden noch von dieser außergewöhnlichen Information und genoss lieber die Zeit, die sie zusammen hatten. Und sie waren wirklich oft genug zusammen.

Abgesehen davon, dass sie Kollegen sind und sich ständig am Arbeitsplatz begegneten, trafen sie sich auch ziemlich oft in ihrer Freizeit um gemeinsame Aktivitäten zu unternehmen.

Dazu gehörten regelmäßige Kinobesuche, gemeinsame Fahrrad- und Shoppingtouren, Verabredungen zum Essen, gegenseitige Hausbesuche und vieles mehr.

Sie waren einfach ein unzertrennliches Trio, die sogar von Zeit zu Zeit gemeinsame Ausflüge beziehungsweise Reisen unternahmen.

Und sie alle genossen jede einzelne Sekunde, die sie miteinander verbrachten.

Daher wollte Ilkay auf keinen Fall dieses heilige Band zerstören und lieber auf den richtigen Moment mit seiner Beichte warten.

Sein Vater, von dem er bereits seit längerem nichts mehr gehört hatte, seit er eine Reise nach Oberösterreich unternahm, hatte ihn stets ermahnt, das Geheimnis für sich zu behalten.

Auch er war ein Werwolf, der stets dieses Geheimnis wahrte und immer versuchte, genau wie seine Vorahnen einst auch getan hatten, diese Gabe für das Gute einzusetzen und damit das Böse zu bekämpfen. Denn nach all den Jahren, erkannten die Werwölfe, dass ihre Bestimmung, ihre Verwandlung kein Fluch, sondern ein Segen war. Sie waren vom Schicksal auserwählt worden, das Böse zu bekämpfen und stets das Chaos zu beseitigen, das böswillige Menschen, aber auch diverse andere Wesen, veranlassten. Ilkay's Vater hatte ihm, als er vor etwa sechs Monaten losgezogen war um eine weitere Mission zu beenden und sich seither nicht gemeldet hat, beim Abschiednehmen gesagt, dass er sich für den großen Krieg bereit halten soll, den die Welt je erleben wird. Von welchem Krieg sein Vater gesprochen hatte, wusste Ilkay zwar nicht, aber er wusste, dass sein Vater etwas Großem auf der Spur gewesen war.

Und egal wie sehr Ilkay ihn immer darum gebeten hatte, ihn bei seinen Missionen zu unterstützen, bevorzugte es sein Vater ihn da raus zu halten. Er gab seinem Sohn immer zu verstehen, dass seine Zeit schon noch kommen würde. Dass sein großer Einsatz noch auf ihn warten würde. Und während sein Vater vielmehr auf großen Missionen teilnahm, sorgte Ilkay in der Stadt Wien für Ordnung, indem er Jagd auf Kriminelle machte. Nicht selten hinterließ er dabei einen blutigen Tatort zurück.

Seine Mutter starb bei seiner Geburt. Im Gegensatz zu ihm und seinem Vater, besaß seine Mutter nicht die Fähigkeit sich in ein Wolf zu verwandeln. Sein Vater hatte ihm, als er noch ein kleiner Junge war, erklärt, dass nicht jeder mit dem Blut des Wolfes geboren wird. Was genau er damit sagen wollte, verstand Ilkay bis heute nicht, aber auch hierbei würde er schon bald eine Antwort darauf finden.

Als Kind konnte er seine Verwandlungen nicht wirklich kontrollieren und musste sie erst einmal trainieren. Sein Vater half ihm dabei, seine Verwandlung zu kontrollieren beziehungsweise das Biest, das in ihm steckte, auch tatsächlich drinnen zu behalten und nur dann herauszulassen, sofern er der Meinung sein sollte, dass er seine Hilfe benötigen würde. Mit der Hilfe seines Vaters gelang es auch Ilkay schon nach einiger Zeit den Wolf, der in ihm schlummerte, zu kontrollieren.

Es war nicht immer einfach gewesen, doch sein Vater und er hatten es gelernt, auf sich gegenseitig aufzupassen und das Leben gemeinsam zu meistern. Sein Vater wollte keine weitere Ehe eingehen und bevorzugte es lieber sein Sohn selbst groß zu ziehen und wurde gleichzeitig Vater und Mutter für Ilkay. Er tat alles, damit es seinem Sohn gut ging und gewann dadurch den Respekt von Ilkay, der stets zu ihm aufgeschaut hatte. Sie hatten eine großartige Beziehung zueinander, die über das Sohn Vater Verhältnis hinaus ging. Sie waren zu richtigen Kumpels, zu ganz engen Freunden verschweißt, die sehr viel Zeit miteinander verbrachten. Trotz der Schule von Ilkay und dem Vollzeitjob seines Vaters als Geschichtsprofessor an der Universität Wien, fanden sie dennoch Zeit füreinander. Auch als Ilkay Sport- und Ernährungswissenschaften studierte, hatten sie immer noch Zeit füreinander, aber nachdem auch Ilkay schließlich eine Vollzeitstelle gefunden und zu arbeiten angefangen hatte, konnten sie zwar nicht mehr so viel gemeinsam unternehmen, doch kleine Ausflüge da und dort gingen sich sehr wohl noch aus. Sie hatten beide Verständnis darüber und machten einfach das Beste draus und waren froh überhaupt noch gemeinsame Aktivitäten unternehmen zu können. Jetzt wo sein Vater seit einigen Monaten, laut seiner eigenen Aussage geschäftlich, verreist war, nutzte Ilkay diese Zeit um umso mehr mit seinen beiden Freunden abzuhängen.

Vorausgesetzt, er fand Zeit für die beiden, denn Ilkay war bei seiner Kundschaft, vor allem der weiblichen, sehr beliebt, sodass er sich kaum vor der Arbeit retten konnte. Er war stets die erste Wahl gewesen, wenn sich jemand dazu entschlossen hatte, mit einem Personal Trainer zu trainieren und sich sportlich fit zu halten.

Denn jede Dame, die mit ihm trainierte, war höchst erfreut von seinen fachlichen Kompetenzen, seiner professioneller Arbeit, aber auch von seiner charmanten und äußerst freundlichen Art, wie er mit ihnen umging, gewesen, sodass sie mit ihm weiter trainierten, aber ihn auch weiterempfahlen. So hatte Ilkay stets ein volles Arbeitsprogramm, aber er beschwerte sich nie darüber, sondern war immer sehr froh gewesen. Denn viel Kundschaft hieß, viele Pluszahlen am Girokonto. Zu seiner begeisterten Kundschaft, gehörten auch einige Männer an, die ebenfalls sehr zufrieden mit seiner Arbeit gewesen waren, aber die meisten Männer hingegen, bevorzugten viel lieber Jennifer als ihren Personal Trainer. Das konnte man ihnen auch nicht übel nehmen. Denn Jennifer ist eine sehr gut aussehende, attraktive junge Dame, nach der sich jeder Mann, ja manchmal sogar eine Frau, umdreht. Zudem hat sie einen, sowie es sich eben für professionelle Sportler gehört, eine sehr gut trainierte und schlanke Figur. Es kam daher schon oft vor, dass sich der eine oder andere Mann, während des Trainings mit ihr, eine Verletzung zugezogen hatte. Nur wenige schafften es sich auf ihr Training zu konzentrieren. Und seit dem Beginn ihres Dienstverhältnisses hat sich auch die Mitgliedschaft des Fitnessstudios erhöht. Während Ilkay also die weibliche und Jennifer die männliche Kundschaft aufstockten und gleichzeitig auch ihr Konto, musste sich Andreas mit seiner Arbeit an der Rezeption zufrieden geben. Denn er hatte nicht so viel Kundschaft wie seine beiden begehrten Kollegen und Freunde, wodurch er die meiste Zeit auch an der Rezeption tätig sein musste, damit er überhaupt mit den beiden finanziell mithalten zu können. Andreas sah zwar auch gut aus und hatte einen sehr sportlichen und durchtrainierten Körper, jedoch fanden ihn die meisten sehr abstoßend und teilweise auch widerlich. Das lag an seiner Art und Weise wie er sich gegenüber Frauen verhielt. Er ist einfach ein Poser und Angeber, der es auch ziemlich gerne mal mit seinen Geschichten übertreibt und die Frauen ohne Ende voll quatscht. Deswegen wirkte er sehr abstoßend und verlor immer mehr an Kunden. Zudem konnte er es nie sein lassen mit ihnen zu flirten und sie ständig um Rendezvous zu bitten. Im Fall von Andreas hieß bitten einfach nur solange den Frauen auf die Nerven zu gehen bis sie ihn am Ende, meist mit einer Ohrfeige, abblitzten. Doch Andreas kannte kein Scham und machte einfach damit weiter. Er konnte es einfach nicht sein lassen ständig zu flirten und zu posen. Ilkay und Jennifer fanden seine harmlose Art und Weise, eine Verabredung zu erhaschen, sehr witzig, weswegen sie sich darüber sehr amüsierten und jedes Mal lachen mussten, wenn Andreas erneut eine Abfuhr bekam, die meist sehr verletzende verbale Ausdrücke enthielten und diesen am Ende eine Ohrfeige folgte. Doch Andreas war so schamlos, dass ihm all die groben Bezeichnungen und auch die Ohrfeigen, die er kassierte, nichts ausmachten. Ilkay nannte ihn daher hin und wieder Johnny Bravo, weil er ihn sehr stark an die berühmte Cartoon-Figur erinnerte.

Genau so hatte Andreas am Anfang auch sehr viele gescheiterte Flirtversuche gegenüber Jennifer verzeichnet. Doch trotz dessen, fand sie ihn kein Bisschen widerlich oder dergleichen, sondern eher nett und harmlos. Sie hatte vielmehr Augen für Ilkay, der auch scheinbar ihr gegenüber bestimmte Gefühle hegte, diese jedoch nie zum Ausdruck brachte. Jennifer sprach ihn nie darauf an. Sie wollte, dass er den ersten Schritt tun sollte, aber Ilkay hielt sich lieber zurück. Denn er hatte die Befürchtung, dass sie sein Geheimnis nur viel zu schnell erfahren würde, sobald sie ein Paar werden würden. Das wollte und konnte Ilkay nicht riskieren. Daher blieb ihm nichts anderes übrig als sich zurückzuhalten. Gleichzeitig hoffte er sehr, dass Jennifer nicht mit einem anderen Typen eine feste Beziehung anfängt. Dieser Gedanke, aber auch das Verhüten seines Geheimnisses, gaben ihm das Gefühl, Barfuß auf einem Nadelbrett zu laufen während er gleichzeitig eine sehr schwere Last am Rücken trägt. Es war in der Tat eine Qual für ihn, aber er musste standhaft bleiben und sich zusammenreißen. Denn noch war die Zeit der Offenbarung nicht gekommen. Jedoch hoffte er sehr, dass diese Zeit nicht mehr lange auf sich warten lässt.

Ein weiterer Arbeitstag neigte sich dem Ende zu und die drei Freunde freuten sich auf den Dienstschluss. Sie hatten die Vormittagsschicht, weswegen sie jetzt den Nachmittag in vollen Zügen genießen konnten. Sie hatten sich ausgemacht zuerst gemeinsam essen zu gehen und hinterher spontan etwas zu unternehmen. Doch diesmal hatte Jennifer bereits gegen Mittag verkündet, dass sie nach dem gemeinsamen essen gleich nach Hause muss. Sie hätte noch etwas wichtiges vor, gab sie ihren beiden Freunden zu verstehen, die zwar ein wenig schmollten, es jedoch schon überleben würden auch mal ohne ihre Freundin ihre Freizeit zu verbringen. Somit hatten sie Verständnis für Jennifer und hofften, dass sie beim nächsten Mal wieder dabei sein konnte.

Sowohl Ilkay als auch Jennifer waren gerade dabei die letzten Runden ihrer Kunden abzuhaken, während Andreas bereits angefangen hatte, die Kassa zu zählen um sie seiner Ablöse übergeben zu können.

Ilkay trainierte seinen Kunden gerade mit einer der vielen Kraftübungen, die ein bestimmtes Hanteltraining erforderte, während Jennifer ihrem Kunden das letzte Cardiotraining am Stepper abverlangte. Hin und wieder warfen sich die beiden flüchtige Blicke zu und lächelten dabei.

Und, wie als hätten sie es sich untereinander ausgemacht, wurden sie zeitgleich mit dem Training fertig und beendeten ihre Arbeit für diesen Tag.

Nachdem sie sich von ihren zufriedenen Kunden verabschiedet hatten, räumten sie noch ihren Arbeitsplatz auf, bevor sie sich gemeinsam an die Rezeption aufmachten um nachzusehen wie weit Andreas mit der Übergabe gewesen war.

So wie es oft vor kam, hatte sich Andreas erneut verzählt und musste mit der Zählung von Neuem anfangen. Ilkay und Jennifer mussten dabei wieder lachen, während Andreas schwitzte und zu Gott betete, dass er ja kein Minus hatte. Schon letzte Woche musste er knapp sieben Euro einzahlen, weil er, aus ihm unerklärlichem Grund, ein Minus hatte und er wollte nicht erneut eine Zahlung aus eigener Tasche tätigen müssen. Jennifer erlaubte sich ein Witz und konnte sich folgenden Spruch nicht verkneifen:

>>*Also lieber Andreas, du hast da etwas falsch verstanden. Der Sinn dieses Jobs ist, dass du daran verdienen und nicht selber dafür zahlen sollst.*<<

Gleich danach brachen Ilkay und Jennifer in lautem Gelächter aus, während Andreas den beiden einen genervten Blick zu-warf und dabei seufzend sagte:

>>*Ha-Ha-Ha, ihr Witzbolde! Wenn es so einfach ist, dann stellt ihr euch mal hinter die Kassa ohne euch zu verrechnen. So einfach wie das aussieht ist es nicht. Also hört besser auf mich zu verspotten!*<<

Ilkay und Jennifer lachten weiter und diesmal ergriff Ilkay das Wort:

>>*Wir verspotten dich nicht mein Freund, aber du machst es uns nun mal viel zu einfach.*<<

Das Lachen der beiden wandelte sich in leises Kichern um und hörte schließlich ganz auf.

Andreas war nun mit der Zählung fertig und atmete tief aus, während er sich mit seinem Handgelenk den Schweiß von sei-ner Stirn abwischte als er feststellte, dass die Kassa kein Minus aufwies. Das brachte eine unbeschreibliche Erleichterung in ihm auf. Jennifer sagte daraufhin:

>>*Großartig! Jetzt wissen wir, wer das Essen heute bezahlt.*<<

Und wieder lachten Ilkay und Jennifer, während Andreas fol-gendes darauf antwortete:

>>*Ihr zwei seid hier die Reichen. Ihr verdient weit mehr als ich, also solltet ihr mich eigentlich einladen.*<<

Mit leisem Gelächter sagte Ilkay darauf:
>>*Keine Sorge! Heute geht das Essen auf mich.*<<
Daraufhin sagte Andreas mit einem breiten Grinsen:
>>*Na bitte!...Dann werde ich den Speiseplan einmal rauf und runter essen. Mach dich auf etwas gefasst mein Freund!*<<
Nun lachten alle drei ganz herzhaft, während die Kollegin von Andreas eintraf und ihn ablöste.
Anschließend gingen Ilkay und Andreas gemeinsam in die Männerumkleidekabine duschen während Jennifer sich ebenfalls zum Duschen in die Frauenumkleidekabine zurückgezogen hatte.
Der Treffpunkt war draußen am Eingang des Fitnessstudios.

Bedauerlicherweise war die Welt draußen bei weitem nicht so freundlich zueinander wie es die drei Freunde untereinander gewesen sind. Es gab sehr wohl Menschen, die auch nett und freundlich sein konnten, aber sie wurden dennoch stets von einer schwarze Wolke überschattet, der sie ewig zu begleiten schien. Vor allem bekamen das die Bürgerinnen und Bürger zu spüren, die ein Migrationshintergrund hatten. Dass manche von ihnen in Wien beziehungsweise in einem anderen Bundesland der Republik Österreich geboren wurden, spielte dabei absolut keine Rolle. Die Ausländerfeindlichkeit war sehr stark präsent und nahm auch mit jedem neuen Tag immer mehr an Hass und Abscheu zu. Ganz besonders gegenüber denen, die türkische Wurzeln hatten. Sie bekamen diesen Hass am meisten von allen zu spüren. Sei es in Form von Vernachlässigungen beziehungsweise Benachteiligungen am Arbeitsplatz, an Schulen oder an diversen behördlichen Stellen, Prügelattacken, Beschimpfungen, diversen Beschädigungen und Graffitis an Autos und Wohnungstüren und vieles mehr.
An vielen Wänden waren Sprüche beziehungsweise Slogans

wie „Ausländer raus!", „Daham statt Islam", „Verdammte Tschuschen" und viele weitere obszöne und beleidigende Begriffe besprüht oder gekritzelt gewesen.

Die Stadt Wien brachte zwar immer wieder ihr Bedauern zum Ausdruck und versicherte, dass derartiges nicht mehr vorkommen würde, doch die Realität sah anders aus. Es schien fast so, als würden die zuständigen Behörden beziehungsweise Beamtinnen und Beamte sowie Politikerinnen und Politiker, in Wahrheit nichts dagegen unternehmen, sondern diese Schande sogar noch gutheißen.

Denn anstatt, dass es abnahm, nahm es vielmehr zu.

Die betroffenen Personen fühlten sich sehr unwohl dabei und wussten nicht mehr weiter. Sie wussten nicht woher all dieser Hass plötzlich gekommen war und konnten sich diese enorme Ausländerfeindlichkeit nicht erklären. Und obwohl für einige von ihnen ein solcher Hass tödlich enden konnte, ging die Polizei beziehungsweise das Innenministerium die Fälle immer locker an. Menschen entschieden sich Verbrechen aus Hass zu begehen und gingen sogar so weit, dass sie Morde begingen, aber die Polizei betrachtete die Fälle stets eher harmlos und versuchte diese unter den Teppich zu kehren. Den betroffenen war bereits vor langer Zeit aufgefallen, dass die Polizei sich immer dann so benahm, wenn es sich bei den Opfern um Personen mit Migrationshintergrund handelte. Ganz besonders, wenn es türkischstämmige gewesen waren, aber sie konnten einfach nichts dagegen unternehmen.

Ilkay und sein Vater wussten jedoch, wie sie dagegen vorgehen könnten. Vor allem Ilkay nahm sich fast jede Nacht einen Parasiten nach dem anderen vor und versuchte als der schützende Wolf, die Stadt etwas sicherer und angenehmer zu machen indem er einwenig aufräumte.

Es sprach sich daher schon schnell im ganzen Land herum,

dass ein Bürger nachdem anderen verschwindet und die meisten von ihnen bekannte Schwerverbrecher waren. Einige gehörten sogar der Bruderschaft oder diversen rechtsextremen Organisationen an. Niemand, weder die Polizei noch die Presse oder sonst irgendjemand, konnte sich deren plötzliches Verschwinden beziehungsweise ihren brutalen Mord erklären. Sie tappten alle im Dunkeln. Die Polizei war ratlos gewesen.

Und Ilkay musste dafür sorgen, dass das auch so bleibt.

Bevor er auf die Jagd ging, zog sein Vater, Mete Duman, alleine los und jagte all diese Verbrecher und Unruhestifter.

Als Ilkay dann in den Anfang Zwanzigern und somit endlich alt genug war, begleitete er sein Vater dabei und lernte dadurch alles über die Jagd. Sein Vater brachte ihm in den vergangenen Jahren alles bei, was er konnte und was er wusste. Oder vielleicht doch nicht alles was er wusste. Denn Ilkay konnte immer spüren, dass sein Vater einiges oder vielleicht nur etwas vor ihm verheimlichte. Mete Duman verschwieg seinem Sohn etwas. Das konnte Ilkay eindeutig spüren, aber jedes Mal, wenn er seinen Vater drauf ansprach, gab er ihm immer wieder die selbe Antwort zu hören. Nämlich, dass er alles erfahren wird, wenn die Zeit dafür gekommen ist.

Ilkay hatte auch den Verdacht, dass die plötzliche Reise und die längere Abwesenheit seines Vaters etwas damit zu tun haben könnte. Mete Duman hatte zwar der Universität Wien mitgeteilt, dass er geschäftlich unterwegs sein muss, weil er geschichtliche Forschungsarbeiten durchführen muss, die gegebenenfalls auch über Monate dauern können, aber Ilkay wusste, dass da etwas anderes dahinter stecken müsste.

Und es gefiel ihm ganz und gar nicht, dass sein Vater gewisse Informationen vor ihm verheimlichte, aber er konnte nunmal nichts dagegen tun. Nur abwarten. Mehr als das, konnte er nicht tun. Abwarten und sich dann am Ende überraschen lassen. Er hoffte nur, dass es keine schlechte Überraschung sein würde, doch seine innere Stimme sprach ihm hierbei stets das Gegenteil zu, was ihn nur noch mehr beunruhigte.

Jennifer war bereits vor ihren beiden Freunden fertig gewesen und wartete auf sie, wie vereinbart, vor dem Eingang des Fitnessstudios.

Sie trug ihre schulterlangen und brünetten Haare, die sie immer während des Trainings zu einem Pferdeschwanz zusammenband, offen. Sie hatte schönes und gewelltes Haar, die sie immer sehr sorgsam pflegte. Ihren schlanken und sportlichen Oberkörper hatte sie mit einer bauchfreien weißen Bluse bedeckt, auf der in Glitzerschrift das Wort „Love" gestrickt war. Die Bluse brachte ihre feinen und definierten Bauchmuskeln zur Geltung. Als Hose trug sie eine eng sitzende hellblaue Jeans, in der man deutlich erkennen konnte, dass sie keineswegs ihre Kniebeugen vernachlässigte. Sie sah ganz einfach umwerfend aus.

Dass sie, während sie gerade mal fünf Minuten wartete, von mindestens zehn Männern angesprochen wurde, bestätigte ihr äußerst gutes Aussehen. Und, dass sie sie alle eiskalt abblitzte, bestätigte, dass sie eine Frau gewesen war, die Klasse hatte und die nicht leicht zu haben war. Abgesehen davon hatte sie ja im Moment nur Augen für ihren Freund und Kollegen Ilkay Duman.

Und kaum hatte sie an ihn denken müssen, schon kam er, in Begleitung mit Andreas, ihr entgegen und warf ihr ein verführerisches Lächeln zu, das sie an Ort und Stelle zum Schmelzen brachte. Aber Jennifer hatte ein tolles Pokerface und wusste sich zu beherrschen. Also blieb sie ganz cool und ließ sich nichts anmerken.

Sie begrüßten sich alle und Ilkay machte ihr ein nettes Kompliment über ihre gesamte optische Erscheinung. Sie bedankte sich ganz verlegen und hoffte nur, dass er ihr wild schlagendes Herz nicht hören würde. Denn für sie hörte es sich im Moment wie ein Schlagzeugkonzert an.

Sie hatten beschlossen ihre gemeinsame Verabredung zum Essen dieses Mal am Naschmarkt im 6. Wiener Gemeindebezirk zu unternehmen.
Es war Jennifer's Idee gewesen, die unbedingt wieder einmal das tolle Restaurant „NENI am Naschmarkt" mit dem großartigen Ambiente besuchen wollte.
Sie hatte vor wenigen Wochen schon mal dort gegessen und konnte seither nur noch davon schwärmen, sodass sie unbedingt wollte, dass auch ihre beiden Freunde das fabelhafte Restaurant unbedingt besuchen sollten.
Ganz besonders hatte es ihr „Elior's Double Cheesburger" angetan. Der beste Burger, den sie je gegessen hatte. Der Geschmack des köstlichen Burgers in Kombination mit der Sriracha Mayo klebte noch an ihrem Gaumen. Sie wurde nahezu süchtig danach und machte sich keinerlei Gedanken darüber, dass der Cheesburger ihre traumhafte Figur zerstören könnte.
Doch bei den täglichen Trainingseinheiten und dem ganzen Sport, den sie in der Arbeit machte, hatte sie auch gar keinen Grund um schlechtes Gewissen zu haben.
Also fuhren sie alle gemeinsam an diesem herrlich sonnigem Tag zum Naschmarkt um bei NENI ihre Bäuche zu füllen und somit ihre Sixpacks gegen Plauzen zu tauschen.
Die ganzen Kalorien, die sie an diesem Tag zu sich nehmen würden, würden sie schon am nächsten Tag wieder locker verbrennen. Da konnte man sich ruhig mal eine Sünde erlauben.

Andreas konnte ordentlich schlemmen. Er stopfte sich den

Cheesburger, den Jennifer empfohlen hatte nur so in sich hinein während Ilkay und Jennifer ihn dabei schmunzelnd anstarrten.

>>Nun iss doch ganz ruhig Andreas!<<

Sagte Ilkay zu ihm.

>>Och Monn Ölkoy, dos üss dör böstö Chössbörgöea, döen öch jö gögöffön hobö.<<

Entgegnete ihm Andreas mit vollem Mund und wandte sich danach Jennifer zu, nachdem er einen großen Happen hinuntergeschluckt hatte:

>>Also Jennifer, dafür könnte ich dich jetzt so was von küssen.<<

Jennifer und Ilkay lachten gemeinsam laut auf. Nachdem sich Jennifer eingekriegt hatte, sagte sie zu Andreas:

>>Danke Andreas, aber ich verzichte.<<

Und lachte erneut während Andreas ihr beleidigte Blicke zuwarf und gleich darauf selber zu lachen anfing.

Und genau Momente wie dieser schweißten die drei Freunde immer enger zusammen. Diese Momente sollten unvergesslich sein. Sie genossen einfach jede einzelne Sekunde, die sie gemeinsam verbrachten. Daher konnte es sich Ilkay im Moment ganz und gar nicht leisten all das hier aufzugeben. Er konnte es sich nicht leisten auf all das hier einfach so zu verzichten.

Er musste sein Geheimnis noch eine Weile für sich behalten. Genau daran dachte er in diesem Moment. Er setzte ein leichtes Grinsen auf während er stolz seine beiden Freunde ansah und einfach nur diesen wundervollen Augenblick genoss.

Dann biss auch er ein großes Stück von seinem Cheesburger ab, schloss beim Kauen die Augen zu und verstand erst jetzt, was sein Kumpel Andreas sagen wollte, als er mit vollem Mund den köstlichen Geschmack dieses einmaligen Cheesburger's zu beschreiben versuchte.

>>*Na? Hatte ich es euch nicht gesagt oder was? Ihr beide schmelzt ja mehr dahin als der Käse in dem Burger.*<<
Sagte Jennifer während sie mit begeisterten und mit zufrieden gestellten Blicken ihre beiden Freunde und Kollegen ansah und gleich darauf in hallendem Gelächter ausbrach.

In diesem Moment hatten sich sowohl Personal als auch die anderen Gäste, fast schon synchron, zu ihr hinüber gedreht und sie mit erstaunten Blicken angesehen ehe sie selbst dabei zu schmunzeln und zu kichern anfingen. Verlegen und mit einem rot angelaufenem Gesicht hielt sie sich die Hände vor ihren Mund und kicherte, nach vorne zu dem Tisch gebeut, weiter, sodass ihr die Tränen dabei kamen. Ilkay und Andreas warfen sich zuerst gegenseitig verblüffte Blicke zu, sahen gleich darauf Jennifer an und lachten erneut.

So viel wie in diesem Moment, hatten sie wohl noch nie zuvor gemeinsam gelacht. Es war einfach ein großartiger Moment, den das Trio erlebte.

Nachdem sie sich endlich alle wieder eingekriegt hatten, konzentrierten sie sich weiter auf das köstliche Essen und versuchten es zu genießen.

Nachdem sie fertig gegessen hatten und ihre Bäuche mit fettigen Cheesburgern vollgefüllt waren, entspannten sie sich erst einmal für einen kurzen Moment.

Doch Jennifer hatte nicht allzu viel Zeit um noch etwas länger bei ihren beiden Freunden zu bleiben und erinnerte die beiden daran, dass sie noch etwas wichtiges vorhatte und sich jetzt schon verabschieden müsste.

Ilkay und Andreas waren zwar nicht sonderlich begeistert davon, aber sie hatten Verständnis. So standen sie alle gemeinsam auf und Jennifer umarmte ihre beiden Freunde und verabschiedete sich mit einem freundlichen Lächeln. Ihre Umarmungen waren immer so innig und warmherzig gewesen. Vor allem gegenüber Ilkay. Da konnten die Umarmungen schon etwas länger dauern als bei allen anderen, die sie sonst so umarmte. Andreas fiel das gar nicht auf, aber Ilkay hingegen wusste es sehr wohl. Doch er hielt sich absichtlich zurück und versuchte nicht darauf einzugehen. Er verhielt sich jedes Mal ganz normal und tat so, als wären das harmlose Umarmungen beziehungsweise freundschaftliche Flirts, die nichts ernstes zu bedeuten hätten. Er würde alle ihre Gesten nur zu gern erwidern, aber er musste sich einfach beherrschen und die Zähne zusammenbeißen. Also blieb ihm auch in diesem Fall nichts anderes übrig als ihr nur lächelnd und zuwinkend hinterher zu sehen und darauf zu hoffen, dass der Tag, an dem er sich ihr öffnet schon bald eintreffen würde.

Nachdem er sich auch wieder hingesetzt hatte, dachte er darüber nach, dass sie gar nicht erwähnt hatte, was sie vor hatte, das so wichtig gewesen war, sodass sie so frühzeitig schon gehen musste. Aber er beschloss nicht länger darüber nachzudenken und schüttelte den Gedanken mit einem leichten Kopfschütteln ab und trank NENI's Limonana auf einem Hieb zu Ende. Er liebte den Geschmack von kühler und frischer Minze nur zu sehr.

Andreas und Ilkay blieben noch eine Weile sitzen und unterhielten sich während Ilkay die ganze Zeit über nur an Jennifer denken musste.

Den köstlichen Cheesburger hatte Ilkay bereits längst wieder verdaut und befand sich nun in seiner Wohnung. Es war bereits spät am Abend gewesen und er dachte darüber nach, ob er sich vielleicht noch bei Jennifer telefonisch melden und nachfragen sollte, ob sie ihre Angelegenheiten beziehungsweise das eine wichtige Ding, erledigen konnte. Sein Oberkörper war frei und er stand mitten in seinem Wohnzimmer herum und hielt dabei sein Handy in der Hand. Er hatte bereits ihre Nummer herausgesucht und musste nur noch auf das Display seines Smartphones tippen und schon würde der Anruf ausgehen.

Doch als er kurz davor gewesen war, presste er sich seine Lippen zusammen, drückte dabei auf die Seitentaste um so den Bildschirm seines Smartphones zu sperren.

Er hatte sich doch noch dagegen entschieden Jennifer anzurufen und war der Meinung gewesen, dass er sie lieber am nächsten Tag darauf ansprechen sollte.

Also legte er sein Smartphone auf den Kaffeetisch, zog sich auch seine Hose und schließlich auch seine Unterwäsche aus. Nun stand Ilkay vollkommen nackt in seinem Wohnzimmer herum und blickte auf die Wanduhr. Es war kurz vor 22 Uhr gewesen als Ilkay sein inneres Biest herausließ und sich in den Wolf verwandelte, der Nacht für Nacht, ganz unbemerkt Jagd auf Verbrecher machte. Er wuchs dabei jedes Mal auf das Doppelte seiner Größe und hatte dementsprechend auch einen viel muskulöseren, aber dafür sehr stark und dich behaarten, Körper. Ilkay war bereit gewesen ein weiteres Mal Verbrecher zur Strecke zu bringen und sprang mit voller Entschlossenheit aus dem Fenster seines Wohnzimmers hinaus um am Dach des gegenüberliegenden Wohngebäudes zu landen. Obwohl er einen sehr massigen und schweren Körper besaß, schaffte er es dennoch jedes Mal sanft, wie eine Katze, auf den Dächern zu landen, sodass ihn niemand hören oder bemerken konnte.

Nachdem er die Stadt unter seinen Wolfsfüßen ganz ruhig und gelassen beobachtet hatte, setzte er seine Reise fort und wurde eine Einheit mit der Nacht. Sein dichtes Fell war sehr dunkel, nahezu schwarz gewesen, sodass man ihn in der Finsternis der Nacht mit bloßen Augen gar nicht sehen konnte. Das verschaffte ihm jedes Mal einen sehr großen Vorteil gegenüber seiner Beute, aber auch gegenüber allen anderen, die ihn dadurch nie zu sehen bekamen. So konnte er stets unentdeckt bleiben und in aller Ruhe seine Missionen ungehindert zu Ende bringen. Und genau eine solche Mission, hatte er auch in dieser Nacht, die er erfolgreich beenden wollte.

Denn Ilkay hatte erst vor Kurzem eine kriminelle Bande, eine Gang, die aus puren ausländerfeindlich gesinnten Mitgliedern, bestand, zu denen sowohl Frauen als auch Männer gehörten, und sich „Klan der Blaublüter" nannten. Es gab zwei Gründe wieso sich die Mitglieder dieser Organisation als Blaublüter bezeichneten. Der eine Grund war, weil die Mitglieder meinten, dass die österreichische Rasse adelig sei und der Begriff „Blaues Blut" auf Menschen angewendet wurde, die von adeligen Familien abstammten beziehungsweise der Aristokratie zugehörig waren. Der andere Grund war der, weil die Mitglieder dieser Organisation, die Politik eines rechten österreichischen Parteis unterstützten, die als Parteifarbe Blau bevorzugte. Jedes dieser Mitglieder hatte am Unterarm das Wappen ihres Klans, zu der sie gehörten, tätowiert. Es war ein Messer, das horizontal lag und die Klinge, in Richtung ihrer Hand gerichtet, bis zur Hälfte mit blauem Blut verschmiert war das nach unten tropfte. Die Tätowierung sollte symbolisieren, dass in den Adern der Mitglieder blaues Blut fließen würde. Dieses Symbol verzierte auch ihre Flaggen. Manche von ihnen hatten sogar das Wappen auf einige ihrer Kleidungsstücke drauf genäht und andere wiederum hatten Aufkleber in ihren Fahrzeugen davon kleben oder in ihren Wohnungen als Poster an den Wänden hängen. Ganz zu Beginn bestand das Symbol aus einem einzigen blauen Blutstropfen, aber die Gründer der Organisation hatten beschlossen das Symbol zu ändern, weil man sie verspottete und behauptete das Logo sei einfach nur ein Wassertropfen oder würde eine Träne zeigen. Sie wurden dadurch zu einer Lachnummer, vor allem bei jedem, der gegen sie gewesen war. Das konnten die Gründer nicht länger hinnehmen. Sie wollten ernst genommen werden und nicht etwa zu Witzfiguren gemacht werden. Dadurch entstand bei ihnen umso mehr Hass und Zorn, woraufhin sie all ihre Wut wiederum bei ihren Opfern ausgelassen hatten und immer noch auslassen. Hin und wieder wurden einige von ihnen identifiziert, woraufhin sie verhaftet wurden und nur für eine kurze Zeit ins Gefängnis kamen. Weil sie sehr stark rechts orientiert waren, musste die Stadt alle ihre Feste, Kundgebungen und sonstige Events verbieten. Denn das Volk duldete eine solche Organisation nicht länger. Seither führen sie ihre Taten im Verborgenen und versuchen dabei möglichst wenige Spuren zu hinterlassen.

Doch Ilkay Duman hatte ihre Spuren gewittert und sich sofort auf die Jagd begeben.

Er war fest davon entschlossen, alle Mitglieder, die er in dieser Nacht, in deren Versteck vorfindet, an Ort und Stelle zu zerfleischen und keinen von ihnen entkommen zu lassen.

Diesmal sollten sie nicht mit einer einfachen Haft- oder gar einer lächerlichen Geldstrafe davon kommen.

In dieser Nacht war Ilkay Duman neugierig darauf gewesen, ob die Mitglieder vom Klan der Blaublüter auch tatsächlich blau bluten würden, wenn er ihnen die Haut vom Fleisch und das Fleisch von ihren Knochen reißen würde.

Mit diesem Gedanken, einem knurrenden Magen, gefeilten Zähnen und messerscharfen Krallen näherte er sich immer mehr an sein Ziel. Er fing bereits zu schnüffeln an und wurde ganz unruhig und wild dabei als er das frische Fleisch seiner Beute zu riechen bekam.

Ilkay Duman stand nur noch wenige Augenblicke vor einer Nacht des puren Gemetzels.

Eine Nacht, in der viel Blut fließen würde. Jedoch kein Tropfen davon würde blau sein.

Keep Howling Every Night!
Keep Howling For Justice!

Akif Turan

KAPITEL 4

DIE BEGEGNUNG

Die Mitglieder des Klans der Blaublüter ahnten noch nichts
von der sich nähernden Gefahr. Einige spielten Dart und andere
Billard. Andere kippten eine Flasche Bier nach der anderen.
Wieder andere tanzten locker und entspannt zu der Musik, die
im Hintergrund leise ertönte. Zwei von ihnen saßen an einem
Tisch beim Armdrücken während eine kleine Gruppe, die im
Halbkreis, um sie herum stand und die beiden Männer anfeuer-
te. An der Wand zwischen dem Eingang zur Toilette und der
kleinen selbst zusammengebauten Bar, der von einer Frau im
mittleren Alter bedient wurde und in deren Mundwinkel sich
eine Zigarette befand, klebten einige Bilder von den jüngsten
Flüchtlingen, die von der Republik Österreich aufgenommen
wurden. Sie waren aus verschiedenen Zeitungen herausge-
schnitten worden und wurden von transparenten Klebestreifen
festgehalten. Ein paar der Mitglieder standen etwa zwei Meter
davor und spielten Messerwerfen. Je nachdem welches der vielen Bilder ihre Messer durchstechen würden, bekamen sie dem-
entsprechende Punkte gutgeschrieben. Am Ende gewann die
oder der mit der höchsten Punkteanzahl.
Es wurde viel gelacht, viel gealbert, viel geschmust und vor
allem sehr viel getrunken in der privaten Lagerhalle des Klan
Gründers, den man unter dem Namen Günther Stadlbauer
kannte.
Günther Stadlbauer war ein Mann, der bei seiner Anhänger-
schaft sehr beliebt war und auch den Respekt von jedem einzelnen genoss. Die Frauen verehrten ihn und die Männer wollten so sein wie er. Selbst die Kinder von den Mitgliedern, sahen teilweise zu ihm auf. Er wurde einfach von jedem sehr ge-

schätzt und sehr geliebt.

Günther war ein Mann, der auf die Fünfzig zuging, aber für sein Alter fitter war als viele, die um Jahre jünger waren als er. Schon allein dafür gebührte man ihm viel Respekt.

Bei der Lagerhalle, die bereits seit einiger Zeit als Treffpunkt des Klans diente, handelte es sich um einen ehemaligen Abstellplatz für alte und kaputte Autoreifen, aber auch für diversen Schrott von Kraftfahrzeugen, die alle dort versammelt wurden um sie anschließend alle gemeinsam als Sperrmüll zu entsorgen.

Die Lagerhalle gehörte eine Zeit lang zu der Autowerkstatt von Günther, die er immer noch tagsüber betreibt, bis er sich dazu entschlossen hatte, sie zu eine Art privaten Bar umzugestalten. Denn so konnten sie alle ungestört unter sich sein und sich so richtig über jegliche Bürgerinnen und Bürger mit Migrationshintergrund beschweren und über sie herziehen.

Günther war mit einer zwei Jahre jüngeren und etwas üppigen Frau namens Gertrude verheiratet, die gegenüber Ausländern noch mehr Hass und Abscheu empfand als er selbst. Das war damals mitunter eines der Gründe, wieso er sich für sie entschieden hatte. Sie war auch diejenige, die nachts die Bar bediente und tagsüber in der Kantine eines Möbelgeschäftes arbeitete. Und da unter dem Personal des Möbelgeschäftes auch einige mit Migrationshintergrund tätig waren, bekamen sie fast täglich, ohne es zu bemerken, das angespuckte Essen von Gertrude serviert. Manchmal ließ sie auch gern ein paar der Beilagen absichtlich auf den Boden fallen um sie mit Dreck und Schmutz dem Personal vorsetzen zu können. Sie genoss den Anblick während sie ihnen dabei mit teuflischem Grinsen zusah, wie sie völlig ahnungslos ein Bissen nach dem anderen machten. Hin und wieder murmelte sie dabei zu sich selbst Sprüche zu wie *„Ganz recht ihr Tschuschen, esst schön meine*

Spucke auf!" oder *„Schön den Dreck in euch aufnehmen, wie die Mülltonnen, die ihr seid!"*
Obwohl sie das über mehrere Jahre bereits machte, wurde sie dabei noch nie erwischt.

Günther und Gertrude hatten keine Kinder, da Gertrude Unfruchtbar ist. Sie leidet an der sehr komplexen Erkrankung Endometriose. Nach zahlreichen Arztuntersuchungen, die sich alle negativ erwiesen hatten, hatte das Ehepaar es irgendwann schließlich eingesehen und sich mit einer Ehe ohne Kinder angefreundet. Adoption kam für die beiden nicht im geringsten in Frage, da sie keine Kinder von Fremden, sondern nur leibliche, von ihrem eigen Fleisch und Blut haben wollten.

Für Gertrude waren alle Kinder, ohne Ausnahmen, die zur Adoption freigegeben wurden, nur Bastarde, die niemand, selbst deren Eltern, nicht haben wollten, wieso sollte also sie diese Kinder nehmen und großziehen? Das war für sie stets unbegreiflich und unvorstellbar gewesen. Entweder eigene Kinder oder gar keine war ihre Regel.

So hatten sie also keinerlei Nachkommen, die später einmal ihre Erben sein konnten.

Viel zu erben, außer die Autowerkstatt vielleicht und auch die heruntergekommene Bar, besaßen sie auch nicht.

Die Stadlbauers hatten nur sich und ihre Fangemeinde, mit der sie jeden Abend bis spät in die Nacht gemeinsam ihre Zeit verbrachten.

Und diese Nacht sollte ihre letzte gemeinsame Nacht sein.

Gertrude war gerade dabei eine weitere Flasche Bier einem der Mitglieder auszuschenken und Günther saß mit ein paar Männern, darunter auch einem seiner Arbeitskollegen von der Werkstatt an seinem Stammtisch und erzählte ihnen von seinem stressigen Arbeitstag während der Rest des Klans sich prächtig amüsierte als plötzlich, wie aus dem heiteren Himmel, die Eingangstür aus ihren Bändern gesprengt wurde und gute drei Meter weiter auf dem Boden landete. Sie wurde vollkommen zerschmettert als die wilde Bestie, die sie mit einem kräftigen Fußtritt aufgetreten hatte und gleich darauf hineinstürmte um die vollkommen aufgebrachte und erschrockene Menge zu überraschen. Allen Anwesenden stockte der Atem und sie alle blickten mit weit aufgerissenen Augen sowie weit aufgeklappter Kinnlade die Kreatur an, die sie mit sehr bösen Blicken anknurrte. Keiner von ihnen, nicht einmal Günther selbst, konnten in diesem Moment realisieren, was eben passierte. Jeder von ihnen war sprachlos und wie paralysiert gewesen. Sie wurden zwar alle Zeugen von diesem sehr spektakulärem Ereignis, aber sie alle taten es sich sehr schwer ihren Augen auch tatsächlich zu glauben. Manche von ihnen dachten möglicherweise, dass sie eventuell zu viel Bier intus hätten und andere vielleicht, dass sie von der Arbeit viel zu sehr übermüdet seien. Denn keiner von ihnen konnte oder wollte nicht daran glauben, dass tatsächlich ein waschechter, etwa drei Meter großer und muskelbepackter Werwolf direkt vor ihnen stand und seine scharfen und spitzen Zähne aneinander fletschte, während er sich mit ganz langsamen Schritten ihnen näherte. Es war so still in der gesamten Lagerhalle gewesen, dass man sogar das Flügelschlagen einer Fliege hören konnte. Das würgende Schlucken, erzeugt durch Angst, die die Kehlköpfe einiger dieser sogenannten harten Kerle wie eine Federung zum Auf- und Abspringen brachte. Die kühlen Schweißtropfen, die auf den Boden klatschten. Die rasenden Herzschläge hinter zahlreichen Brustkörben. Das Ticken der blauen Uhr an der Wand, direkt über der Bar, mit zwei Autoreifen als Motiv drauf. Der zischende Klang der Asche, der den Fußboden berührte als der Zigarettenstummel, der aus Gertrude's vertrockneten und aufgerissenen Lippen auf den Boden fiel.

Einfach alles war in diesem kurzen Moment unüberhörbar gewesen.

Doch dann, als die wilde Bestie ihren Hals nach oben streckte und ein lautes Geheul von sich gab, bekamen alle panische Angst, fingen zu schreien an und rannten wild durcheinander. Einige stolperten dabei und fielen auf den Boden, sodass sie von anderen zertrampelt wurden. Wieder einige sprangen über Tische und Stühle um dem Monster zu entkommen. Einige suchten Schutz unter den Tischen sowie hinter der Bartheke. Doch es war alles zwecklos. Der Wolf schnappte sich einen nach dem anderen und zerriss sie wie ein Lumpen in mehrere Einzelteile und ließ keinen einzigen von ihnen entkommen. Er war schnell, er war energisch, er war aufmerksam, er war aggressiv und er war sehr hungrig. Er packte seine Beute und rammte ihm seine scharfen Krallen direkt in den Brustkorb und riss ihm das Herz heraus. Einem anderen verpasste er einen so schnellen und schweren Hieb, sodass sich demjenigen der Kopf von seinem Körper löste und wie eine Bowlingkugel auf dem Boden rollte bis er an die Füße von Günther stieß und stehenblieb. Günther sah sich den Kopf des Mannes mit weit aufgerissenen Augen an und konnte das Geschehene gar nicht fassen. Er blickte zu der Bestie auf und sah wie diese seine Freunde einen nach dem anderen zerstückelte. Schnell lief er zu der Bar um nach Gertrude zu sehen. Sie hatte sich die ganze Zeit über unter der Bartheke versteckt und zitterte am ganzen Körper. Günther fragte sie, ob alles in Ordnung sein und ob es ihr gut ginge, woraufhin sie mit schnellem Kopfnicken mehrmals mit:

>>*J-j-j-ja-a-a-mir-ge-geht-es-gut.*<<

Sie zitterte so sehr, dass sie beim Reden nur stotterte.

Günther hob sein Kopf in geduckter Haltung ein wenig an um über die Bartheke nachsehen zu können, wo genau das Monster sich im Moment befindet. Doch er konnte nichts sehen außer jede Menge ausgeflossenes Blut, das überall an den Wänden sowie an der Decke klebte und wie ein frischer Anstrich ausgesehen hatte. Ebenso der gesamte Boden war vom Blut überschwemmt gewesen, sodass sich viele Pfützen an verschieden Stellen gebildet hatten. Überall lagen ausgerissene Körperteile, Gehirne, Gedärme und abgetrennte Köpfe herum. Einige der menschlichen Innereien klebten ebenfalls an den Wänden. Er konnte es einfach nicht glauben. Es war ein einziges Gemetzel. Er konnte die Schreie und die Geräusche hören, die sich wie Knochenbrüche und das Auseinanderreißen von Gliedmaßen hören. Doch das Monster, das das alles verursachte, war nicht zu sehen. Lediglich sehr laute, sich bohrende Schmatz- und Kaugeräusche drangen in seine Ohren hinein. Es war unerträglich.

Dann fiel ihm ein, dass er, für Notfälle, eine Schusswaffe an der Bar versteckt hatte. Er hatte dafür keinen Waffenschein. Nicht einmal seiner geliebten Gertrude hatte er etwas davon erzählt. Da packte ihn das Selbstvertrauen und er atmete dabei leicht auf, während er, voller Hoffnung, auf allen Vieren zu dem Schrank kroch, in der sich die Schusswaffe befand. Es war ein ganz gewöhnlicher Holzschrank, der nicht einmal abgesperrt gewesen war. Darin bewahrte er diverse Werkzeuge auf und unter all diesen Werkzeugen hatte er die Schusswaffe versteckt. Er wusste, dass Gertrude sie niemals entdecken würde, da sie mit Werkzeugen nichts zu tun hatte. Und falls mal, ganz unerwartet, die Polizei zur Kontrolle vorbeischauen und ein Blick in den Schrank werfen sollte, würde sie bei all dem Chaos und dem Durcheinander, bestehend aus vielen Werkzeugen, die Schusswaffe gar nicht sehen können. Da müssten sie schon ganz genauer hineinschauen und sogar darin herumwühlen um überhaupt etwas finden zu können. Aber Günther wusste, wo genau unter all den Werkzeugen die Schusswaffe sich befinden würde, sodass er direkt an diese Stelle hineingriff und eine Glock herausholte. Gertrude sah ihn verwundert an und brachte vor lauter Angst kein Ton mehr aus sich heraus. Günther erwiderte ihre Blicke und gab ihr mit seiner entschlossenen und zuversichtlichen Körpersprache zu verstehen, dass er nun alles unter Kontrolle hätte.

Danach drückte er einen kräftigen Kuss an den Lauf seines Glocks, stand blitzartig auf und richtete seine Schusswaffe direkt in die Richtung, aus der ein weiterer Todesschrei seine Ohren erreicht hatte.

Seine Hände zitterten dabei unaufhörlich, sodass es ihm nicht leicht fiel seinen Zeigefinger an den Abzug zu legen und abzudrücken. Obwohl er voller Selbstvertrauen war, fiel es ihm dennoch schwer. Er erkannte in diesem Augenblick, dass seine Furcht doch größer war als sein, kürzlich errungenes Selbstvertrauen. Doch, nachdem die Bestie in den Oberschenkel seiner Beute hineinbiss und einen weiteren Happen davon machte, sammelte Günther all sein Mut zusammen und fing zu schreien an. In dem selben Augenblick war er dabei gewesen den Abzug seiner Glock zu drücken, doch aufgrund seines waghalsigen Geschreis, wurde der Wolf, dessen Schnauze mit Blut übergossen war, auf ihn aufmerksam und stürzte sich sofort auf ihn drauf. Günther drückte zwar ab, verfehlte jedoch die wilde Bestie, die mit rasender Geschwindigkeit direkt auf ihn zulief. Noch bevor Günther einen weiteren Schuss abfeuern konnte, schnappte der Wolf ihn am Hals und drückte so fest zu, sodass seine Krallen sich in Günther's Hals hineinbohrten. Günther zappelte am gesamten Körper und gab würgende Geräusche von sich während sein Blut aus sämtlichen Gesichtsöffnungen hinausfloss. Seine Augen traten leicht aus ihren Höhlen hervor und drohten hinauszuspringen. Der Wolf zog Günther näher an sich heran und knurrte ihn an. Er öffnete langsam seinen schleimigen und blutigen Maul und gewährte Günther dadurch den letzten Anblick seines Lebens, bevor er in sein Gesicht hineinbiss und kurz darauf ihn mit beiden Händen in Stücke zerriss. Die vollkommen erschrockene Gertrude musste schockiert und fassungslos zusehen, wie die Bestie ihren Ehemann Stück für Stück zerteilte und seine Eingeweide aus seinem Leib herauszerrte. Ihre Augen waren vor Furcht und Entsetzen nicht mehr zuzukriegen. Ihre sonst so helle Haut wurde noch bleicher und sie zitterte am gesamten Körper als würde ein Beben der Stärke 7 die Erde erschüttern. Und die ganze Zeit über gab sie, ohne es selber zu merken, laute winselnde Geräusche von sich, die fast schon wieder von ihrem lautem, hastigem und schnaufendem Ein- und Ausatmen übertönt wurde.

Sie konnte sich nicht von ihrem Fleck fort bewegen und war wie festgenagelt.

Nachdem die große, breite und haarige Bestie den letzten Knochen ihres geliebten Günther's abgenagt hatte, wandte er seine gelb leuchtenden, aber finster drein blickenden Augen zu ihr. Ihre schnaufende Atmung wurde noch schneller und ihr Herz pochte wie verrückt in ihrem Brustkorb als sich die grauenhafte Bestie mit langsamen Schritten in ihre Richtung bewegte und ihr dabei Günther's Blut von der Schnauze hinuntertropfte.

Es waren nur wenige Meter, die die beiden voneinander trennte und die ganz schnell, vom immer noch hungrigen Wolf, zurückgelegt wurden.

Mit viel Mühe versuchte sie ihren wackeligen Kopf aufzurichten um der Bestie in das Antlitz zu blicken. Dabei fühlte sich ihr Kopf an als würde ein ganzer LKW auf ihm lasten. So schwer tat sie sich dabei ihren Kopf anzuheben und hinaufzublicken.

Doch die haarige Kreatur machte es ihr einfach und zog sie an ihren Haaren hoch, sodass sie vor Schmerzen laut aufschrie während ihr dabei die Tränen kamen.

Immer wieder flehte sie die Bestie an, sie laufen zu lassen und ihr nichts anzutun. Doch das stand zu ihrem Bedauern nicht zur Debatte. Um nicht noch mehr Zeit zu schinden, wollte es die Kreatur so schnell wie möglich hinter sich bringen und das letzte Stück Frischfleisch zerfetzen und auffressen was sie noch konnte.

Während das Wolfsbiest mit der einen Hand immer noch Gertrude an den Haaren gezogen hoch über dem Fußboden hielt und sie vor Schmerzen und Angst sich die Seele aus dem Leib schrie, hob es seine freie Wolfspranke hoch und fuhr ganz langsam die Krallen hinaus, die in diesem Augenblick wie Dolche für Gertrudes ängstliche Augen ausgesehen hatten. Das Biest stach gleich danach mit dem Zeige- und Mittelfinger in die beiden Augen von Gertrude hinein. Er bohrte sie ganz tief, bis zum Anschlag, hinein und ließ Gertrude's laute Schreie abrupt ein Ende nehmen. Sie war auf der Stelle tot. Die ausgestochenen Augen verschlang er sofort hinunter und ließ die Leiche von Gertrude auf den Boden knallen. Anscheinend hatte er sich bereits satt gefressen.

Nach einem kurzen Schnüffeln und einem Blick in die umgebaute Lagerhalle, verwandelte sich das Wolfsbiest langsam in Ilkay zurück. Jedoch nicht vollkommen, sondern nur soviel, sodass er nicht komplett nackt sein musste. Die Lagerhalle, die seit geraumer Zeit als eine Bar diente und gleichzeitig auch der Stammplatz war in der sich die Anhänger des Klans der Blaublüter getroffen hatten, glich nun einem einzigen Schlachtfeld. Überall literweise Blut und tonnenweise zerstückeltes Fleisch der ehemaligen Mitglieder, sowie deren Anführer Günther. Es stank in der gesamten Halle und der Anblick würde bei dem knallhärtesten Menschen auf der Stelle Erbrechen auslösen. Es war ein fürchterlicher Anblick gewesen und Ilkay musste nun all das, die restlichen Fleischstücke, die abgenagten Knochen und das ganze Blut endgültig vernichten und ein für allemal aus der Welt schaffen.

Um dies zu tun warf er sämtliche Flaschen an Alkohol zu Boden, nahm sich eine Schachtel Streichhölzer von der Bartheke in die Hand, zündete sie an und fackelte die gesamte Lagerhalle mitsamt den menschlichen Überresten ab.

Die Lagerhalle fing sofort zu brennen an und die lodernden Flammen erreichten eine enorme Größe. Alles verbrannte lichterloh. Überall knisterte und knatterte es während alles zusammenbrach und sich in sekundenschnelle zu Schutt und Asche verwandelte.

Ilkay hatte sich inzwischen wieder vollkommen in ein Werwolf verwandelt und war bereits in der Finsternis der Nacht verschwunden.

Er hatte eine weitere Mission erfolgreich beendet. Der gesamte Klan der Blaublüter war nun endgültig vernichtet worden.

Und genau wie Ilkay es schon zuvor angenommen hatte, hatte keiner von ihnen tatsächlich blaues Blut in ihren Adern gehabt.

Kein blaues Blut in den Adern, aber dafür purer schwarzer Hass in ihren Herzen. Pechschwarzer Hass, für das sie sich nun in der Hölle rechtfertigen müssen.

Mit einem ruhigen Gewissen sprang Ilkay, als der Werwolf, der er war, von einem Dach zum anderen und befand sich auf dem Weg zurück nach Hause.

Eine schöne und ruhige Nacht mit leichtem Wind, der über die Stadt zog. Die Straßen waren, bis auf wenige Taxis und einigen Bediensteten von der Straßenreinigung die hier und da die Straßen aufräumten und somit für eine sauber Stadt sorgten, leer.

Sonst drehte die Polizeistreife in ihrem Auto ihre Runden und hielt die Augen offen um so über die Stadt zu wachen.

Ilkay tat einigermaßen den Job von beidem. Er wachte über die Stadt und entsorgte den „Müll" um so die Stadt sauber und sicher vor diversen Randalen und Verbrechern zu halten und fragte sich, während er mit katzenhafter Gewandtheit, auf den Dächern der vielen Bauten, die auf seinem Weg nach Hause lagen, nacheinander landete, wann die Polizei wohl die Meldung darüber erhalten würde, dass eine eher kleine Lagerhalle, irgendwo im im 11. Wiener Gemeindebezirk, niederbrannte.

Doch viel Zeit darüber nachzudenken hatte er nicht, da er mittlerweile seine Aufmerksamkeit auf etwas anderes, oder besser gesagt, auf eine seltsame Kreatur gerichtet hatte, die direkt vor ihm stand und dadurch sein Weg gekreuzt hatte.

Die Kreatur stand auf zwei Beinen und war genauso groß wie er selbst. Sie war jedoch nicht behaart gewesen, sondern hatte vielmehr eine schuppige Haut in grünlich-gelbem Farbton. Zudem hatte sie einen langen und dicken Schwanz, der kerzengerade nach oben gerichtet war und dessen Spitze hinter dem Kopf der Kreatur zum Vorschein kam.

Die Kreatur war kahlköpfig und hatte ein Gesicht ähnlich wie eine großgewachsene Eidechse mit zwei großen und gelb leuchtenden Augen, die ihn scharf anvisierten. Sie hatte eine leicht hervorgehobene Schnauze mit einem Gebiss ausgestattet mit scharfen Zähnen.

Fünf lange Finger mit ebenso langen Krallen waren an ihren breiten Händen angewachsen. Ihre Plattfüße hingegen, hatten nur drei Zehen mit ebenso scharfen Krallen dran.

Ihre schlanke Figur machte bei ihm den Eindruck, dass sie sehr gelenkig sein und, dass es sich bei der Kreatur eindeutig um ein Weibchen handeln müsste.

Als Ilkay die Kreatur vor sich sah, wusste er bereits, wem er da eigentlich begegnet war. Das war eines dieser Kreatur, die sein Vater hin und wieder erwähnt hatte, als er sein Sohn über ihre eigentliche Herkunft, wenn auch nur teilweise, unterrichtet hatte.

Ilkay erinnerte sich daran, dass bereits seine Vorfahren mit derartigen Kreaturen es zu tun bekamen und sie sich über viele Jahre bekämpft und sogar ganze Kriege geführt hatten.

Er war sich somit sicher, dass er, wie seine Vorfahren vor ihm, einem Reptiloiden begegnet war.

Und allem Anschein nach sogar einer weiblichen Variante.

Die ganze Zeit über erwiderte er ihre Blicke und wusste, dass sie ihn aufgespürt hatte und ihn umbringen wollte.

Doch er wusste auch, dass sie kein so leichtes Spiel mit ihm haben würde, wie sie sich das möglicherweise vorgestellt hatte.

Sie eröffnete ein unerwartetes Gespräch. Denn Ilkay war sich ganz sicher gewesen, dass sie sofort zum Angriff übergehen und nicht vorher mit ihm plaudern würde:

>>*Wir waren seit längerem auf deiner Spur und nun haben wir dich endlich gefunden.*<<

Ilkay schwieg und bevorzugte es vorerst nichts zu sagen, während die Echsendame weitersprach:

>>*Die heutige Nacht wirst du nicht mehr überleben. Ich werde dich hier und jetzt umbringen und anschließend deine Leiche aufschlitzen und deine Organe auffressen.*<<

Das ärgerte Ilkay sehr, weswegen er seine Wut sofort mit dem präsentieren seiner scharfen Reißzähne zum Ausdruck brachte.

Doch die Echsendame schien nicht besonders beeindruckt davon zu sein und sagte folgendes:

>>*Ihr habt uns schon lange genug daran gehindert, die vollkommene Herrschaft über die Erde und der Menschheit zu übernehmen. Doch damit wird ab sofort Schluss sein. Wir sind*

heute bereits viel mächtiger als je zuvor und sind in der Über-
zahl. Euer En...<<

Noch bevor sie ihren Satz zu Ende bringen konnte, stürzte sich
Ilkay mit weit ausgefahrenen Krallen auf sie und machte ihr somit klar, dass er genug von ihrem lahmen Geschwätz hatte.

So begann ein blutiger Kampf über den Dächern der Kirche
zum heiligen Franz von Assisi.

Die beiden Bestien hielten sich nicht zurück und boten alles
was sie hatten. Sie brachten beide ihr scharfes Gebiss mit viel
Beißkraft zum Einsatz und bissen sich an mehreren Körperstel-
len. Ebenso machten sie von ihren scharfen Krallen Gebrauch
und fügten sich tiefe und lange Kratzer zu. Doch diese Attacke
war bei Ilkay nicht besonders effektiv, da er ein sehr dichtes
Fell hatte. Dadurch war er der weiblichen Reptiloide klar im
Vorteil gewesen.

Er packte sie kräftig am Schwanz und schleuderte sie gegen
eines der massiven Kirchtürme, sodass sie mit ihrer linken
Körperseite dagegen schlug und vor Schmerzen einen nahezu
pfeifenden und ächzenden Schrei ausstieß, die einer ohrenbe-
täubenden Sirene glich. Ilkay musste dabei mit verzogen Gesicht zucken und ging sofort zum nächsten Angrif über. Doch
sie richtete sich schnell wieder auf, wich ihm aus und kletterte
auf sein Rücken. Sowie sie sich mit ihren Füßen an seinem Fell
festgeklammert hatte, fing sie mit ihren Händen ihn zu kratzen
an. Bei dieser sehr nahen Distanz bot ihm sein dichtes Fell kein
Schutz mehr, weswegen er jedes einzelne der Krallen dieser
schleimigen Kreatur spüren konnte. Er heulte, knurrte, zappelte
wild herum und versuchte sie von sich abzustoßen. Doch sie
war hartnäckig und biss ihm zusätzlich in die rechte Schulter
hinein, woraufhin er noch lauter zu heulen begann und sich mit
einem gewaltigen Sprung auf den Rücken warf und die Kreatur
unter sich erdrückte.

Nur so ließ sie schließlich von ihm ab und er richtete sich ganz schnell wieder auf um sich anschließend wieder auf sie zu stürzen. Er fügte ihr mit seinen Krallen tiefe Schnitte auf ihren Oberkörper und brachte sie dadurch zum Winseln und zum Schreien. Er hatte nicht damit aufzuhören bis er sie in kleine Stücke zerfetzt hatte. Doch noch bevor es für sie spät werden konnte, konnte sie mit einem kräftigen Beckenstoß ihn von sich abwerfen. Sie hatte es letztendlich eingesehen, dass er ihr weitaus überlegen war und er sie ganz bestimmt noch umbringen würde, wenn sie weiterhin mit ihm kämpfen würde.

Also entschloss sie sich dazu den Kampf abzubrechen und zu fliehen. Sie fauchte ihn laut an, während sie ihre Wunden mit ihren Händen zudrückte und floh davon. Trotz ihrer Verletzung, die noch auf ihrer Flucht wieder heilte und keine Narben zurückblieben, konnte sie sehr schnell laufen und vor der wilden Bestie flüchten.

Auch Ilkay's Verletzungen hatten sich sofort wieder regeneriert. Doch anstatt ihr hinterherzujagen, beschloss er lieber sofort nach Hause zurückzukehren. Denn kurz nachdem sie das Weite gesucht hatte und in der finsteren Nacht verschwand, hatte Ilkay gesehen, dass er von einem der Straßenbediensteten entdeckt wurde und verschwand, fast noch schneller als die Echsendame, noch bevor der vor Schock erstarrte männliche Augenzeuge sein Handy herausholen und eine Video- oder Fotoaufnahme machen konnte.

Das war ganz wichtig, denn so würde er niemandem seine faszinierende, aber auch zugleich Gänsehaut bescherende Beobachtung beweisen können.

Durch den wilden Kampf der zwei Bestien entstanden zwar auf den Dächern und Türmen kleine Schäden, aber die würden noch lange nicht beweisen, wessen Zeuge er in dieser Nacht geworden war. Dennoch wollte er die unglaubliche Story nicht für sich behalten und beschloss damit an die Öffentlichkeit zu gehen. In der Hoffnung, dass irgendjemand doch noch seiner Geschichte glauben würde. Und mit dieser Hoffnung lag er nicht so ganz weit daneben, denn auf den Dächern der Kirche zum heiligen Franz von Assisi befanden sich, wenn auch nur ganz wenig, einige Tropfen Blut der beiden Kreaturen.

Es war schon recht spät geworden als Ilkay sich zu Hause in sein Bett niedergelegt hatte und zu schlafen versuchte. Doch die Tatsache, dass er in dieser Nacht einem der Reptiloiden, von denen sein Vater hin und wieder gesprochen hatte, begenet war, ließ ihn nicht ruhen. Seine Gedanken waren immerzu mit dieser außergewöhnlichen Begegnung beschäftigt. Er bekam einfach kein Auge zu und musste ständig daran denken, wovon genau die Echsendame gesprochen hatte und seit wann sie ihn beobachtete und auch wie sie ihn finden konnte. Auch ihr ständiges Gerede in der Mehrzahl machte ihn nachdenklich. Wieso sprach sie immer von „Wir"?. Wer war noch drauf und dran gewesen ihn tot zu sehen? Sprach sie vielleicht von weiteren ihrer Art? Denn er konnte sich daran erinnern, dass sein Vater einmal erwähnt hatte, dass eine ganze Kolonie, eine ganze Armee von diesen Reptiloiden existieren würden. Doch leider verschwieg ihm sein Vater, aus ihm bis heute unerklärlichem Grund, so einiges und erzählte die Geschichten immer nur in Bruchstücken. Dann erinnerte er sich daran, dass die Echsendame davon sprach, dass sie ohne seinesgleichen schon längst die Menschheit vernichtet und die Weltherrschaft übernommen hätten. Mit „sie" war wohl ihre Rasse, die Reptiloidenspezies, gemeint gewesen, dachte er sich. Viel wusste er noch nicht und er hatte auch gar nicht mehr die Gelegenheit sie zu befragen und ihr all die Antworten zu seinen Fragen abzunehmen. Sie war einfach so davon geflüchtet und er wusste nicht, wann sie sich wohl wieder zeigen würde. Ob sie auch wusste, wo er lebte? Er hoffte es sehr, dass sie es nicht wusste. Und möglicherweise war das auch so, denn ansonsten hätte sie ihn wohl viel früher schon zu Hause überrascht und angegriffen.

Es gab noch unzählige offene Fragen, auf die er schon bald eine Erklärung haben wollte. Eines jedoch war sicher gewesen, er war nicht die einzige Bestie da draußen. Es gab noch andere. Andere, die feindlich gesinnt und sehr gefährlich sein mussten, nachdem er die Echsendame in Aktion erleben durfte. Wenn sie alle so stark und in Form sein sollten, wie sie es in dieser Nacht demonstrierte, dann würde er es schwer haben sie alle zu bekämpfen.

Aber er wollte auch nicht mehr länger daran denken und zwang sich in den Schlaf.

Die mysteriöse Echsendame, die plötzlich aus dem Nichts aufgetaucht war, war bereits auch seit einigen Stunden in ihrem Zuhause angekommen. Ihre Verletzungen, die sie sich im Kampf mit Ilkay zugezogen hatte, waren bereits, genau wie seine auch, vollkommen verheilt. Keine einzige Narbe oder der Hauch einer Spur eines Kampfes auf Leben und Tod zierte ihre glatte und weiche Haut. Sie hatte sich bereits in ihre menschliche Form zurückverwandelt und machte sich für ihr Bett bereit. Die Enttäuschung darüber, dass sie in dieser Nacht versagt hatte und ihre Mission nicht erfüllen konnte, war ihr in ihr bildhübsches Gesicht geschrieben. Dabei war sie mit voller Begeisterung und Entschlossenheit losgezogen und war absolut davon überzeugt gewesen, den Wolfsmenschen zur Strecke zu bringen und ihn aus der Welt schaffen.

Er sollte ihr erster Wolf überhaupt sein. Darauf hatte sie ihr ganzes Leben lang gewartet. Darauf hatte man sie all die Jahre über vorbereitet und trainiert. Das war ihre Chance gewesen, ihren Gebietern und Anführern zu beweisen, dass sie dazu in der Lage gewesen war. Dass sie dazu nun endlich bereit war. Zudem war das eine Gelegenheit um ihre Vorfahren zu rächen. Das war eines ihrer sehnlichsten Wünsche gewesen. Noch sehnlicher als von ihren Gebietern anerkannt und respektiert zu werden. Zumindest einen einzigen von diesen verfluchten Wolfsmenschen in kleine Stücke zu zerreißen, ihnen das Herz auszureißen und appetitlich zu verspeisen.

Doch sie hatte versagt. Sie hatte sich die Chance entgehen lassen, alles erreichen zu können. So viele Jahre Training und Geduld, in nur einer einzigen Nacht zunichte gemacht. Das brachte sie dazu nur noch mehr Hass gegenüber den Werwölfen zu empfinden. Ganz besonders dem, dem sie all das zu „verdanken" hatte. Damit konnte sie ihn nicht einfach so davonkommen lassen. Sie war sich sicher. Sie musste erneut zuschlagen und diesmal noch mehr Einsatz zeigen. Beim nächsten Mal musste sie ihn einfach umbringen und sein Kopf ihren Gebietern vorwerfen um sich Anerkennung und Respekt zu verschaffen und gleichzeitig auch einen Rang höher aufsteigen zu können.

Beim nächsten Mal würde sie auf keinen Fall versagen.

Doch vorerst war eine Berichterstattung bei ihren gefürchteten Gebietern abzulegen gewesen.

Ihr lief schon bereits beim Nachdenken darüber ein eiskalter Schauer über den Rücken hinunter. Sie wusste nämlich, wie streng sie waren und wie streng sie noch sein konnten.

Das hatte sie oft genug bei anderen miterlebt. Sie würden sie ganz bestimmt auch hart ran nehmen und sie möglicherweise sogar für ihr Versagen und dafür, dass sie sie damit bloß gestellt und entwürdigt hatte, bestrafen.

Sie wusste daher, dass die nächsten Tage ziemlich harte Tage sein würden, aber sie wusste auch, dass diese Tage schon sehr bald wieder ein Ende nehmen würden. Dafür würde sie schon sorgen.

Doch jetzt war erst einmal ein ordentlicher Schlaf angesagt. Sie musste sich ausruhen und auch ausschlafen. Denn der nächste Tag würde ein langer Arbeitstag werden.

Die Warteschlange von der zu trainierenden Kundschaft von Jennifer war länger als je zuvor.

The Day Will Come,
Where All Of The Wolves Will Rise Up.
The Day Will Come,
Where All Of The Wolves
Will Fight Together Against Their Enemies
To Destroy Them Once And For All.
The Wolves Are The Only Creatures On Earth
That Can Defeat The Evil.
But Only, If They Hold Together As The Pack
Of Victory And Peace.

Akif Turan

KAPITEL 5

VON FABELWESEN UND SAGENGESTALTEN

Noch in der selben Nacht hatte der Straßenbediensteter, der mit dem vollen Namen David Ecker heißt, auf seinem Social Media Konto bekannt gegeben, wessen Augenzeuge er geworden war.

Er hatte eine Videoaufnahme von sich gemacht, in der er voller Aufregung schilderte, was er gesehen hatte. Dafür erntete er zwar viel Spott und teilweise auch Beleidigungen, aber es gab auch welche, die ihn sehr wohl unterstützten und ihm glaubten, was er behauptete gesehen zu haben. Denn auf der Welt gab es zahlreiche Menschen, die an die Existenz von Werwölfen und anderen ähnlichen Wesen durchaus glaubten.

Doch leider blieben seine Behauptungen, auch wenn er noch so überzeugt erzählte, ohne einschlägige Beweise, weiterhin ein Mythos, ähnlich wie die Sichtung eines außerirdischen Raumschiffes.

Jedoch bestand David Ecker darauf tatsächlich das gesehen zu haben, wovon er in seinem Video gesprochen hatte und bat sämtliche Medien und auch die Presse darum, der Sache nachzugehen und den Schauplatz seiner Sichtung zu erforschen. Doch die Presse zeigte keinerlei Interesse daran und erwähnte nichts von seinen Berichten. Ganz im Gegenteil, sämtliche Social Media Plattformen hatten teilweise sein Video gelöscht. Dieses Vorgehen erzeugte bei vielen das Gefühl, dass er womöglich doch mit seiner Behauptung recht hatte und die Medien zweifelhaft versuchten seine Aussagen zu unterdrücken und aus allen Medien zu verbannen.

Doch es war zu spät. Sein Video hatte sich in kurzer Zeit überall auf der Welt verbreitet und ging viral. Das dürfte auch die

Regierungen gestört haben, denn sie hatten, gleich nach seinen Aussagen und dem Teilen seines Videos, die Gegend und die Kirche zum heiligen Franz von Assisi abgesperrt und nahmen Untersuchungen auf dessen Dächern vor.

In den Medien wurde darüber nichts berichtet. Lediglich nur, dass man Renovierungsarbeiten vornehmen würde, die schon länger fällig gewesen waren. Die Bürgerinnen und Bürger glaubten diesen Aussagen. Es wurde ständig versucht, durch andere Themen und Beiträge die Sichtung und das Video von David Ecker in Vergessenheit zu bringen, sodass das Volk nicht mehr davon sprechen konnte. Und wenn sie es doch täten, dann nur so, sodass sie es verspotten und nicht daran glauben. Und das schafften die Medien auch durchaus. Denn schon nach ein paar Tagen hörte man weder etwas davon noch hörte man etwas von David Ecker.

Seine Social Media Accounts hatte man vorübergehen gesperrt und sie später wieder freigelegt. Doch seither hatte er sich zu seiner Sichtung nicht mehr geäußert.

Bis zu dem Tag, an dem er erneut behauptete, tatsächlich das gesehen zu haben was er auch wirklich sah. Er versuchte sein Glück bei fremden Medien, doch noch bevor er in näherer Kontakt mit einem dieser Medien treten konnte, sollte seine Leiche in seiner Wohnung gefunden und behauptet werden, dass er seit geraumer Zeit an psychischen Problemen litt und sich daher das Leben genommen hätte. Er soll sich selbst in seiner Wohnung aufgehängt haben. Seine wilden Behauptungen in seinem Video sollten als Beweis dafür dienen, dass er all das durch sein psychisches Leiden erfunden hätte. Auch das hatten die Bürgerinnen und Bürger sofort geglaubt und für viele war das bereits schon im Vorfeld klar gewesen, dass er irgendwelche psychischen Erkrankungen haben musste um derartige Behauptungen aufzustellen. So hatte man seinen plötzlichen Tod, der für viele sehr suspekt erschien, einfach unter den Teppich gekehrt. Das gewohnte Leben ging somit für jeden von ihnen weiter während seine Ex-Frau und seine beiden Kinder um ihn trauerten.

Der mysteriöse Tod von David Ecker hatte für eine kurze Zeit eine Diskussion in den diversen Social Media Kanälen verursacht in denen viele Theorien und Spekulationen über seinen plötzlichen Tod umhergingen. Doch diese hielten nur ein paar Tage und man verlor schnell das Interesse daran. Einige behaupteten nämlich, dass die Regierung dahinter stecken würde, woraufhin andere Gegenargumente einbrachten und meinten, dass die Regierung kein Grund hätte ihn umbringen zu lassen, da er keinerlei Beweise für seine Behauptungen hatte, sondern nur davon gesprochen hatte. Und das wäre noch lange kein Beweis gewesen. Andere wiederum kommentierten, dass die Regierung möglicherweise Angst davor hatte, dass David Ecker mit seinen wilden Behauptungen andere dazu animieren könnte, der Sache auf den Grund zu gehen und darüber intensiver zu recherchieren und Forschungen durchzuführen und dadurch an die Wahrheit, nämlich der Tatsache, dass David Ecker doch recht hatte, zu gelangen. So eine Aktion wollte und konnte die Regierung nicht riskieren, woraufhin sie ihn umgebracht haben. Also haben sie es für richtig und nötig gehalten, die Sache zu vertuschen und ihm den Stempel als Geistesgestörter aufgedrückt und als wäre all das nicht genug, ihn anschließend umgebracht.

Derartige Kommentare und Theorien waren im Netz zu lesen. Und als diese blieben sie auch. Theorien. Als Verschwörungstheorien.

Doch, noch Tage vor dem fragwürdigen Tod von David Ecker, ging es mit seinen Behauptungen auf und ab.

So wurde auch Andreas auf sein Video aufmerksam, woraufhin er sofort seinen beiden besten Freunden Ilkay und Jennifer davon berichten musste. Er war fasziniert von dem Video und den Berichten von David Ecker gewesen und gehörte zu denen, die an seine Aussagen glaubten. Denn Andreas war einer, der sich mit diesen Themen beschäftigte und an derartige Sichtungen glaubte. Umso mehr war er begeistert davon, dass sich ein solcher Fall in Wien ereignet haben könnte, wenn man den Worten von David Ecker, nämlich, dass er der festen Überzeugung gewesen war ein Werwolf und sogar eine großgewachsene Echse gesehen zu haben, auch tatsächlich glauben schenken konnte. In seinem Video behauptete er zwar, dass er das Echsenwesen zwar nur ganz kurz zu sehen bekam, aber er war sich dennoch sicher, dass es eine Echse sein musste. Vielleicht sogar eine mutierte Art von einem Komodowaran.

Seiner Aussage nach, war das Wesen gerade davon gerannt, als er angefangen hatte vor der Kirche die Straße aufzukehren.

Doch den Werwolf konnte er etwas länger beobachten, bevor auch dieser ganz schnell verschwunden war.

Diese Sichtung war für Andreas atemberaubend gewesen, weswegen er es kaum erwarten konnte, seinen beiden Freunden das Video zu zeigen.

Kaum waren Ilkay und Jennifer zum Dienst angetreten und schon hatte er die beiden überfallen und fing ganz aufgeregt zu erzählen an:

>>*Hey Leute!*<<

Ilkay und Jennifer richteten sofort ihre Aufmerksamkeit dem aufgeregten Andreas zu und warteten ganz gespannt darauf, was er mitzuteilen hatte.

>>*Habt ihr das Video schon gesehen?*<<

Fragte er sie, woraufhin sich die beiden fragende Blicke zuwarfen und Ilkay Andreas eine Gegenfrage stellte:

>>Von welchem Video sprichst du denn so aufgeregt?...Hey es ist doch nicht etwa wieder eine von diesen perversen Videos, die du so toll findest oder?<<

Andreas rollte mit den Augen und antwortete darauf hin wie folgt:

>>Neeiin, ist es nicht. Es ist viel besser als das.<<

Daraufhin wurde Jennifer auch neugierig, woraufhin sie sagte:

>>Besser als deine ekelhaften Videos?...Na, auf dieses Video bin ich jetzt auch gespannt. Los! Zeig mal her!<<

Andreas öffnete das Video auf seinem Smartphone und zeigte es den beiden. Als sie dem hysterischen Mann zugehört hatten, der in dem Video so einiges behauptete, was unmöglich zu sein schien, machten alle beide, Ilkay und Jennifer, ganz große Augen und wurden im selben Moment ganz bleich im Gesicht ohne, dass es der jeweils andere merkte. Auch Andreas fiel deren schockerstarrtes Gesicht nicht auf, weil eine solche Reaktion bereits erwartet hatte. Doch der Grund für deren Schock, war ein ganz anderer.

Ihnen war nämlich klar, dass der Mann von ihnen gesprochen hatte. Ilkay wusste, dass er als der Werwolf gemeint war, während Jennifer ebenso wusste, dass er mit dem mutierten Komodowaran eigentlichen sie meinte. Doch Ilkay wusste nicht, dass Jennifer die Echsendame gewesen war mt der er letzte Nacht gekämpft hatte und umgekehrt wusste Jennifer nicht, dass Ilkay der Werwolf gewesen war, der sie fast umgebracht hätte.

Ohne sich etwas auffälliges anmerken zu lassen, taten sie so, als würde es dabei nicht um sie gehen und versuchten das Video nicht ernst zu nehmen.

Doch Andreas ließ nicht locker und war weiterhin davon fasziniert gewesen, woraufhin er den beiden folgende Frage stellte:

>>Na meine Freunde? Was sagt ihr dazu?<<

Und erneut warfen sich Ilkay und Jennifer, diesmal erstaunte, Blicke zu. Danach rollte Jennifer mit ihren Augen und sagte seufzend:

>>*Komm schon Andreas,...du glaubst diesem Mann doch nicht etwa oder? Der scheint nicht ganz dicht zu sein oder vielleicht ist er nur Mediengeil und möchte im Rampenlicht stehen um mehr Likes und Follower zu gewinnen.*<<

Noch bevor Andreas darauf mit einer Antwort reagieren konnte, stimmte Ilkay Jennifer zu und sagte:

>>*Ja Andi mein Freund, da muss ich Jennifer recht geben. Der Typ ist vielleicht betrunken, übermüdet oder so etwas in der Richtung gewesen. Jedenfalls ist das ein Blödsinn, wovon er da schwafelt. Vielleicht möchte er tatsächlich nur Ruhm ernten.*<<

Andreas war ein wenig enttäuscht über die Reaktionen und Aussagen seiner beiden Freunde gewesen, aber er nahm es ihnen nicht übel und sagte darauf:

>>*Hey, es wäre nicht das erste Mal, dass irgendjemand so etwas behauptet.*<<

>>*Willst du damit sagen, dass du diesen Schwachsinn etwa glaubst?*<<

Wollte Jennifer wissen.

>>*Aber klar.*<<

Antwortete ihr Andreas voller Begeisterung und sprach weiter, während Jennifer mit ihren Augen rollte und Ilkay seine Augenbrauen hob und dabei spöttisch lächelte:

>>*Ich meine, ich selbst habe nie eine derartige Sichtung gemacht, aber das bedeutet ja noch lange nicht, dass es all diese Wesen da draußen nicht gibt. Es ist durchaus wahrscheinlich, dass sie alle existieren...und zwar hier mitten unter uns Menschen.*<<

Ilkay und Jennifer sagten nichts darauf und bereiteten sich stattdessen auf ihre Arbeit vor. Denn in Kürze sollten ihre ersten Kunden eintreffen.

Während sie die Geräte für ihr Training vorbereiteten, sprach Andreas im Hintergrund weiter mit ihnen:

>>*Hey Leute! Überlegt doch mal...All diese Sichtungen, werden überall auf der Welt, über viele Jahre, gemacht und viele Personen berichten von ihren mysteriösen Sichtungen. Sie sprechen dabei meist von Wesen und Kreaturen, aber auch von Geistererscheinungen zum Beispiel, die nicht alle einfach so erfunden sein können. Da muss etwas dahinter stecken. Diese Wesen und Geschichten können nicht einfach so erfunden werden...Na ja, einige vielleicht, aber bestimmt nicht alle.*<<

Ilkay und Jennifer versuchten ihn zu ignorieren und brachten mit ihrer Körpersprache zum Ausdruck, dass sie an Märchen nicht glauben würden. Doch Andreas wollte nicht aufgeben und sprach weiter um sie doch noch von alle dem zu überzeugen:

>>*Also Freunde, ich bin total interessiert über Themen dieser Art und beschäftige mich seit vielen Jahren damit und bin echt davon überzeugt, dass es sich bei all diesen Kreaturen nicht um einfache Fabelwesen oder Sagengestalten handelt. Denn einige dieser Sichtungen, werden von verschiedenen Menschen bestätigt, die in anderen Ländern leben und nichts miteinander zu tun haben. Es ist ja nicht so, dass die sich absprechen und gemeinsam eine Geschichte erfinden. Nein, diese Aussagen sind real. Das hört man an der Art wie sie sie erzählen und auch an ihren Augen und ihrer Mimik kann man das ganz deutlich erkennen...Genau wie dieser David Ecker Typ in dem Video, dass ich euch gerade eben vorgeführt habe.*<<

Ilkay brach nun sein Schweigen und bekam das Gefühl, dass er sich an dieser Stelle doch noch dazu äußern musste:

>>*Mann Andreas Kumpel,...wir kennen uns schon so lange und ich wusste bis heute nicht, dass du tatsächlich an diese Ge-*

schichten glaubst. Das sind alles leere Erzählungen mein Freund. Wie du ja schon selbst gesagt hast, du hast eine solche Sichtung noch nie zuvor gemacht, weil es eine Sichtung in dieser Art nicht zu machen gibt. Das sind alles erfundene Geschichten und deswegen bekommt keiner diese Wesen oder eben Kreaturen zu sehen, außer, die die davon berichten. Kommt dir das nicht sehr suspekt vor?<<

Nachdem er zu Ende gesprochen hatte, rüstete er die Hantel mit jeweils 20 kg Gewichten an beiden Enden auf. Für seinen ersten Kunden war Brustmuskeltraining per Bankdrücken angesagt.

Jennifer gefiel es, wie Ilkay über diese Themen sprach und war froh darüber. Andreas hingegen war alles andere als erfreut von Ilkay's Gefasel und wollte das Ganze nicht so akzeptieren:

>>Ja, ich gebe es zu, dass diese Sichtungen selten gemacht werden und wenn, dann sind sie immer verschwommen oder haben eine sehr schlechte Video- oder Fotoauflösung, wie wir es von den UFO Sichtungen her kennen, und das obwohl wir im 21. Jahrhundert leben und jedes noch so billige Handy mit einer halbwegs guten Kamera ausgestattet ist, aber ich sag's euch Leute...sie sind wahr.<<

Und erneut bevorzugten es seine beiden Freunde zu schweigen. Doch Andreas war noch lange nicht fertig gewesen und erzählte, ohne seine Begeisterung zu verlieren, einfach weiter:

>>Hört mir doch mal zu Leute! Dieser David Ecker aus dem Video hat erwähnt, dass er eine Kreatur gesehen hat, die wie eine Art mutierter Komodowaran ausgesehen hat und er schwört darauf, ein Werwolf gesehen zu haben. Wie ich bereits erwähnte, interessiere ich mich für diese Themen und hatte mich in meiner Freizeit oft damit beschäftigt. Das Internet ist voll von Meldungen und Beiträgen dieser Art. Und es sind nicht immer nur Augenzeugenberichte oder Berichte von Per-

sonen, die behaupten, sie seien angeblich von Außerirdischen entführt worden. Es sind auch sehr wohl original dokumentierte Berichte von diversen Regierungen, aber auch von vielen Autoritätspersonen, die ähnliches behaupten.<<

Während Andreas mit voller Aufregung erzählte und nicht mehr zu stoppen war, bereiteten sich Ilkay und Jennifer weiterhin auf ihre Trainingseinheiten mit ihren Kunden vor. Hin und wieder warfen sie sich gegenseitige Blicke zu und rollten dabei die Augen, wenn sie hörten, welch ein Schwachsinn ihr Freund und Kollege Andreas da erzählte.

Doch in Wahrheit, wussten beide sehr wohl, unabhängig voneinander, dass Andreas eigentlich, wenn auch nur zum Teil, recht hatte. Doch um ihre Identität weiterhin geheim zu halten und sich nichts anmerken zu lassen, mussten beide so zu tun als würden sie ihm kein einziges Wort glauben und all das was er sagte, ins Lächerliche ziehen.

Aber Andreas erzählte dennoch ermutigt weiter und seine Augen glänzten dabei wie zwei auf Hochglanz polierte Bowlingkugel:

>>Darunter sind auch Berichte und Aussagen über diese Echsenkreaturen, die eigentlich als Reptiloiden bekannt sind zu finden und die eigentlich eine Außerirdische Rasse sein sollen, aber auch über Werwölfe gibt es genug dokumentierte und gesammelte Berichte...Und noch etwas mein lieber Ilkay...<<

Nicht nur Ilkay schenkte in diesem Moment seine Aufmerksamkeit ihm gegenüber, sondern auch Jennifer war neugierig darauf zu hören, was Andreas als nächstes sagen wollte. Also hörten beide ganz gespannt ihrem Freund und Kollegen zu, der sich in diesem Gebiet fast wie ein Fachmann entpuppt hatte oder wie ein Meisterdetektiv, der auf einer sehr heißen Spur gewesen war. Es war eindeutig, dass all diese Themen, genau Andreas' Ding gewesen waren:

>>...*Keine Ahnung, ob du schon einmal etwas davon gehört hast, aber...man sagt, dass Werwölfe ursprünglich von den Urtürken abstammen.*<<

Plötzlich wurde es ganz still im Fitnessstudio. Keiner der drei Freunde sagte etwas. Es entstand eine unheimliche Stille. Sie sahen alle mit angehaltenem Atem und weit aufgerissenen Augen abwechselnd an. Doch dann, ganz plötzlich, brachen Ilkay und Jennifer in großem Gelächter aus, während Andreas sie mit verrunzelter Stirn anstarrte und wusste, dass sie sich über ihn lustig machten.

Nachdem sich die beiden wieder eingekriegt hatten, ergriff Jennifer das Wort. Sie hatte immer noch Tränen in den Augen:

>>*Ach Andreas, du bist ja Einer...Willst du damit etwa sagen, dass Ilkay ein Werwolf ist oder was?*<<

Ilkay schüttelte mit einem breiten Lächeln den Kopf, während Andreas versuchte ihr eine Antwort zu geben:

>>*Nein, also, das habe ich nicht gemeint. Ich meine, das würden wir doch wissen, wenn Ilkay ein Werwolf sein würde.*<<

Danach sah er mit fragenden Blicken Ilkay an, woraufhin Ilkay lächelnd darauf antwortete:

>>*Ja klar mein lieber Andreas! Wenn ich ein Werwolf wäre, würdet ihr als Erster davon erfahren...Aber keine Sorge Kumpel! Ich bin definitiv kein Werwolf.*<<

Ilkay und Jennifer lachten erneut, doch diesmal war es eher ein Kichern.

Andreas sammelte sich und sprach weiter:

>>*Na ja, schon möglich, dass du kein Werwolf bist. Das hatte ich auch gar nicht behauptet, aber wenn du im Internet darüber recherchierst, dann erfährt man, also in der türkischen Mythologie, dass Werwölfe zum ersten Mal, bei den Türken gesichtet wurden. Daher fand ich es wichtig, es zu erwähnen...Ich meine, die Werwölfe sollen sich angeblich von den Urtürken*

bis nach Europa und schließlich weltweit ausgebreitet haben.
Vor allem sollen sie, zumindest damals, sehr oft auf tür-
kischem Grund und Boden, aber auch bei den Römern oft ge-
sichtet worden sein...Ich meine, dass sage nicht ich, sondern
die dokumentierten Berichte im Internet. Und dabei bleibt es
auch nicht. Die Sichtungen und Dokumente greifen über viele
Jahre hinweg auf viele verschiedene Wesen und Behauptungen
zurück. Zum Beispiel eben, dass Rumänen Vampire sind und
sich in Fledermäuse verwandeln können, dass die ägyptischen
Frauen sich in Katzen und die Männer sich in Schakale ver-
wandeln können. Die Chinesen haben die Fähigkeit sich in
Drachen zu verwandeln. Die Norweger besitzen die Fähigkeit
sich in Raben zu verwandeln. Die Inder zu Tigern. In Sierra
Leona, Westafrika, können sich die Einheimischen in Leopar-
den verwandeln. Von den Indianern möchte ich erst gar nicht
anfangen. Dann gibt es da, und von denen habt ihr ja wohl
gehört, Zeus und all die restlichen Götter aus Griechenland,
die ja angeblich existiert haben sollen. Und vielleicht immer
noch existieren. Dann der Minotaurus, die Zentauren, Medusa,
Hydra, Chimära, Zerberus, Neberus, Phönix. Wendigo. Der
keltische Stiergott. Dann die Meerjungfrauen. Die Gremlins,
die im Zweiten Weltkrieg zum Einsatz gekommen waren. Die
Men in Black. Die schwarzäugigen Kinder. Big Foot, auch
bekannt als Sasquatch. Yeti. Das Monster von Loch Ness.
Chupacabra. Der Mothman. Der Golem. Spring Heeled Jack.
Area 51. Die grünen Kinder von Woolpit. Der Nachtalb. Der
Basilisk. Gulyabani. Tulpar und Pegasus. Denkt ihr all diese
Wesen und alles andere, die ich aufgezählt habe, wurden
einfach so frei erfunden? Denkt ihr, dass Menschen tatsächlich
eine so große Fantasie haben können? Seit ihr nicht der Mei-
nung, dass sich etwas Wahres hinter all diesen Gestalten ver-
bergen könnte? Kommt schon Leute! Es kann doch nicht alles

nur ein Hirngespinst sein. Was sagt ihr nun dazu?<<
Nachdem Andreas endlich fertig wurde und gute fünfzehn Minuten tot geschlagen hatte, befanden sich Ilkay und Jennifer
mit weit aufgerissenem Mund und großen Augen in Schockstarre und waren mehr als nur verblüfft darüber gewesen, was
Andreas so alles, wie aus der Pistole geschossen, behauptet
hatte. Alle beide waren in diesem Moment fassungslos gewesen und wussten zunächst nicht, wie sie darauf reagieren sollten. Was war denn plötzlich nur los mit ihrem Freund Andreas
gewesen? So kannten sie ihn überhaupt nicht. In diesem Moment wurde ihnen beiden klar, dass anscheinend auch Andreas
eine geheime Seite hatte, die er all die Zeit über im Verborgenen hielt. Und jetzt war sie zum Vorschein gekommen. Und
auch, wie aufgeregt und fasziniert er über all das erzählt hatte.
Schließlich konnte sich Jennifer sammeln und versuchte die an-
gespannte und etwas unbequeme Situation ein wenig aufzu-
lockern:
>>*Also so viel Unsinn an einem Haufen, höre ich nun zum ers-
ten Mal mein lieber Andreas. Dann glaubst du auch wohl an
den Slenderman und an Momo.*<<
Diese Aussage war eher sarkastisch gemeint, aber Andreas
nahm sie ernst und antwortete darauf:
>>*Nein, an die beiden glaube ich nicht. Die gibt es nicht wirk-
lich.*<<
Jennifer sah ihn mit verblüfften Blicken an und bevorzugte es
nicht darauf länger einzugehen.
Auch sie hatte inzwischen ihre Traningsgeräte für ihre Kundschaft eingerichtet und begann sie zu desinfizieren.
Während Ilkay und Jennifer mit ihrer Arbeit beschäftigt waren,
stand Andreas einfach nur da und überlegte sich, wie er sie am
besten von seinen Behauptungen und auch über den Inhalt des
Videos von David Ecker überzeugen könnte.

Doch irgendwie wollte ihm nichts einfallen. Er wusste, er würde handfeste Beweise brauchen um die beiden am Ende doch noch auf seine Seite ziehen zu können.

Also ließ er es fürs Erste gut sein und ging ebenso an seine Arbeit und richtete sein Arbeitsplatz her. Er begann zuerst die ausgestellte Ware, wie diverse Kraft- und Müsliriegel sowie den Getränkebestand zu zählen und fehlendes auf seiner Liste einzutragen. Nachdem er damit fertig wurde, zählte er seine Kassa. Auch die war in Ordnung. Er hatte noch zehn Minuten Zeit bis zum Aufsperren des Fitnessstudios, sodass er sich erneut sein Smartphone zur Hand holte und anfing sich auf seinen Social Media Konten die restliche Zeit zu vertreiben. Abwechselnd rief er seine Profile ab und scrollte im Schnelldurchlauf hinunter um nachzusehen, was es sonst noch an Neuigkeiten gab. Es schien sonst keine besonderen Meldungen zu geben und er war schon kurz davor sein Smartphone wieder in die Gesäßtasche seiner Jeans zu stecken als er dann abrupt mit dem Scrollen aufhörte und doch noch etwas scheinbar interessantes gefunden hatte. Mit fixierten Blicken auf die Meldung, die eine Zeitung veröffentlich hatte, begann er sie zu lesen. Schon der Überschrift des Artikels bescherte ihm Gänsehaut. Denn diese lautete „GEHEIMER TREFFORT GING IN FLAMMEN AUF – KLAN DER BLAUBLÜTER NIEDERGEMETZELT UND VERBRANNT".

Als Andreas den Bericht gelesen hatte, musste er erst einmal tief durchatmen. Denn das hätte er niemals erwartet. Er wusste zwar, dass der Klan der Blaublüter bei niemandem, außer ihresgleichen, beliebt waren, aber, dass jemand gleich auf die Idee kommt und sie auf diese Art und Weise tötet, hätte er sich niemals vorstellen können.

Da kamen ihm gleich Fragen in den Sinn wie -Wer würde nur so etwas machen?-, -War es nur eine Person oder waren es gleich mehrere?-, -Welche Auswirkungen wird das jetzt wohl auf die ganze Stadt oder sogar auf das ganze Land haben?-.

Er warf einen kurzen Blick auf die Uhranzeige seines Smartphones und erfuhr, dass er noch drei Minuten zum Aufsperren hätte. Diese kurze Zeitspanne wollte er noch ausnutzen um seine Freunde über die für manche empörende und für manche erfreuliche Nachricht zu übermitteln.

Er war der Meinung, dass sie es auch erfahren sollten. Also eilte er im Laufschritt zu seinen beiden Freunden Ilkay und Jennifer und übermittelte ihnen die schockierende und unerwartete Nachricht:

>>*Hey Freunde!*<<

Ilkay und Jennifer waren dabei sich zu unterhalten und brachen ihr Gespräch ab um ihre Aufmerksamkeit erneut ihrem Freund und Kollegen Andreas zu richten. Sie konnten erkennen, dass etwas nicht in Ordnung war, woraufhin sie mit ernster Miene gespannt darauf warteten, was er wohl zu sagen hatte.

Andreas atmete einmal tief ein und aus und fing zu berichten an:

>>*Ich habe gerade erfahren, dass der Ort, der für die geheimen Treffen des Klans der Blaublüter gedient haben soll, niedergebrannt wurde...Und stellt euch mal vor,...sie wurden alle, inklusive Günther Stadlbauer und seiner Frau, brutal ermordet und mit ihrer Lagerhalle gemeinsam verbrannt.*<<

Während Jennifer ebenso schockiert drein schaute wie ihr Freund Andreas, wirkte Ilkay eher ruhig und gelassen.

>>*Wann soll das gewesen sein?*<<

Wollte Jennifer wissen, woraufhin Andreas sofort darauf antwortete:

>>*Gestern Nacht...Irgendwer oder irgendeine Gruppe, das weiß man noch nicht so genau, soll sie aus dem Hinterhalt angegriffen und umgebracht haben...Berichten zufolge, konnte*

man anhand der restlichen verkohlten Leichenteile feststellen, dass diese vorher auf eine brutale Art und Weise niedergemetzelt, quasi wie geschlachtet, wurden, bevor man sie verbrannte, aber genaueres können sie erst sagen, nachdem sie den Fall besser untersucht haben.<<

Jennifer verfiel sofort in Gedanken und sie hatte so eine Ahnung, wer zu so etwas Fähig sein könnte. Es war ohne Zweifel gewesen. Das musste das Werk eines Werwolfes sein. Denn, wenn die Personen vorher, wie Andreas es sagte, brutal geschlachtet worden sind, konnte das nur bedeuten, dass eine wilde Bestie am Werk gewesen war.

Dann wurde ihr klar, dass der Werwolf mit dem sie letzte Nacht gekämpft hatte, dahinter stecken müsste. Denn so ein Zufall konnte es einfach nicht geben. Es war definitiv sein Werk gewesen.

Denn Jennifer wusste bereits, dass ein Wolf Nacht für Nacht und sogar teilweise auch tagsüber auf die Jagd ging und Personen, wie die Mitglieder des Klans der Blaublüter, brutal niedermetzelte. Und dieser aktueller Fall passte da sehr gut ins Gesamtbild hinein. An dieser Stelle ärgerte sie sich umso mehr, dass sie es nicht schaffte den Wolf, als sie noch die Gelegenheit dazu hatte, umzubringen, sodass ihr ein lautes:

>>Verdammt!<<

Aus ihrem Mund entwich. Ihre beiden Kollegen Ilkay und Andreas sahen sie mit verblüfften Blicken an, woraufhin sie plötzlich ganz verlegen und lächelnd reagierte:

>>Oh, entschuldigt Leute!..Ich war nur mit meinen Gedanken woanders.<<

>>Kann ich ganz gut verstehen.<<

Sagte Andreas darauf und setzte sein Gespräch fort:

>>Mich hat's auch umgehauen. Ich meine, ja klar, das war ein Klub von Rassisten und sehr üblen Leuten, aber dennoch, nie-

mand möchte so auf diese Art und Weise sterben.<<
Er schüttelte leicht mit seinem Kopf.
Jennifer presste dabei ihre Lippen zu und tat es ihm gleich.
Ilkay hingegen zeigte immer noch keine empörte Reaktion.
Stattdessen sagte er:
>>*Na ja Freunde, ich breche eure Schweigeminute nur ungern,
aber es wird nun Zeit für die Arbeit.*<<
Und sofort nahmen alle wieder ihren gewöhnlichen Alltag auf
und machten sich auf der Stelle an die Arbeit ran. Andreas lief
sofort zu der Tür um sie aufzusperren. Die ersten Kunden warteten bereits ganz ungeduldig darauf das Fitnessstudio zu betreten. Während sie sich alle in die für sie vorgesehenen Um-
kleidekabinen, aufteilten um ihre Freizeitbekleidung gegen ihre
Sportbekleidung auszutauschen, polierte Ilkay noch ein letztes
Mal die Hantel während Jennifer leichte Lockerungsübungen
machte.
Und während Ilkay sowohl die Stange als auch die Gewichte,
die er kurt zuvor dran gehängt hatte, auf Hochglanz brachte,
dachte er nebenbei an seine Tat von letzter Nacht und den da-
raus resultierenden Bericht, der mittlerweile im ganzen Land
seine Runde machte. Dabei musste er in seinen Gedanken
seinem Freund und Kollegen Andreas widersprechen. Denn er
war sehr wohl der Meinung gewesen, dass Personen, wie die
von letzter Nacht, einen solchen Tod verdient hätten. Und er
hatte auch nicht vor damit aufzuhören. Er würde weitermachen
und für noch größere Tode und Furore sorgen als wie bisher.
Ihm war auch klar, dass er dabei die Echsendame von letzter
Nacht nicht vergessen durfte und stets auf der Hut sein musste
um nicht erneut von ihr überrascht zu werden und falls doch,
darauf vorbereitet zu sein.
Denn jetzt hatte er es nicht nur mit feindlich gesinnten Menschen und sonstigen Schwerverbrechern zu tun, sondern auch

mit einer außerirdischen Rasse, die man als Reptiloiden kannte. Denn Ilkay wusste nicht, wieviele von ihnen sich da draußen aufhielten und wieviele von ihnen es tatsächlich auf ihn abgesehen hätten.

Doch er hatte irgendwie das mulmige Gefühl, es schon bald herauszufinden. Und an dieser Stelle hoffte er, dass sein Vater ihm zur Hilfe kommen würde, wenn es dann soweit sein sollte. Wo war er bloß? Wo hielt sich sein Vater auf und was tut er wohl genau in diesem Moment?

Er vermisste ihn bereits und hoffte, dass er schon bald wieder nach Hause zurückkehren würde.

Seine Gedankengänge wurden unterbrochen als sein erster Kunde des Tages bereits eingetroffen war und ihn begrüßte. Ilkay grüßte freundlich zurück und bat ihn höflich darum sich unter die Langhantel zu legen und mit den ersten Übungen anzufangen.

Während der junge Mann die Hantel fleißig auf- und abstemmte, warf Ilkay einen flüchtigen Blick auf Jennifer zu, die ebenso mit ihrer Kundin auf dem Laufband beschäftigt war und nicht mitbekam, dass ihr heimlicher Verehrer sie bei der Arbeit beobachtete.

Die Nacht ist meine Verbündete
und der Mond ist mein Begleiter.

Akif Turan

KAPITEL 6

AUFRUHR BEI DEN REPTILOIDEN

Nach den jüngsten Ereignissen in Wien, brach weltweit eine gewaltige Unruhe unter den Reptiloiden aus. Sie alle waren empört darüber, dass jemand aus den eigenen Reihen so unvorsichtig sein konnte und sich von einem Menschen entdecken ließ.

Das war unverzeihlich gewesen und musste hart bestraft werden. Diejenige, die das zu verantworten hatte, musste sich den Konsequenzen stellen. Und diejenige war Jennifer Leone, ein Fitness-Coach aus Wien.

Die obersten Herrscher der Reptiloiden, die ihren Hauptsitz in den USA hatten, hatten mittels eines schnell herbeigerufenen Komitees entschieden, dass Jennifer Leone dafür, dass sie ihre eigene Spezies gefährdet hatte, mit dem Tode bestraft werden sollte. Ein solcher Fehler war einfach nicht akzeptabel gewesen und um einen weiteren nicht zu riskieren, musste sie sterben. Darüber waren sich alle Mitglieder und Vorstände des Komitees einig gewesen.

Gleich danach hatte das Komitee ihre Mitglieder und Rassenangehörige, die sich seit Jahren in Wien befanden und sowohl die Politik als auch die Medien und teilweise auch das Justizministerium kontrollierten, verständigt und über ihre Entscheidung sowie ihre Vorhaben informiert. In Wien sollten umgehend die nächsten Schritte eingeleitet werden um so den Plan wie vereinbart umsetzen zu können.

Zu den in Wien Ansässigen, gehörte auch der Bundeskanzler der österreichischen Republik an, der über die Entscheidung informiert wurde und sofort alle nötigen Maßnahmen dazu einleitete. Er heißt Markus Wimmer und ist ebenfalls ein Reptiloide, der sich über all die Jahre erfolgreich als Mensch ausgeben konnte und es bis heute noch tut. Er wurde von der Komitee, deren Mitglieder sich großteils in den USA aufhalten, auserwählt und zum österreichischen Bundeskanzler ernannt. Sowie er sein Posten übernommen hatte, hatte er alle Befehle des Komitees befolgt und ausgeführt und hat stets in deren Interesse gehandelt, während er sein Volk großteils ignorierte. Lediglich nur Kleinigkeiten, um den Zorn des Volkes nicht auf sich zu ziehen, hatte er erledigen lassen um das Volk zufrieden zu stellen, sodass sie wie gewohnt oder eigentlich, wie geplant, ihr Leben weiterführen konnten.

So wurde das auf der gesamten Welt, überall dort wo die Reptiloiden das Sagen hatten, gehandhabt. Es musste immer alles so ablaufen, wie sie es wollten. Sie waren die Sklaventreiber während all die Menschen, unwissentlich und unfreiwillig, zu ihren Sklaven, aber auch zu ihrer Nahrungsquelle, wurden.

Und auch in diesem Fall wollten sie einen ihrer weiteren Pläne erfolgreich in die Wege leiten. Der Plan des Komitees bestand darin sowohl David Ecker als auch Jennifer Leone aus dem Verkehr zu ziehen, sodass sie ihnen in Zukunft keine Gefahr mehr werden konnten. Denn Gefahr und Bedrohung hatten sie bereits genug durch all die Wölfe, die sie von Zeit zur Zeit angriffen und ihre böswilligen Pläne zunichte machten. Und in den meisten Fällen sie sogar töteten. Doch die Reptiloiden konnten sich sehr schnell vermehren und auch ständig neue Menschen für sich und ihre bösen Machenschaften gewinnen, sodass die Wölfe damit überfordert waren gegen alle anzukämpfen. Die Reptiloiden hatten noch weitere Verbündete. Die Vampire, die Seite an Seite mit den Reptiloiden gegen den gemeinsamen Feind, die Wölfe, kämpften. Sie hatten eine Abmachung untereinander getroffen, die darin bestand, dass sie sich den Reptiloiden voll und ganz unterwerfen und stets ihre

Befehle befolgen. Auch wenn die Vampire zu Beginn damit nicht einverstanden waren, konnten die Reptiloiden sie davon überzeugen, indem sie ihnen versprachen, dass sie mittels ihrer Intelligenz und ihren hochentwickelten Waffen, schon bald über die gesamte Welt herrschen würden. Dann würden sie die Menschen, in Nahrung und Sklaven unterteilen und den Vampiren einen anständigen Anteil übergeben. Denn die Vampire sahen die Menschen nur als Nahrungsquelle an, während die Reptiloiden viel mehr Potenzial sowohl in ihnen als auch die Erde betreffend, sahen. Man konnte sehr viel mit ihnen anstellen und so konnten sie es sich nicht leisten, dass die Vampire unbeherrscht, einfach jeden Menschen, der ihnen über den Weg läuft, umbringt oder sie zu weiteren Vampiren verwandelt. Das alles würde den Plan der Reptiloiden, die Welt zu beherrschen, zunichte machen. Abgesehen davon schmeckte ihnen das bittere Fleisch der Vampire nicht. Das hatten sie festgestellt als sie zu Anfängen auch gegen die Vampire gekämpft hatten. Die Vampire hatten sich zu der Zeit fast doppelt so schnell verbreitet wie die Reptiloiden und wurden zu einer weiteren Gefahr für sie, sodass sie irgendwann sich verbündeten.

Nur so war es ihnen gelungen, viele der Wölfe zu töten und sie aus vielen Gebieten, die sie nun voll und ganz beherrschen, zu vertreiben. Immerhin hatten sie es, mit vereinten Kräften geschafft, das gesamte Osmanische Reich aufzulösen. Zu der Zeit drangen die Wölfe immer mehr vor und übernahmen ein Land nach dem anderen. Doch nach dem Bündnis ihrer zwei Erzfeinde, mussten sie sich eine Weile zurückziehen. Denn es war niemals im Interesse der Wölfe Menschen willkürlich zu verwandeln. Selbst wenn sie es wollten, würde es ihnen niemals so schnell gelingen wie den Echsen und Fledermäusen. Denn der Fluch, den sie ja mittlerweile als ein Segen betrachteten, erlaubte es nicht. Nur gutgesinnte Menschen konnten sich verwandeln, während die, die böses im Schilde führten einfach starben. Und auch ihre Nachkommen trugen nicht alle das besondere Gen in sich, das ihnen die Fähigkeit zur Verwandlung gab. Es war einfach nur ein Glücksfall. Es kam vor das alle Kinder die Gene besaßen oder nur einige und in manchen Fällen sogar keiner von ihnen.

Und so standen die Feinde schon kurz davor, die Wölfe endgültig zu vernichten. Die Wölfe, von denen sie dachten, sie wären endlich in der Unterzahl und wüssten nicht mehr sich zu verteidigen, geschweige denn sich trauten, in dem Tempo wie früher, ihre Feinde zu attackieren und sie aufzuhalten. All das hatte die Vampire überzeugt und sie dazu veranlasst der hochentwickelten Spezies, den Reptiloiden, zu vertrauen und nach deren Pfeife zu tanzen.

Hin und wieder verlangten die Reptiloiden sogar, dass die Vampire die Drecksarbeit für sie erledigen sollten anstatt jemanden aus ihren eigenen Reihen zu beauftragen. Dies taten sie nur in sehr ernsten und äußerst wichtigen Angelegenheiten. So wie in dem jüngsten Fall, der sich in Wien zugetragen hatte. Hierfür hatte das Komitee der Reptiloiden den österreichischen Bundeskanzler damit beauftragt die beiden Ziele sofort zu eliminieren und die Gefahren aus dem Weg zu räumen.

Der Bundeskanzler wiederum hatte seinen besten Männern den Auftrag erteilt, die beiden Ziele sofort ausfindig zu machen und deren Tod wie ein Selbstmord oder wie einen Unfall aussehen zu lassen.

Um die Wölfe würde sich das Komitee schon persönlich kümmern. Während sie sich einen hinterhältigen Plan ausheckten, mit dem sie die Wölfe endgültig vernichten würden, liefen die Vorbereitungen des österreichischen Bundeskanzlers bereits auf Hochtouren.

Er hatte seine Männer über alles was sie über diese Sache wissen müssen informiert und sie aufgeklärt. Die Männer wiederum wussten was zu tun war und gingen sofort an die Arbeit. Auch sie waren alle Reptiloiden in menschlicher Gestalt, die Missionen wie diese sehr oft übernahmen und alle mit Erfolg beendeten.

Nun lag die Eliminierung von David Ecker und von Jennifer Leone in deren Händen. Ähnlich wie sie das schon öfters gemacht hatten, hatten sie sich im Falle von David Ecker für die Selbstmordvariante entschieden. Sie wollten seinen Tod so aussehen lassen, als hätte er sich umgebracht und ihm als Motiv zu seiner plötzlichen Tat, psychische Erkrankung vorwerfen. All das hatten sie unter ihrer Kontrolle und konnten von daher die Wahrheit über seinen eigentlichen Todesfall sehr gut vertuschen. Denn auch in der Medizinbranche arbeiteten sehr viele im Auftrag des Komitees unter denen sich ebenso Reptiloiden in den Führungsposten und Chefetagen befanden. Aber auch Menschen, die sich freiwillig bereit erklärt hatten dem Komitee zu dienen und dafür sehr viel Geld einkassierten, befanden sich unter ihnen. Abgesehen davon wurde all diesen Freiwilligen, seitens der Reptiloiden, genau wie bei den Vampiren, viel Gutes versprochen, die sie alle für ihren großartigen Einsatz und ihrer Hilfe, erhalten sollten, sobald die Reptiloiden endgültig die Weltherrschaft übernommen und sich gegenüber den Menschen offenbart haben. Doch in Wahrheit sollten all diese Freiwilligen gar nichts abbekommen. Die Reptiloiden hatten sich vollkommen etwas anderes für sie überlegt und meinten eigentlich damit, als sie ihnen Gutes versprochen hatten, dass sie die Ehre bekommen würden von den hochrangigen Reptiloiden verspeist zu werden. Aber diese Tatsache sollte ihnen, selbstverständlich, bis zum Ende verschwiegen werden.

So wurden die Menschen auf allen Wegen von den Reptiloiden ausgenützt und stets für ihre Zwecke missbraucht.

Sie mochten die Menschen nicht und genauso mochten sie die Wölfe nicht. Und auch ihre Verbündeten, die Vampire, mochten sie nicht. Selbst die Unruhestifter aus ihren eigenen Reihen, die nicht immer die selbe Meinung mit dem Komitee teilten, mochten sie nicht. Einfach jeder, der gegen sie gewesen war oder sie auf irgendeine Art und Weise bedrohte, musste sterben.

Nun war der Wiener David Ecker an der Reihe gewesen. Er musste, bevor er noch weitere Videos von seiner Sichtung im Netzt veröffentlicht, aufgehalten und stillgelegt werden.

Und so kam es dann schließlich auch.

Nur wenige Wochen nach seiner ersten Veröffentlichung, überraschten ihn die Reptiloiden, die dem Bundeskanzler unterwiesen waren, David Ecker in seiner Wohnung im 12. Wiener Gemeindebezirk und töteten ihn, in dem sie ihn strangulierten.

Sie hatten sich deswegen etwas Zeit mit seiner Ermordung gelassen, damit keiner auf die Idee kommen konnte, dass man ihn tatsächlich wegen des Videos und seinen Behauptungen umgebracht hätte. Ein Tod kurz danach wäre sehr verdächtig gewesen.

Den leblosen Körper von David Ecker mit blauen und roten Flecken an seinem Hals, die ohne Zweifel zwei große Handabdrücke widerspiegelten, ließen sie einfach so in seiner 2 Zimmer Wohnung zurück. Der Notarzt sowie die Polizisten, die alle zu ihnen gehörten und über diesen Mordplan bereits informiert worden waren, sollten sich später um das weitere Vorgehen kümmern und wie vereinbart die eigentliche Todesursache vertuschen. Auch die Medien und die Presse, die davon wussten, sollten zuerst über den Tod von David Ecker berichten um so die restliche Bevölkerung noch mehr davon zu überzeugen.

So lief das nun mal bei ihnen ab. Eine richtige Teamarbeit eben.

Parallel zu der Ermordung von David Ecker, lief auch ein Mordplan gegen Jennifer Leone.

Sie sollte sogar noch vor David Ecker sterben, weil sie sich bereits mitten unter ihren hochrangigen Reptiloidenführern aufhielt. Ihr Tod sollte einfacher und schneller ablaufen als der von David Ecker.

Dachte das Komitee zumindest.

Denn sie mussten schnell feststellen, dass es alles andere als einfach werden würde, Jennifer Leone umzubringen.

Ein weiterer anstrengender Arbeitstag war für die drei besten Freunde zu Ende gegangen.

Abgesehen von Andreas waren Ilkay und Jennifer ganz schön erschöpft gewesen. Es kam den beiden vor als hätten sie die gesamte Stadt trainiert.

Nach einer etwas längeren Dusche als gewöhnlich, hatten sie sich wieder vor dem Eingang zum Fitnessstudio getroffen.

Doch diesmal wollten sie, bis auf Andreas, gleich nach Hause gehen um sich ordentlich auszuruhen. In Wahrheit wollten Ilkay und Jennifer, ohne es voneinander zu wissen, nur deswegen so schnell wie möglich nach Hause, weil ihnen das Video von David Ecker, das Andreas ihnen am Vormittag gezeigt hatte, nicht aus dem Kopf ging.

Ilkay wollte noch einige Recherchearbeiten durchführen und sich sofort auf die Suche nach der Echsendame von letzter Nacht machen. Er musste sie unbedingt finden und aufhalten.

Und er hoffte auch gleichzeitig, dass er durch sie an noch mehr Echsen herankommen könnte um sie alle ebenso umzubringen.

Denn, seiner Meinung nach, konnte sie nicht die einzige sein, die sich in Wien aufhalten würde.

Und Jennifer musste nach Hause, weil sie ihren Gebietern eine Erklärung bezüglich der vergangenen Nacht abgeben musste.

Zuvor musste sie ihre Freunde beim köstlichen Cheesburger-essen alleine sitzen lassen und vorzeitig aufbrechen, weil sie sich auf ihre Jagd nach dem Wolf vorbereiten mussten, nachdem sie sich letzte aufmunternde Worte sowie Lob von ihren Gebietern anhören musste und jetzt würde genau das Gegenteil auf sie warten.

Denn Jennifer war sich sicher, dass sie keineswegs aufmunternde Worte oder auch Lob hören würde, sondern jede Menge Geschimpfe und Schikane ertragen musste. Dabei hoffte sie die ganze Zeit über, dass sie ihr noch eine letzte Chance geben und sie am Leben lassen würden. Denn mit dem Tod musste sie rechnen. Der war nicht auszuschließen. Sie kannte nämlich die Konsequenzen eines Fehlers beziehungsweise auch einer Befehlsverweigerung nur sehr gut.

Ihre einzige Hoffnung auf einen guten Gedanken war nur, dass das ihre erste offizielle Jagd nach einem Werwolf gewesen war und man ihr das eventuell nicht ganz so übel nehmen und ihren Fehler, unvorsichtig gewesen zu sein, verzeihen würde.

Wenn sie sich jedoch schon im Vorfeld darüber im Klaren gewesen wäre, was ihre Gebieter mit ihr vorhatten, würde sie möglicherweise auf der Stelle das Land verlassen und irgendwo untertauchen.

Im Moment blieb ihr nichts anderes übrig als sich von ihren beiden Freunden zu verabschieden und auf dem direkten Wege nach Hause zu gehen.

Andreas hatte ihr vorgeschlagen sie nach Hause zu fahren, aber sein nettes Angebot wurde von ihr mit einem freundlichen Lächeln abgeschlagen. Sie wollte lieber einen Spaziergang unternehmen und das schöne Wetter genießen.

Also machte Andreas seinem Freund Ilkay dasselbe Angebot, aber auch er schlug es, mit einem Schulterklopfen, dankend ab.

Andreas war nicht besonders erfreut, dass seine beiden besten

Freunde sein nettes Angebot, sie beide nach Hause zu chauffieren, abgelehnt hatten, aber er nahm das ziemlich gelassen hin.

Jedoch konnte er seine Neugier nicht zurückhalten und musste folgende Frage stellen:

>>*Hey Ilkay!...Wieso seid ihr beide so schlecht drauf? Ich meine, ihr wirkt beide so besorgt und nachdenklich...Haben euch etwa meine Theorien von heute Morgen doch noch Angst gemacht?*<<

Er beugte sich vornüber und lachte.

Ilkay gab ihm lächelnd eine Antwort:

>>*Daran liegt es bestimmt nicht. Ich kann nur für mich sprechen und sagen, dass ich nicht besorgt bin...Worüber denn auch? Es war nur ein anstrengender Arbeitstag, mehr nicht. Und Jennifer hatte auch viel zu leisten heute. Ich kann sie von daher sehr gut verstehen.*<<

Andreas nickte verständnisvoll mit dem Kopf und sagte:

>>*Ja, stimmt! Hast recht.*<<

Beide lächelten sich zu.

Andreas war gerade dabei in sein Auto einzusteigen. Er sperrte die Tür an der Fahrerseite auf und kurz bevor er einstieg, sagte er noch folgendes zu Ilkay:

>>*Hey Mann Ilkay!*<<

Ilkay sah ihn mit einer gerunzelten Stirn und fragenden Blicken an.

>>*Das Video von diesem Ecker Typen...*<<

Sprach Andreas weiter.

>>*...und mein ganzes Statement dazu...bitte nimm das ernst. Und auch Jennifer soll das ernst nehmen. Denn ich glaube tatsächlich daran, dass wir nicht alleine auf dieser Welt, geschweige denn im gesamten Universum sind. Das was auch immer dieser Typ aus dem Video gesehen zu haben glaubt, hat er be-*

stimmt nicht erfunden.<<

Ilkay sagte nichts darauf. Er konnte die Sorgen seines Kumpels sehr gut verstehen und fand es toll von ihm, dass er Angst um die Sicherheit und um die Gesundheit seiner beiden Freunde hatte. Er wünschte nur in diesem Augenblick, ihm sagen zu können, dass er die Kreatur gewesen war, wovon David Ecker ganz aufgeregt gesprochen hatte. Und er wünschte seinem Kumpel sagen zu können, dass er zu den Guten gehörte, die eigentlich auch Menschen wie ihn beschützten. Es war nicht einfach für ihn gewesen und dieser Moment machte es nicht gerade besser. Doch er musste sich noch ein wenig gedulden. Schon bald würde er sich offenbaren. Denn ewig wollte er sich vor seinen besten Freunden nicht mehr verstecken.

So blieb Ilkay nur eines darauf zu sagen:

>>Ich kann dich gut verstehen mein Freund, aber du solltest dir nicht allzu große Sorgen über diese Sachen machen! Es ist alles in bester Ordnung.<<

Mit einem netten und warmen Lächeln beendete Ilkay sein Satz.

Andreas seufzte erleichtert und sagte:

>>Danke, dass du mich nicht für einen Irren hältst!<<

Sie lachten beide und Ilkay verabschiedete sich gleich danach und winkte seinem Freund Andreas zu.

Andreas winkte lächelnd zurück und war dabei einzusteigen, doch dann fiel ihm etwas ein und er rief Ilkay hinterher, sodass Ilkay sofort stehenblieb und sich nach ihm umdrehte.

>>Also, eins wollte ich noch loswerden Kumpel!<<

Sagte Andreas, während Ilkay ganz gespannt darauf wartete zu hören was Andreas noch so alles auf dem Herzel lag.

>>Ich hatte euch doch gesagt, dass die Werwölfe, an die du ja nicht glaubst, ursprünglich von den Urtürken abstammen sollen...<<

Mit gekniffenen Augen nickte ihm Ilkay verständnisvoll zu und wartete auf seine nächste Aussage.

>>*Zumindest ergab das meine gründliche Recherche darüber...Jedenfalls war ich damals zu einem sehr interessanten Vorfall aufmerksam geworden.*<<

Spannte Andreas Ilkay weiterhin auf die Folterbank und kam letztendlich zum Schluss:

>>*Und zwar habe ich folgendes herausgefunden...Als im Jahre 1683 die Osmanen nach Österreich gekommen waren, war den damaligen Österreichern sowie auch dem österreichischen Heer die Zahnhygiene noch nicht bekannt gewesen. Die Osmanen wussten das hingegen sehr wohl und kannten sämtliche Hygienemaßnahmen zu der Zeit bereits noch vor den Europäern...Na jedenfalls...sollen eines Tages das osmanische Heer an einem See ihre Zähne gebürstet beziehungsweise sauber gemacht haben. Dabei wurden sie von einigen Soldaten des österreichischen Heeres beobachtet, die gleich darauf zu ihrem Offizier gerannt und folgendes berichtet haben sollen: „Wir konnten beobachten, wie das osmanische Heer ihre Zähne feilten und spitzten. Sie bereiten sich ganz offensichtlich darauf vor uns alle zu verspeisen!"*<<

Es folgte ein kleiner Schweigemoment zwischen den beiden Freunden. Andreas wartete ganz gespannt darauf was Ilkay nun wohl als Antwort geben würde. Dieser machte es kurz indem er sagte:

>>*Das mag schon sein, aber worauf willst du mit dieser Geschichte hinaus Andreas?*<<

Andreas rollte genervt mit seinen Augen und gab seufzend eine Antwort darauf:

>>*Na meine Güte lieber Ilkay! Was denn wohl? Damit ist doch offiziell dokumentiert worden, dass Türken eigentlich Werwölfe sind und sie damals tatsächlich ihre Zähne spitzten um*

das gegnerische Heer aufzufressen. Wieso sonst sollte man wohl so etwas behaupten? Die wussten das damals alle.<<
Mit nur einem langem Kopfschütteln konnte Ilkay nur eines darauf sagen:
>>*Andreas, Andreas, mein lieber Andreas!...Du hast doch vorher schon selbst gesagt, dass die Europäer beziehungsweise die Österreicher damals nichts von Hygiene wussten. Also haben sie sich das nur eingebildet und gedacht, dass die Osmanen sich die Zähne spitzen und sie nicht etwa tatsächlich putzen würden. Wir waren nicht dabei und können nichts davon bezeugen, aber meine Theorie klingt hier viel plausibler. Tut mir Leid Kumpel und jetzt tu' mir bitte einen Gefallen und hör' damit auf!*<<
Stirnrunzelnd musste Andreas einsehen, dass Ilkay recht haben könnte und kam dem Wunsch seines Freundes nach und redete nicht mehr davon.
Am Ende lächelten sie sich ein letztes Mal zu und verabschiedeten sich nun endgültig.
Andreas stieg in sein Auto hinein, startete den Motor und fuhr los. Doch diese Gedanken ließen ihn nicht in Ruhe, weswegen er ab sofort mit seinen Recherchen über all diese Themen, ganz besonders über die jüngste Sichtung, sich nur noch intensiver damit beschäftigen würde.
Und vorerst wollte er seine Ergebnisse für sich behalten, denn er wollte Ilkay und auch Jennifer damit nicht länger auf die Nerven gehen, sondern ihnen erst dann wieder gegenüber treten, sobald er handfeste und überzeugende Argumente beziehungsweise Ergebnisse vorlegen konnte.
Mit einem zufrieden gestellten Lächeln, schaltete er das Radio ein und fuhr ganz entspannt nach Hause.

Jennifer wurde in ihren eigenen vier Wänden von zwei Männern, die in ihren dunklen Anzügen sehr düster wirkten und noch düsterer drein schauten, empfangen. Sie hatten bereits auf ihre Ankunft gewartet. Jennifer ersparte sich die Frage, wie die beiden, ohne den Wohnungsschlüssel, die Wohnung betreten konnten, weil sei die Antwort bereits kannte. Denn für Gestalten wie die beiden Klötze vor ihr, gab es keine verschlossenen Türen. Sie konnten sich einfach überall Zugang verschaffen. Jennifer ahnte bereits was ihr als nächstes bevorstünde und fing besorgt zu seufzen an. Ihre Blicke waren kalt, aber zeigten keine Anzeichen von Angst. Sie vermittelten den beiden Männern lediglich, dass sie in ihrer Wohnung unerwünscht seien. Doch sie konnte nun mal nichts dagegen unternehmen. Denn die beiden großgewachsenen und muskelbepackten Männer, gehörten zu der Spezialeinheit des Komitees an und ihnen zu entkommen, war nahezu unmöglich. Zumindest hatte es bisher keiner geschafft.

Seit ihrer Ankunft hatten sie miteinander kein einziges Wort gewechselt. Jennifer blieb die ganze Zeit über ruhig und bevorzugte es lieber zu schweigen. Doch so sehr sie sich auch anstrengte ruhig und gelassen zu sein, strahlte sie dennoch eine gewisse Unruhe aus, die sie ummantelt hatte.

Trotz alle dem blieb sie so ruhig sie konnte und tat schließlich das, was von ihr verlangt wurde. Einer der Männer hob seine rechte Hand etwa bis zu seiner Brust hoch und deutete damit an, dass Jennifer sich in Richtung ihrer Wohnungstür zubewegen sollte. Denn die Zeit war nun gekommen, dass die beiden düsteren Männer sie mitnehmen und zu ihren Gebietern beziehungsweise Auftraggebern bringen.

Mit erneutem Seufzer und ohne weiter zu überlegen, folgte Jennifer den Anweisungen und bewegte sich mit langsamen Schritten der Wohnungstür zu.

Die beiden Reptiloiden in menschlicher Gestalt folgten ihr direkt hinterher.

Draußen stand das Fahrzeug der beiden Männer und es war ein wenig weiter weg geparkt worden, sodass Jennifer es nicht sehen und auf dumme Gedanken kommen konnte.

Denn das letzte was die beiden Männer jetzt gebrauchen könnten, wäre, dass ihre Zielperson ihnen entwischt und davonkommt.

Falls ein solches Szenario sich ereignen sollte, mussten sie dafür gerade stehen und für ihren Fehler zur Rechenschaft gezogen werden. Und keiner von den beiden Männern wollte sich mit dem Komitee anlegen geschweige denn von ihnen bestraft werden.

Mit größter Behutsamkeit achteten sie daher auf Jennifer und hofften, in ihrem Interesse, dass sie sich benehmen würde während sie ihr dich dahinter marschierten als wären sie ihre Bodyguard's.

Als sie sich draußen auf der Straße befanden, wusste Jennifer nicht in welche Richtung sie gehen sollte und wandte ihre fragenden, aber auch genervten Blicke den beiden Männern hinter ihr zu, die sofort darauf reagierten. Einer von ihnen ging voran und zeigte somit die richtige Richtung vor. Jennifer folgte ihm hinterher während der zweite wiederum sich hinter ihr befand. Nun sah es tatsächlich so aus, als würden die beiden Männer Jennifer's Bodyguard's sein.

Sie gingen einige Meter in dieser Formation und Jennifer wurde immer nervöser, je näher sie zum Fahrzeug kamen. Noch sah sie es zwar nicht, aber das Gefühl der Angst, die sich in ihr so langsam breit machte, ließ sie das Fahrzeug deutlich spüren. Und ehe es um sie geschehen war, fand sie sich auch schon direkt vor dem Fahrzeug wieder.

Den ganzen Weg über war sie so sehr in ihre Gedanken vertieft gewesen, sodass sie gar nicht mehr mitbekommen hatte, wie sie zu dem Fahrzeug gekommen und seit wann sie davor gestanden hatte.

Bei dem Fahrzeug handelte es sich um ein geräumiges und schwarzes Mercedes-Benz der E-Klasse.

Es glänzte so sehr, dass sie ihr Spiegelbild darin sehen konnte. Bei längerer Betrachtung, formte sich aus ihrer menschlichen Gestalt ihr wahres Ich und schon blickte sie der Bestie in die Augen, die sich in ihr verborgen hielt. Als sie der Kreatur in die Augen starrte, dachte sie an die vergangene Nacht und an den Fehler, den sie gemacht hatte. Wie konnte sie nur so unvorsichtig sein? Sie dachte auch an den Wolfsmenschen, dem sie die Schuld dafür gab, aber im Moment nichts dagegen unternehmen konnte. Sie würde sich nur zu gerne an ihm rächen und ihn dafür in Stücke zerreißen. Während sie so intensiv an ihn und daran, was er ihr angetan hatte, dachte, füllten sich ihre Blicke mit Hass und Zorn und die Kreatur in ihr wurde unruhig. Ihr Herz raste und ihr Blut pochte. Sie biss die Zähne zusammen und ihre Augen füllten sich mit Tränen. Sie würde so gerne, auf der Stelle, losschreien. Sie würde so gerne alles kaputt schlagen, was sie in die Hände bekam. Sie würde so gerne ihre Wut freien Lauf lassen. Denn so hätte es gar nicht kommen dürfen. Sie sollte zu Hause entspannt auf ihrer Couch liegen und sich an ihren Sieg erfreuen. Der Sieg, der sich nun zu ihrem Untergang verwandelt hatte. Sie könnte auf der Stelle explodieren. Doch als einer der Männer, seine Hand auf ihre Schulter legte, beruhigte sie sich langsam wieder. Mit einem leichten Kopfschütteln war sie wieder zu sich gekommen und ihr Spiegelbild hatte wieder ihre menschliche Form angenommen.

Einmal tief durchatmend, stieg sie in das Fahrzeug hinein und ließ sich von den beiden Männern zu ihrem Verderben führen.

Auch Ilkay befand sich mittlerweile in der Wohnung. Jedoch nicht in seiner eigenen Wohnung. Es ist die Wohnung seines Vater's. Er besaß einen Zweitschlüssel für die Wohnung seines Vater's und sein Vater besaß einen Zweitschlüssel für seine Wohnung.

Zwei Gründe hatten Ilkay dazu veranlasst die Wohnung seines Vater's zu besuchen. Zum Einen musste er sich mal wieder um die Zimmerpflanzen seines Vater's kümmern. Noch bevor er sich von seinem Sohn verabschiedete, bat er Ilkay darum, sich in seiner Abwesenheit um die Zimmerpflanzen zu kümmern und sie regelmäßig mit Wasser zu begießen. Denn er liebte seine Pflanzen sehr und pflegte sie immerzu in seiner Freizeit.

Zum Anderen erhoffte sich Ilkay mehr Informationen aus den sorgfältig archivierten Dokumenten und Papiersammlungen bezüglich den Reptiloiden zu holen, die sein Vater über all die Jahre in seiner Wohnung versteckt hielt. Zu Ilkay's Glück, wusste er ganz genau wo sein Vater all diese Dokumente aufbewahrte.

Nachdem er sämtliche Pflanzen mit genug H2O versorgt hatte, machte er sich sofort ran an die eigentliche Arbeit. Dazu setzte er sich an den Schreibtisch seines Vater's und fuhr dessen Laptop hoch. Darin waren einige Recherchearbeiten über Reptiloiden, die sein Vater selbst erforscht hatte, gespeichert gewesen. Jedoch handelte es sich dabei um wenig Material. Den Großteil bewahrte sein Vater in mehreren Mappen aufgeteilt in seinem Safe auf. Um diese wollte sich Ilkay später kümmern. Zuerst waren die digitalen Dokumente an der Reihe gewesen.

Als der Laptop hochfuhr, erschien als Hintergrundbild ein gemeinsames Foto von Ilkay und seinem Vater, woraufhin Ilkay berührend lächeln musste als er es gesehen hatte. Das Bild warf ihn für einen Augenblick gedanklich zu der Zeit zurück als sie das Foto gemacht hatten. Es war vor drei Jahren bei einer gemeinsamen Vater und Sohn Urlaubsreise in der Türkei gewesen. Sie standen vor dem Tortum-Wasserfall, der mit seiner achtundvierzig Meter Höhe als der größte Wasserfall Asiens und Europas und als drittgrößter der Welt bekannt ist, nebeneinander und hatten ihre Arme über die Schulter des jeweils anderen geworfen und lächelten so in die Kamera um diese Erinnerung festzuhalten und zu verewigen.

Es war eines der besten Urlaube gewesen, die Ilkay mit seinem Vater erleben durfte.

Doch leider war jetzt nicht der richtige Moment um in der Nostalgie zu schwelgen, weswegen Ilkay sich ganz schnell wieder wachrüttelte und sich auf seine Arbeit konzentrierte.

Viele verschiedene Ordner schmückten den Bildschirm des Laptops. Und so ordentlich wie sein Vater war, waren die Ordner ordentlich über- und nebeneinander sortiert und übersichtlich beschriftet gewesen.

Eifrig suchte Ilkay, fast schon ohne zu blinzeln, nach einem ganz bestimmten Ordner. Er ahnte bereits, dass der von ihm gesuchte Ordner sich nicht einfach so auf dem Desktop befinden würde, da er geheime Dokumente beinhaltete, aber Ilkay wollte dennoch sein Glück versuchen und suchte voller Hoffnung und erwartungsvoll danach. Er steuerte die Maus ganz präzise über sämtliche Ordner und folgte dabei mit konzentrierten Blicken dem Cursor.

Ein enttäuschter Seufzer fuhr ihm über die Lippen, während er sich auf dem Stuhl zurücklehnte und festgestellt hatte, dass kein Ordner, der die Informationen über die Recherchearbeiten seines Vaters aufbewahrte, zu finden war.

Er war die Ordner mehrmals durchgegangen um ganz sicher zu sein, dass er keinen übersehen hatte, aber er war nicht fündig geworden.

Kurz bevor er den Laptop ganz enttäuscht wieder herunterfahren wollte, fielen seine äußerst aufmerksamen Blicke auf ein USB Stick, der verborgen in dem Stiftehalter, der sich hinter dem Laptop befand und voll gefüllt mit allen möglichen Stiften war. Er musste zuerst ein paar Stifte hin- und herschieben um an den USB Stick heranzukommen.

Sobald er ihn hatte, sah Ilkay sich den USB Stick etwas genauer an um etwaige Beschriftungen darauf zu erkennen, jedoch war er nicht beschriftet gewesen.

Er zuckte kurz mit der Schulter und steckte den USB Stick an den Laptop an. Wenige Sekunden später erschien auch schon am Bildschirm der USB Stick, den Ilkay sofort mit einem Doppelklick öffnete.

Endlich überkam ihn ein breites Lächeln und das Gefühl der Erleichterung, als er den Ordner gefunden hatte, den er aufgeregt gesucht hatte. Der Ordner war mit großen Buchstaben beschriftet als MEINE ARBEIT ÜBER R.

Ilkay dachte sich, dass der Buchstabe R für Reptiloiden stehen müsste. Ilkay staunte nicht schlecht als er sämtliche Sammlungen von Fotos und Dokumenten darin zu sehen bekam, die alle von den Reptiloiden handelten. Sein Vater hatte es, noch lange vor Ilkay's Geburt, geschafft, einige Fotos von den Reptiloiden zu machen auf denen sie mit ihrer natürlichen Gestalt zu sehen waren. Sie sahen alle der Echsendame ähnlich, die Ilkay angegriffen hatte. Er sah auch einige Fotos von toten Reptiloiden, die sein Vater als Werwolf im Kampf besiegt haben durfte.

Als er weiter hinunterscrollte, fand er einige gespeicherte Dokumente vor, die sein Vater sowohl gesammelt als auch selber erstellt hatte. Eines dieser Dokumente handelte von einem Fall, der sich viele Jahre vor Ilkay's Geburt ereignet hatte. Sein Vater war damals noch ein junger Werwolf gewesen, der Ilkay's Mutter zu der Zeit noch gar nicht kennengelernt hatte.

Darin war zu lesen, dass der damalige Bundespräsident der Republik Österreich ein türkischstämmiger Mann namens Haktan Erden gewesen war. Dr. Haktan Erden war der erste und auch der letzte Bundespräsident mit einem Migrationshintergrund. Alle anderen Bundespräsidenten vor und nach ihm waren eingefleischte Österreicher.

Doch Dr. Haktan Erden war auch der erste und der letzte Bundespräsident der Republik Österreich, der eine sehr kurze Amtszeit vorgewiesen hatte.

Denn bereits zu Beginn seines zweiten Jahres als Bundespräsident, wurde er, bei einer seiner öffentlichen Auftritte in denen er zu seinem Volk gesprochen hatte, von einem Attentäter mittels einer Schusswaffe niedergestreckt. Ein direkter Kopfschuss aus nächster Nähe, hatte seiner jungen Karriere ein Ende gesetzt. Als der Attentäter später gefasst worden war, erzählte er den Behörden, dass er nicht wusste, was er tat. Er gab mehrmals an, dass man ihn einer Gehirnwäsche unterzogen und ihn dadurch zu diesem grausamen Attentat gezwungen hatte. Doch weder die Behörden noch sonst irgendjemand glaubte dem gebürtigen Engländer. Ihm wurde sofort eine lebenslange Haftstrafe erteilt.

Weiters konnte Ilkay lesen, dass auch er, zwei Wochen nach seinem Gefängnisaufenthalt, tot in seiner Zelle vorgefunden wurde. Er hatte sich an seinem eigenen Laken aufgehängt.

Ein damaliger Journalist namens Philipp Klenk, der zu den besten gehörte, war der einzige, der dem Attentäter, der als Elliot Taylor bekannt war, geglaubt hatte. Philipp Klenk war in ganz Österreich als der Aufdecker bekannt, weil er in seiner langjährigen Karrierelaufbahn viel aufgedeckt und ans Tageslicht gebracht hatte. Das brachte ihm sehr viele Auszeichnungen sowie einen gewissen Bekanntheitsgrad im gesamten Land ein, Zudem war er sehr beliebt bei seiner Leserschaft sowie beim österreichischen Volk gewesen. Seine Kolleginnen und Kolle-

gen bejubelten ihn. Doch trotz seines Ruhm und seiner Beliebt-
heit, konnte er es nicht schaffen, zu dem Engländer Elliot
Taylor vorzudringen und ihn zu seiner Tat zu befragen.
Dadurch war ihm nichts anderes übrig geblieben als durch sehr
enge und vertraute Kontakte und auf geheimer Basis, zu Elliot
Taylor vorzudringen und ihn schlussendlich zu interviewen.
Später hatte er über alles, was Elliot Taylor ihm erzählt hatte,
veröffentlicht und sorgte damit in ganz Österreich für ein gewaltiges Aufruhr. Plötzlich hatte man sich gegen ihn gewandt
und verlor den Respekt zu ihm. Wie konnte es denn nur sein,
dass so ein erfolgreicher und professioneller Journalist darüber
schreibt und berichtet, dass irgendwelche außerirdischen Reptilien die Erde und die gesamte Menschheit kontrollieren sollen? Wie sollte man so einen Menschen denn noch überhaupt
ernst nehmen?
Damit ihm das Volk dennoch glaubt, hatte er beschlossen viel
tiefer in dieser Sache zu bohren und wurde später, durch seine
ständigen Behauptungen, zum Verschwörungstheoretiker und
letztendlich zum Verrückten erklärt. Denn nachdem Philipp
Klenk mittlerweile seinen Job als Journalist verloren hatte und
niemand ihn einstellen wollte, wollte er, koste es was es wolle,
um jeden Preis, die Wahrheit doch noch aufdecken und die
Menschheit von seinen angeblich wilden und verrückten Behauptungen am Ende doch noch überzeugen.
Zu seinem Bedauern lief jedoch alles gar nicht so wie er sich
das vorgestellt hatte und die Regierung hatte beschlossen
Philipp Klenk in eine Nervenheilanstalt unter sorgfältiger psy-
chologischer Betreuung einzuweisen. Dort verweilte er dann
bis er eines natürlichen Todes gestorben war. Er war einem
Herzanfall erlegen.
Ilkay war total verblüfft über alles was er gelesen hatte.
Neugierig las er weiter und fand heraus, dass sein Vater folgen-

de Notizen zu dem Attentat auf Bundespräsidenten Dr. Haktan Erden gemacht hatte. Laut seinen Notizen, glaubte er sehr wohl an die Geschichte von Elliot Taylor und Philipp Klenk und vermutete, dass die Reptiloiden, den Mord an den damaligen österreichischen Bundespräsidenten in Auftrag gegeben hatte, weil er zu einer Bedrohung für sie geworden war.

Den Notizen zu entnehmen, hatte Dr. Haktan Erden keine Wolfsgene, aber dennoch müssen ihn die Reptiloiden als eine Bedrohung gesehen haben, da Dr. Haktan Erden sich stets für das Gute und das Wohl seines Volkes sowie des gesamten Landes eingesetzt hatte. So hatte er das gesamte Volk schnell für sich gewonnen und gehörte zu den beliebten Bundespräsidenten in Österreich.

Denn Dr. Haktan Erden hatte sich für eine vegane Gesellschaft und somit gegen sämtliche Arten von Tierquälereien ausgesprochen. Er unterstützte die vegane Community und sorgte dafür, dass in ganz Österreich viele Restaurants sowie Märkte aufsperrten, die entweder reine vegane Lebensmittel und Speisen anboten oder zumindest die Hälfte davon auf vegan umgestellt wurde. Er verbot sämtliche Tierquälereien und beendete den Folter, die die Tiere in gewissen Schlacht- und Bauernhöfen erleiden mussten. Er sorgte für einen besseren Umgang zwischen Mensch und Tier und, dass die Tiere, für ihre weitere Verarbeitung, ohne Leid und Schmerzen und ohne unmenschliche und bestialische Vorgehensweisen, respektvoll behandelt werden. Da er unmöglich das gesamte Land rein in vegan umstellen konnte, tat er immerhin alles, dass es den Tieren, vor und während ihrer letzten Reise, so gut es wie möglich ging. Seine Liebe zu den Tieren zeigte er auch dadurch, dass er, genau wie es für Menschen bereits vorhanden ist, eine Tierkrankenversicherung ins Leben gerufen hatte. Dadurch konnten alle, und das freute ganz besonders die Haustierbesitzer, ihre Tiere mit einer Krankenversicherung ausstatten. Das sorgte für sehr viel Ersparnis bei Tierarztbesuchen sowie diverse Behandlungen und Operationen, aber auch beim Kauf von Medikamenten.

Zudem sprach er sich gegen Fluoride, die zum Beispiel in den Trinkwässern und auch in der Zahnpasta vorkamen, aus.

Er sorgte auch dafür, dass in in erster Linie die regionalen Produkte in ganz Österreich unterstützt werden und verzichtete somit auf den Großteil ausländischer Produkte. Allen voran, die Lebensmittel, die aus den USA stammten. Sie beinhalteten meist sehr viele chemische und gesundheitsbedrohliche sowie sonstige schädliche Zusatzstoffe.

Daher bevorzugte er für seine Bürgerinnen und Bürger stets die regionalen Produkte und unterstütze sie.

Seit seinem Amtstritt hatte sich auch einiges im juristischen Bereich zum positiven geändert. Denn er veranlasste einige Gesetzesänderungen, sodass die Verbrecher für ihre Taten, gerecht bestraft werden und nicht einfach so davonkommen.

Für Mörder gab es zum Beispiel eine Lebenslange Haftstrafe, sofern diese auch zu einhundert Prozent als Mörder identifiziert worden waren. Für Sexualverbrecher gab es eine Haftstrafe von Fünf bis zwanzig Jahren. Je nachdem, wie schlimm ihre Vergehen waren. Für Tierquäler gab es ebenfalls fünf bis zehn Jahre und für Tiermörder gab es ebenso lebenslängliche Haftstrafen. Auch das Jagen von Tieren wurde in ganz Österreich verboten. Stattdessen wurden, für wilde Tiere, die den menschlichen Lebensraum gefährdeten, eine spezielle Behörde errichtet, die aus Spezialisten und Fachleuten, wie erfahrene Tierexperten und auch Tierärzte bestand, die sich professionell um diese wilden Tiere kümmerten und sie betreuten. Dieses Expertenteam sorgte stets dafür, dass die Tiere unversehrt in ihren natürlichen Lebensräumen weiterleben und zu keiner Bedrohung werden konnten.

Dr. Haktan Erden legte auch sehr viel Wert auf die Schulbildung und sorgte dafür, dass es sämtlichen Schülerinnen und Schülern sowie Studentinnen und Studenten in ganz Österreich wohl geht. Er hatte für sie im ganzen Land täglich freien Eintritt in Museen, Theatervorführungen sowie Kinos veranlasst.

Auch diverse sportliche Aktivitäten sowie In- und Auslandsreisen, die zu Zwecken der Weiterbildung unternommen wurden, waren umsonst gewesen. Ansonsten gab es so ziemlich auf alles einen fünfzig Prozentigen Rabatt.

Sämtliche Kosten für all das übernahm der Staat.

Dr. Haktan Erden wollte sie alle unterstützen und dafür sorgen, dass sie erfolgreiche Schulausbildungen erlangen konnten.

Ilyas las ein Zitat von Dr. Haktan Erden, im Geiste vor, der wie folgt lautete. -Hier wird niemals ein Fisch zum fliegen und niemals ein Vogel zum schwimmen gezwungen werden.-

Der Satz sollte einfach nur bedeuten, dass keiner der Schülerinnen und Schüler zu irgendetwas gezwungen werden, sondern man in erster Linie auf ihre Talente und auf ihre persönlichen Wünsche im Bezug auf schulischer Weiterentwicklung eingehen würde. Denn nur so würden sie sich alle erfolgreich entfalten können.

Selbstverständlich hatte er auch an die Arbeitskräfte im gesamten Land gedacht und sich folgendes für sie ausgedacht.

Er verminderte die täglichen Arbeitsstunden von acht auf sechs, damit die Menschen umso mehr ihrer Freizeit nachgehen und auch Zeit für ihre Familien haben konnten. Und obwohl er die Arbeitsstunden herabgesenkt hatte, hatte er die Gehälter aufsteigen lassen. So lag das monatliche Nettoeinkommen umgerechnet bei mindestens eintausendsechshundert Euro.

Damit möglichst wenige Arbeitslose sich im Land aufhielten, schaffte er ständig neue Arbeitsplätze und wollte dadurch jedem ein Job verschaffen. Und für diejenigen, die dennoch kein Job finden konnten, hatte er durch eine neue Gesetzesänderung veranlasst, dass alle Arbeitslosen, nicht länger als drei Monate beim Arbeitsmarktservice registriert waren. Wer in den drei Monaten keine neue Stelle finden konnte, dem wurde das Arbeitslosengeld halbiert. Denn Dr. Haktan Erden wusste ganz genau, dass viele absichtlich keine neue Stelle suchen und viel lieber vom Staat leben würden. Damit sich dieses Problem in Zukunft auflösen konnte, hatte er sich diese Lösung einfallen lassen. Und sein Plan war aufgegangen. Denn plötzlich sanken die Zahlen der Arbeitslosen und jeder suchte eifrig nach einer neuen Arbeitsstelle.

So wenige Arbeitslose wie zu seiner Amtszeit konnten weder vorher noch nachher verzeichnet werden.

Wegen alle dem und noch weiteren Unternehmungen zum Wohle seines Volkes, schrieb sein Vater weiter, wurde Dr. Haktan auf der gesamten Welt bekannt. Viele Länder nahmen ihn sogar als Beispiel und leiteten ähnliche wohltätige Tätigkeiten und Gesetze ein und sorgten in ihren Völkern für ein besseres Zusammenleben.

Das wiederum durfte den Reptiloiden ganz und gar nicht gefallen haben, woraufhin sie einen Mordauftrag auf ihn erteilt hatten. Genauso wie sie es bereits bei Abraham Lincoln und John F. Kennedy, aber auch bei vielen anderen gemacht hatten. Einfach jeder, der zu einer Bedrohung für sie wurde, musste sterben. Denn die Reptiloiden wollten keine schöne und friedliche Welt, sondern sie wollten eine Welt voller Sklaven und Verbrechen. Sie wollten eine Welt in der Angst und Panik regieren. Mit diesen letzten Zeilen, waren die Nebennotizen seines Vaters beendet worden.

Ilkay rieb sich die Augen, weil er vom ununterbrochenem Starren auf den Bildschirm des Laptops, so langsam müde wurde.

Danach streckte er seine beiden Arme ganz weit in die Luft und gähnte dabei.

Er blickte auf die Uhr seines Smartphones und stellte fest, dass bereits zwei Stunden verstrichen waren.

Nachdem er genug von den gespeicherten Notizen am Laptop hatte, drehte er ihn ab und wandte sich zu den Mappen, die sich direkt hinter ihm im Aktenschrank seines Vaters befanden.

Er öffnete den Schrank und suchte nur mit seinen Augen, seine beiden Hände an den beiden Schranktüren aufliegend, nach den Akten, die sein Vater über Reptiloiden aufbewahrte.

Auch diese waren nicht schwer zu finden. Denn sie waren ebenfalls in großen Buchstaben folgendermaßen beschriftet, MEINE ARBEIT ÜBER R.

Ilkay nahm die Mappe heraus und blätterte im Schnelldurchlauf darin herum. Danach klappte er irgendeine Seite auf und sah sich diese genauer an.

Auch hier waren einige Notizen von seinem Vater darin vorhanden und genauso auch angebliche Augenzeugenberichte, die behaupteten menschenähnliche Echsenwesen gesehen zu haben. Ilkay ging nicht näher drauf ein und sah sich Seite für Seite um. Er hoffte in einer davon ein Bild von der Echsendame zu finden, die ihn angegriffen hatte, wurde jedoch bisher nicht fündig. Also suchte er weiter. Doch schon nach wenigen Minuten klingelte sein Handy, das hinter ihm auf dem Schreibtisch lag. Da er so konzentriert die Mappe seines Vaters inspizierte, schreckte er bei dem Klingelton kurz auf.

Er legte die Mappe zurück an ihren Platz und warf anschließend ein Blick auf das Display des Handys. Der Anruf kam von Jennifer.

Lass das Biest frei, das in dir schlummert!
Denn Wölfe mögen es nicht eingesperrt zu werden.

Akif Turan

KAPITEL 7

ES WIRD ERNST

Das Komitee mit dem Hauptsitz in den USA saß an einem großen und runden Tisch, während die einzelnen Mitglieder sich
über die aktuelle Lage, die sich in Wien ereignet hatte, unterhielten. Die Versammlung, bei der es darum ging, die Wölfe
nun ein für allemal zu vernichten, damit diese zu keiner Gefahr
mehr für die Reptiloiden werden und deren Pläne immer wieder durcheinander bringen könnten, fand in einem Bunker, weit
unterhalb der Erdoberfläche statt. Es war ein typisch geheimes
Treffen in einem typisch geheimen Versteck.
Der Vorstand des Komitees heißt Jack Knox und er ist auch
derjenige, der diese Versammlung angefordert hat.
An der Versammlung dürfen ausschließlich immer nur hoch-
rangige Reptiloiden teilnehmen. Für alle anderen waren diese
Treffen, ohne Ausnahmen, stets untersagt.
Jack Knox war von allen Anwesenden wohl der, der am meisten über die jüngsten Vorfälle nicht erfreut gewesen war. Er
war sehr aufgebracht und wütend. Und diese Wut, konnte jeder
im Raum deutlich hören als er sie zum Ausdruck brachte:
>>*Verehrte Mitglieder des Komitees! Wie Sie bereits alle mit-
bekommen haben, hat sich kürzlich in Wien etwas ereignet, das
nicht hätte passieren dürfen.*<<
Die Mitglieder hörten ihm aufmerksam zu und er sah jeden einzelnen von Ihnen, während seines gesamten Vortrages über an.
Seine Augen flackerten und zitterten vor angespannter Wut.
>>*Leider, zu unserem tiefsten Bedauern, hat eine von unseren
neuen Rekruten, in diesem Fall eine Rekrutin mit dem Namen
Jennifer Leone, sich einen unverzeihlichen Fehler erlaubt. Als
sie versuchte, einen unserer verhassten Feinde anzugreifen,*

nachdem sie diesen ausfindig gemacht hatte, kam es zu einem Kampf zwischen den beiden, der uns nun zum Verhängnis wurde...Ich möchte nicht auf die Details eingehen. Sie kennen diese bereits alle. Ich möchte einfach nur sehr schnell zum eigentlichen Punkt kommen...Der endgültigen Auslöschung von den Werwölfen.<<

Plötzlich trat eine Unruhe in der Runde aus und jeder sah sich gegenseitig an. Es wurde leise gemurmelt und geflüstert, während Jack Knox versuchte, sie alle wieder zu beruhigen. Er hob seine beiden Hände in die Höhe und sagte:

>>Bitte meine Herren! Beruhigen Sie sich wieder! Ich weiß, wie sich das anhört, aber ich denke,...nein, ich bin mir absolut sicher, dass das die richtige Entscheidung ist.<<

Die Mitglieder hatten sich wieder beruhigt und ihre völlige Aufmerksamkeit erneut Jack Knox gewidmet.

Er versuchte sie in sein Plan einzuweihen und sich dabei so verständlich wie möglich auszudrücken:

>>Also die Mordaufträge für David Ecker und Jennifer Leone wurden bereits erteilt. Schon bald werden wir von deren Tod hören. Das ist Gewiss. Denn unsere Leute aus Wien werden sich darum kümmern...Und wir...<<

Er blickte wieder jeden Einzelnen in der Runde an, doch diesmal mit stechenden Blicken:

>>...Wir werden uns um die eigentliche Plage kümmern. Nämlich die Werwölfe.<<

An dieser Stelle meldete sich jemand aus der Runde mit einer Frage:

>>Wie wollen Sie das anstellen? Was genau haben Sie sich hierbei überlegt?<<

Jack Knox lächelte teuflisch, während er dem Mann antwortete:

>>Wir lassen vom Himmel Silber regnen.<<

Und erneut wurde es sehr unruhig in der Runde. Jack Knox sah sie sich alle mit seinem teuflischem Lächeln weiter an bis ein anderer aus der Runde eine Frage stellte:

>>*Habe Sie sich das gut überlegt Jack? Denn damit würden Sie auch die Vampire in Gefahr bringen. Und ich dachte, dass die unsere Verbündete wären?*<<

Das Lächeln verschwand aus dem Gesicht von Jack Knox und er wurde wieder ganz ernst:

>>*Zum Teufel mit diesen Vampiren! Sie sind ohnehin nicht stark genug um es mit den Werwölfen aufzunehmen. Das haben sie uns mehrmals in der Vergangenheit gezeigt. Und jedes Mal, wenn wir einen von diesen fliegenden Ratten mit dem Töten von Werwölfen beauftragen, bekommen wir deren eigene To-desmeldung zu hören. Die Vampire sind uns keine Hilfe. Die Wölfe sind einfach viel zu mächtig. Selbst, wenn wir gemein-sam gegen sie vorgehen würden, wären sie uns allen überle-gen. Es sei denn wir greifen diese Höllenhunde mit einem un-serer Hochentwickelten Waffen an. Doch dann würden wir es riskieren, dass die gesamte Welt von unserer Existenz weiß. Und um das zu verhindern, aber dennoch die Wölfe aus dem Verkehr zu ziehen, schlage ich vor, dass wir sie mit Silberstaub bekämpfen. Damit könnten wir sie vergiften und sie würden nach und nach sterben. Mit dieser Methode können wir nur ge-winnen. Wir töten alle Werwölfe auf diesem Planeten und be-wahren dennoch unsere Existenz vor der Menschheit.*<<

Es folgte eine kurze Stille im gesamten Raum. Die restlichen Mitglieder des Komitees dachten über den Plan von Jack Knox nach. Jack Knox schien der Einzige zu sein, der von seinem eigenen Plan überzeugt gewesen war. Er stand da und beobach-tete jeden einzelnen ganz genau und achtete auf deren Reakti-onen.

Kurzer Zeit später meldete sich ein weiterer aus der Runde mit einer Frage:

>>*Mit dem Silberstaub, den Sie aus den Flugzeugen herabreg-
nen lassen möchten, würden Sie damit sämtliche Werwölfe,
eben auch die Vampire, vergiften, sodass diese dadurch er-
kranken, schwach werden und kurz darauf ihren Leiden erlie-
gen. Haben Sie sich auch etwas überlegt, wie Sie deren plötzliche Erkrankung den Menschen erklären möchten? Unsere
Medien müssen die Sache ja irgendwie den Menschen unter-
jubeln können.*<<

Und hier lächelte Jack Knox wieder ganz teuflisch und beantwortete ganz schnell die Frage, auf deren Antwort alle ganz
gespannt warteten:

>>*Selbstverständlich habe ich mir auch hierfür etwas überlegt
meine Herren. Wir werden diese Krankheit, die so plötzlich
aufgetreten ist, mit einer neuen Art von Grippe erklären. Und
zwar die Wolfsgrippe.*<<

An dieser Stelle wurde es im gesamten Raum wieder ganz still,
doch die Stille wurde ganz schnell vom teuflischen Gelächter,
das von Jack Knox herausgebrochen war, unterbrochen. Es
dauerte nicht lange und dann fingen auch alle anderen Mitglieder des Komitees ganz laut zu lachen an. Denn ihnen allen
war klar geworden, dass der Begriff Wolfsgrippe als eine Schikane gegen die Werwölfe erfunden worden war und, dass sie
damit sehr wohl durchkommen würden, da durch so eine Grippe nicht jeder Mensch, sondern eben nur manche angesteckt
werden könnten. Das würde erklären, wieso manche daran er-
kranken und andere nicht.

Und nachdem alle Werwölfe durch den Silberstaub gestorben
waren, würden sie die Welt darüber informieren, dass die so-
genannte Wolfsgrippe bekämpft und besiegt worden ist und die
Menschen sich davor nicht zu fürchten brauchen.

So einfach hatten es sich Jack Knox und das gesamte Komitee

vorgestellt.

Zum Abschluss sagte Jack Knox noch folgendes:

>>*Wir hätten damit schon vor Jahren beginnen sollen. Dann wären wir diese Plage bereits vor langer Zeit losgeworden. Aber na gut, dann soll es eben jetzt sein. Das wird jedoch einige Wochen in Anspruch nehmen, das alles vorzubereiten und auch genügend Silber zu sammeln. Doch das sollte kein allzu großes Problem sein. Wir werden demnächst nach Österreich reisen. Denn, wie es das Schicksal so wollte, befindet sich in Oberösterreich ein ganzes Reservat an Silber. Das größte auf der ganzen Welt. Wir müssen nur das gesamte Silber von dort entnehmen und sobald wir wieder zurück sind, beginnen wir mit dessen Bearbeitung. Daher meine Herren...seien Sie versichert, dass wir schon in wenigen Wochen, eine Welt bewohnen werden, die vollkommen frei von Werwölfen sein wird.*<<

Mit breitem und teuflischem Grinsen löste er die Versammlung, die er so kurzfristig einberufen hatte, wieder auf.

Gleich nachdem Anruf von Jennifer hatte sich Ilkay mit ihr getroffen. Am Telefon klang sie sehr besorgt und aufgeregt. In ihrer Stimme lag Angst. Doch während des kurzen Telefongespräches wollte sie darüber nicht sprechen. Sie wollte sich unbedingt mit Ilkay an einem abgelegenen Ort treffen um dort mit ihm in aller Ruhe reden zu können. Das bereitete Ilkay umso mehr Sorgen und er konnte es kaum erwarten herauszufinden, was Jennifer so sehr bedrückte. Denn so besorgt und ängstlich, hatte er sie noch nie zuvor erlebt.

Sie hatten sich an einem entlegenen Ort getroffen. Jennifer bestand am Telefon darauf. Sie wollte unbedingt mit Ilkay ganz alleine sein um mit ihm in aller Ruhe über ihre Angelegenheit sprechen zu können.

Jennifer hatte als Treffpunkt die Sophienalpe vorgeschlagen.

Das waldreiche Gebiet war der idealste Ort um dort unentdeckt verweilen zu können.

Es war bereits dunkel gewesen als Ilkay angekommen war. Jennifer wartete bereits hinter den dichten Büschen auf ihn. Er hatte sie nicht sofort gesehen, also flüsterte sie ihm zu und lenkte ihn in die richtige Richtung.

Ilkay war völlig verwirrt über das seltsame Benehmen seiner Kollegin und besten Freundin. Er runzelte seine Stirn als er sie endlich ausfindig machen konnte und deutete mit seiner Körpersprache an, was das alles hier zu bedeuten hatte.

-Was geht hier nur vor sich?- Fragte er sich die ganze Zeit über.

Jennifer konnte die Verwirrung von Ilkay sehr gut nachvollziehen, weswegen sie ihn auch ganz schnell darüber einweihen wollte.

Sie bat ihn ebenfalls hinter die dichten Büsche zu kommen und vermied es dadurch an die Öffentlichkeit zu treten. Außer den beiden befand sich zwar sonst niemand in unmittelbarer Nähe auf, aber sie wollte dennoch nichts riskieren.

Ilkay kam ihrem dringlichen Wunsch nach und verschwand ebenfalls hinter die Büsche.

Jetzt wollte er ganz schnelle ein paar Antworten von Jennifer haben. Er konnte es kaum erwarten zu erfahren, wieso sie sich so komisch benahm.

Sowie er vor ihr stand, warf sie sich ihm um den Hals und umarmte ihn so stark, sodass es ihm beinahe schwer erging zu atmen. Eine solche intensive Umarmung hatte er jetzt ganz und gar nicht erwartet. Andererseits war es auch ein schönes Gefühl. Denn so stark umarmen, wollte er sie schon immer.

Nachdem sie von ihm losgelassen hatte, starrte Ilkay in ihr sehr betrübtes Gesicht. In diesem Augenblick dachte er sich, wie es denn nur überhaupt möglich sein konnte, dass eine so wunder-

schöne Frau wie sie, derartig leblos und angstverzerrt drein-
blicken konnte. Wo war ihr verführerisch und liebevoll lachen-
des Gesicht nur verschwunden? Wieso versteckten sich plötzlich ihre glänzenden und leuchtenden Augen hinter zwei vor
Schreck zitternden und rötlich angelaufenen Glaskugeln, die
ihn anvisierten als wäre ein Serienmörder, der kurz davor war
sie aufzuschlitzen?

Was war der Anlass dafür gewesen, dass sie sich zu dieser späten Zeit an diesem abgelegenen Ort treffen wollte?

Er hielt es nicht mehr länger aus und wollte nun ein paar Antworten haben.

>>*So Jennifer, jetzt verrate mir doch bitte endlich was hier los
ist? Wieso siehst du aus, als wäre ein Killer hinter dir her?
Und wieso wolltest du dich so spät an diesem Ort mit mir treffen? Was ist denn los?*<<

Bevor sie ihm seine Fragen beantwortete, atmete sie einmal
kräftig ein und aus und versuchte sich zu sammeln. Denn was
sie ihm jetzt gleich so alles erzählen würde, würde sein gesamtes Leben auf den Kopf stellen. Denn so etwas bekommt ein
Mensch nicht ständig zu hören. Die Neuigkeiten würden ihn
garantiert umhauen und sie wusste zunächst nicht, wie sie ihm
das alles schonend beibringen sollte, aber dann konzentrierte
sie sich einfach auf das Gespräch und fing zu erzählen an.
Denn Irgendwann musste es wohl oder übel soweit sein. Also
wieso dann nicht jetzt?

Sie wusste, dass sie ihm hinsichtlich ihres Anliegens vertrauen
konnte und dieser Gedanke beruhigte sie sehr und half ihr dabei sich, ihm gegenüber, zu öffnen:

>>*Also, Ilkay...es ist so...ich...ich muss dir etwas ganz wichti-
ges anvertrauen. Ich weiß, dass du das für dich behalten wür-
dest, aber dennoch möchte ich sicher gehen, dass du nicht aus-
flippst, wenn ich es dir verrate...einverstanden?*<<

Ilkay fühlte sich wie an die Folterbank gespannt und wurde mit jedem ihrer Worte nervöser. Er nickte ganz schnell mit seinem Kopf und versicherte ihr dabei zu, dass er ganz locker bleiben würde.

Nachdem sie seine Zustimmung registriert hatte, atmete sie ein weiteres Mal tief ein und aus und klärte ihn nun endgültig auf:

>>*Du erinnerst dich doch noch an das Video, das Andreas uns gezeigt hatte?*<<

Ilkay kniff seine Augen nachdenklich zusammen und versuchte sich zu erinnern. Nach nur wenigen Sekunden, wusste er auch schon von welchem Video Jennifer gesprochen hatte und nickte. Sie erzählte weiter:

>>*Ja, also...in diesem Video, spricht dieser Mann ja von angeblichen Kreaturen, die er gesehen zu haben glaubt...*<<

Ilkay öffnete seine Augen etwas weiter auf und hörte ihr ganz aufmerksam zu.

>>*Nun,...also...die hat er wirklich gesehen.*<<

An dieser Stelle wusste Ilkay nicht wie er darauf reagieren sollte. Er versuchte ganz ruhig zu bleiben und wollte herausfinden, wovon genau Jennifer hier sprach.

>>*Ich weiß, wie das jetzt klingt...*<<

Sprach sie weiter und erzählte noch mehr:

>>*Du denkst dir wohl, wovon redet die da bloß? Ist die jetzt vollkommen durchgeknallt oder was?...Aber ich kann dir garantieren, dass ich nicht verrückt bin...Denn einer dieser Kreaturen, und zwar die menschenähnliche Echse, die war ich.*<<

Als Ilkay ihre Behauptungen gehört hatte, stockte ihm der Atem. Er war wie festgefroren und wusste nicht wie er darauf reagieren sollte. Sein Herz raste wie ein Rennauto durch seinen gesamten Körper. Wieso behauptet sie denn nur so etwas? Wieso ist sie der festen Überzeugung, dass sie dieses Reptil gewesen war, gegen den er auf den Dächern der Kirche gekämpft hatte? Sagte sie vielleicht doch die Wahrheit? War sie tatsächlich eines seiner verhassten Feinde gewesen, die ihn und seinesgleichen ausrotten wollten? Konnte das denn möglich sein? Wenn ja, wieso hatte er das nicht schon zuvor erkannt?

Jede Menge Fragen schossen ihm plötzlich durch den Kopf und machten ein Rennen mit seinem Herzen. Und beide gaben Vollgas.

Jennifer konnte sehen, wie sehr Ilkay angespannt war und er versuchte einige anständige Worte über seine Lippen herauszubringen. Nach einem Seufzer hier und einem Seufzer da, schaffte er es dann doch endlich einen anständigen Satz aus seinem Mund herauszubringen:

>>*Wie meinst du das Jennifer? Ich verstehe nicht so ganz.*<<

Um es ihm noch einfacher zu machen, hatte sie beschlossen, ihm die Antwort lieber zu zeigen anstatt mit Worten zu erklären:

>>*Nun...damit meine ich einfach das hier.*<<

Ilkay fiel beinahe in Ohnmacht als er Zeuge von ihrer Verwandlung wurde. Die Jennifer, die er kannte, seine geschätzte Kollegin und beste Freundin, änderte vor seinen weit aufgerissenen Augen, ihre Gestalt und wurde zu genau der Echsendame, die er neulich bekämpft und verjagt hatte. Jetzt war es offiziell gewesen. Jennifer war tatsächlich eine Reptiloide, die es irgendwie geschafft hatte, ihre wahre Identität all die Jahre über vor ihren Freunden, vor allem, vor Ilkay geheim zu halten und zu verbergen. Andererseits dachte er daran, dass er das genauso gemacht hatte und im Moment es immer noch tat.

Es herrschte eine kurze Pause zwischen den beiden und sie starrten sich schweigend an.

Dieses Schweigen brach Jennifer mit einer Frage ab:

>>*Ich hoffe, dass ich dich nicht erschreckt habe.*<<

Verblüfft und immer noch im Schockzustand betrachtete Ilkay

die große und schuppige Kreatur, die vor ihm stand. In diesem Augenblick wurde ihm nun klar, wieso sie sich so spät an diesem Ort treffen wollte. Er war fassungslos und auch entsetzt über diese Erkenntnis gewesen. Er war so voller Wut und Zorn und doch versuchte er sich zu beherrschen. Eine ganze Welt brach in ihm zusammen. Denn das Mädchen, für das er bereits seit geraumer Zeit bestimmte Gefühle hegte, hatte sich nun als eines seiner Feinde entpuppt. Wie sollte er damit nur klar kommen? Wie konnte das nur möglich sein? Ob sie ihn dadurch erschreckt hatte, wollte sie von ihm wissen. Nein, er war nicht erschrocken. Er war enttäuscht und am Boden zerstört. Und genau mit dieser negativen Einstellung ihr gegenüber, verlor er die Kontrolle über sich und ließ das blutrünstige Biest aus ihm ausbrechen. Seine Kleidung sprengte sich von seinem Leib wie ein Luftballon, der zerplatze, weil er mit zu viel Luft gefüllt wurde, während sein Körper eine drastische Änderung vornahm. Seine glatte und strahlende Haut wurde immer behaarter bis sein gesamter Körper vollkommen von dichtem und dunklem Fell ummantelt wurde. Seine dunkelbraunen Augen weiteten sich aus, während sie sich leuchtend gelb färbten. Eine bestialische Schnauze wuchs ihm mitten aus seinem Gesicht hervor und brachte seine rasierklingenscharfen und wie ein Eispickel gespitzten Fangzähne zum Vorschein, die wie ein frisch polierter Autolack glänzten. Seine Hände wuchsen auf die dreifache Größe an. Aus seinen Fingern schossen die Krallen wie ein Springmesser heraus und glänzten fast so sehr wie seine gewaltigen Reißzähne. Sein Schweif wedelte ganz wild hinter seinem Rücken als würde er ein Eigenleben besitzen.
Ilkay's Transformation in eine wilde und brutale Bestie war nun komplett abgeschlossen. Während seiner gesamten Verwandlung über starrte Jennifer, in ihrer Reptiliengestalt, sich in einer Schockstarre befindend, das Unmögliche Schauspiel, das

sich direkt vor ihren Augen abgespielt hatte.

Sie war sprachlos und wusste nicht wie sie darauf reagieren sollte. Das hatte sie nun wirklich nicht erwartet.

In ihr spielten sich ähnliche Gefühle ab, wie in Ilkay als er sie bei ihrer Verwandlung schockiert beobachtet hatte. Beide dachten in dem Moment, als sie gegenseitig ihre Transformation beobachtet hatten, dass das ein Traum sein müsste. Es durfte einfach nicht wahr sein. Doch nun gab es keine Zweifel mehr. Es war kein schlechter Traum oder Einbildung gewesen. Es war echt. Sie waren zwei verfeindete und verhasste Gegner, die sich nun regungslos gegenüber standen und schwiegen.

Sie blickten sich tief in ihre Augen und schienen nicht zu wissen, wie sie mit dieser überraschenden Situation umgehen sollten. Sie standen einfach nur da und ließen den leichten Wind an sich vorbeiziehen.

Und endlich traute sich Jennifer zu sprechen und brach somit die schweigende Beobachtung ab, die in diesem Moment wie eine Ewigkeit vorkam. Sie sprach mit einer ruhigen Stimme, jedoch war darin sowohl Enttäuschung als auch Wut zu hören: >>*Ich kann es einfach nicht glauben. Du bist also einer von ihnen. Und du warst der mit dem ich auf dem Dach der Kirche gekämpft habe. Ich hätte es nie für möglich gehalten, dass ausgerechnet du auch einer von diesen Kreaturen bist, die mir und meiner Spezies das Leben schwer machen. Und ganz besonders mein Leben hast du zerstört. Du bist Schuld, wieso die mich jetzt umbringen möchten...Doch das werde ich nicht zulassen. Weder die noch du oder sonst irgendwer, wird meinem Leben kein Ende setzen. Das lasse ich nicht zu. Jedoch, werde ich deinem Leben, so Leid es mir auch tut mein bester Freund Ilkay, hier und jetzt ein Ende setzen. Diesmal mache ich es dir nicht so leicht.*<<

Ilkay stand einfach nur da und hörte ihr nur zu. Mit jedem

Wort, das sie aussprach, wurde er wütender und aggressiver. Alles woran er in diesem Moment dachte, war es, ihr an den Hals zu springen und ihre Kehle herauszureißen. Seine besonderen Gefühle ihr gegenüber und auch seine enge Freundschaft zwischen ihnen beiden, hatte er in diesem Moment zwar nicht vergessen, aber er hatte sie verdrängt. Denn er wusste, dass er unmöglich mit ihr noch länger befreundet hätte sein können, geschweige denn eine Liebesbeziehung aufbauen. Von einer Sekunde zur nächsten war einfach alles zerstört gewesen. All die Träume und Erwartungen hatten sich plötzlich in Luft aufgelöst.

Unmöglich konnte er mit einem von seinen ewigen Feinden eine Beziehung eingehen. Das sprach gegen sämtliche Regeln. Hätte er das doch nur eher gewusst. Hätte er dieses Geheimnis doch nur viel früher lüften können. Doch ihm war klar geworden, dass sie eine ebenso gute Täuscherin war wie er selbst. Sie hatte sich all die Zeit über genau so erfolgreich getarnt, wie er es auch getan hatte. Doch jetzt, genau in diesem Augenblick, genau an diesem Abend, hatten sie beide ihre Geheimnisse offenbart und standen sich nun als verfeindete Gegner gegenüber. Eine Wahrheit, die beide zutiefst erschüttert hatte.

Doch nun war nichts mehr daran zu ändern. Jetzt wussten sie wer sie tatsächlich waren und würden ab sofort auch dementsprechend handeln.

>>ICH WERDE DICH JETZT IN STÜCKE ZERREISSEN!<<

Schrie Jennifer ihn an und stürzte sich sofort auf ihn.

Auch Ilkay stürzte sich in dem selben Augenblick auf sie zu. Nach nur wenigen Schritten klammerten sie sich fest einander und fingen an sich gegenseitig zu schlagen, zu kratzen und zu beißen an. Der Kampf, der an diesem Abend stattfand, war viel brutaler und viel blutiger als der erste. Wie zwei Fremde, als würden sie sich nie gekannt haben, als wären sie keine besten

Freunde, als hätten sie all die Jahre nichts miteinander unternommen prügelten sie aufeinander ein und keiner von den beiden schonte den anderen. Ein Kampf zwischen zwei Bestien, der mit einem großen Gemetzel beendet werden sollte.

Das Blut spritze aus ihren Körper während sie sich gegenseitig ihre Zähne tief unter die Haut bohrten. Ihr Haut riss auf wie ein Reißverschluss als sie sich gegenseitig tiefe Kratzer zufügten.

Sie schrien, winselten und heulten jedes Mal laut auf, wenn sie sich gegenseitig äußerst brutale Verletzungen zufügten.

Und diesmal gab es weit und breit niemanden, der ihren Kampf auf Leben und Tod beobachtete oder auch aufzeichnete.

Nur sie beide, die hinter dem dichten Gestrüpp und dicken Bäumen sich gegenseitig zerfleischten.

Sie waren beide schnell und sie waren beide sehr stark. Und der Zusatz von Adrenalin sowie das gegenseitige Hassgefühl, machte die beiden zu eiskalten Killermaschinen.

Es war ganz klar. Keiner von ihnen würde nachgeben. Keiner von ihnen würde eher aufhören, sobald nicht einer der beiden gestorben war.

Der Kampf dauerte eine Weile und keiner der beiden war weder erschöpft noch müde gewesen. Ganz im Gegenteil. Mit jedem Schlag, den sie sich verpassten, wurden sie stärker und wütender. Sie ließen sich kaum Zeit zum verschnaufen und jagten sich gegenseitig hinterher. Teilweise fand der Kampf auf den Bäumen statt. Ilkay und Jennifer waren nicht zu bremsen. Sie befanden sich nun einige gute Meter von ihrer anfänglichen Position entfernt. Mittlerweile waren sie hinter den Bäumen hervorgetreten und wurden erneut unachtsam. Doch zu ihrem Glück, hielt sich immer noch kein Augenzeuge in ihrer Nähe auf.

Sie trugen den Kampf auf dem freien Gelände fort. Es war schon richtig dunkel geworden. Das war jedoch kein Problem für sie. Denn sie konnten aufgrund ihrer Nachtsichtfähigkeit auch sehr gut in der Dunkelheit sehen. Zudem hatten sie einen sehr ausgeprägten und hochentwickelten Geruchs- und Gehörsinn auf die sie sich stets verlassen konnten.

Sich fest umklammernd rangen und wälzten sie sich am Boden und versuchten sich gegenseitig tödliche Bisse zuzufügen.

Ilkay lag auf Jennifer drauf und versuchte nebenbei ihre zwei Pranken von seinem Gesicht und Oberkörper abzuwehren, damit sie ihm keine tödlichen Kratzwunden zufügen konnte.

Jennifer hingegen versuchte mit all ihrer Kraft Ilkay von sich runterzuschubsen, aber es wollte ihr einfach nicht gelingen.

Der Wolf, der auf ihr lag, war einfach viel zu schwer.

Sie schrie und gab ächzende Laute von sich, während Ilkay sie immer mehr erdrückte.

Doch dann wurden seine Griffe lockerer als Jennifer plötzlich begann ihn anzuflehen. Kaum hörbar und mit viel Kraft versuchte sie zu der Bestie, der sich mit seiner Schnauze dicht über ihrem schuppigen Gesicht befand und die mit Blut vermischte schleimige Flüssigkeit, die aus seinem Maul auf sie hinuntertropfte, während er sie anknurrte, versuchte sie zu ihm zu sprechen. Anfangs hatte Ilkay sie nicht gehört doch nach einem weiteren Versuch, schaffte sie es seine Aufmerksamkeit zu gewinnen.

Nachdem er seine Griffe gelockert und sein Gewicht von ihrem Körper ein wenig verlagert hatte, bekam sie etwas mehr Luft und konnte dadurch deutlicher sprechen:

>>*Bitte Ilkay!...Lass uns damit aufhören und vernünftig darüber reden...Ich bitte dich!...Ich hatte dich hierher gerufen, weil ich auf der Flucht war und dich unbedingt sehen wollte. Denn diese Gelegenheit hätte ich vielleicht sonst nie wieder...Bitte lass mich los und lass mich dir alles erklären!...Bitte Ilkay!*<<

Jennifer klang verzweifelt, aber auch ehrlich. Sie schien zur

Vernunft gekommen zu sein und wollte sich wohl tatsächlich mit Ilkay auf eine vernünftige und anständige Art und Weise unterhalten. Wie zwei Erwachsene. Wie zwei Kollegen. Wie zwei beste Freunde.

Nachdem Ilkay die Ehrlichkeit in ihrer Stimme wahrgenommen hatte, ließ er vollkommen von ihr ab. Er war damit einverstanden sich mit ihr zu unterhalten ohne sich noch mehr gegenseitige Schäden zuzufügen.

Langsam beruhigte er sich.

So wie er von ihr heruntergegangen war, schnappte Jennifer hustend und verzweifelt nach Luft und kam langsam wieder zu Atem. Einige Sekunden später hatte auch sie sich beruhigt und sich von dem Druck, der kurz zuvor ihren Körper erdrückte, erholt.

Langsam richtete sich Jennifer auf und bewegte sich mit langsamen Schritten auf Ilkay zu, der reflexartig einige Schritte nach hinten machte und sie dabei anknurrte. Denn, falls Jennifer ihn nur hereingelegt haben sollte und vor hatte, ihn doch noch anzugreifen, würde er diesmal ganz kurzen Prozess mit ihr machen und sie mit nur einem einzigen Hieb in zwei Hälften zerreißen.

Doch Jennifer konnte ihn beruhigen und ihm klar machen, dass er sich wieder entspannen könne:

>>*Schon gut Ilkay! Ich halte mich an mein Wort. Ich möchte nur mit dir sprechen.*<<

Nachdem sie ihren Satz beendet hatte, verwandelte sie sich wieder zurück und nahm ihre menschliche Gestalt an. Während ihrer Rückverwandlung verheilten auch ihre Wunden wieder und waren auf der Stelle verschwunden.

Sie stand vollkommen nackt vor ihm und ihre zarte und glatte Haut schimmerte vor Schweiß fast magisch in der finsteren Nacht.

Ilkay betrachtete sie nun stillschweigend eine kurze Weile und dachte sich insgeheim, wie schön und bezaubernd sie völlig unbekleidet ausgesehen hatte. Viel verführerischer als in ihren eleganten Blusen und eng anliegenden Jeanshosen. Er verwandelte sich ebenfalls zurück und auch seine Wunden und Verletzungen heilten dabei zur Gänze.

Doch Ilkay verwandelte sich nur bis zur Hälfte. Gerade einmal so viel, sodass er sprechen konnte. Sein Körper war teilweise noch mit seinem dichten Wolfspelz bekleidet gewesen als er folgendes zu ihr sagte:

>>*Ja, das sollten wir tun,...aber nicht hier. Lass uns zu mir nach Hause gehen.*<<

Schlug er ihr vor und nahm gleich danach erneut seine Wolfsgestalt an und lief voraus. Jennifer schaute ihm für einige Sekunden hinterher, bevor sie ebenfalls ihre Reptilienform angenommen hatte und ihm folgte.

Es war bereits eine ganze Stunde vergangen seit sie in Ilkay's Wohnung angekommen waren. Ilkay hatte sich etwas bequemes angezogen und auch Jennifer hatte er eines seiner Pyjamas zum Anziehen gegeben.

Da Ilkay viel größer und breiter als sie gebaut war, war sie beinahe in ihnen verschwunden. Sie war viel zu zierlich und schlank und hatte nicht so breite Schultern wie Ilkay.

Gemeinsam saßen sie in seinem Wohnzimmer und in der Luft herrschte immer noch eisige Kälte zwischen den beiden. Es war einfach nichts mehr so wie vorher. Seit ihrer gegenseitigen Enthüllung, verhielten sie sich wie zwei Fremde gegenüber. In gewisser Hinsicht waren sie auch zwei Fremde. Denn ihnen war klar geworden, dass sie sich eigentlich gar nicht gekannt hatten. Beide hatten all die Zeit lang sowohl sich gegenseitig als auch ihrem Umfeld etwas vorgemacht.

Nun hatten sie jedoch ihre wahre Identität enthüllt und beschlossen sich darüber zu unterhalten.

Jennifer hatte Ilkay über ihr wahres Ich aufgeklärt und ihm ihre und die Herkunft ihrer gesamten Spezies erklärt. Einen gewissen Teil kannte Ilkay bereits von den flüchtigen Erzählungen seines Vater. Sie hatte ihm auch ihr Motiv erklärt, wieso sie ihn jagen und töten musste. Denn so wurde das von ihr verlangt.

Ihre Gebieter und so auch das Komitee verlangten von ihr, ihren ersten Werwolf umzubringen um in den eigenen Reihen aufsteigen und eine angesehenere Position genießen zu können.

Ilkay zeigte sein Verständnis angesichts ihrer Lage, in der sie sich befand, doch er vergaß dabei nicht, welch große Schäden ihre Spezies sowohl seinesgleichen als auch den Menschen angetan hatten. Er hatte ihr klar machen wollen, dass die Wölfe seit ihrer Existenz stets für das Gute gekämpft hatten und die Reptiloiden immerzu ihre bösen Pläne umzusetzen versuchten. Und, dass sie dabei vor nichts zurückschreckten.

Beschämend musste Jennifer diese Tatsache eingestehen und ihm recht geben.

Doch sie versuchte nun ihn davon zu überzeugen, dass sie sich gegen ihre eigene Spezies gestellt hatte und nichts mehr mit ihnen und schon gar nicht mit dem Komitee zu tun haben wollte. Jennifer erzählte ihm, dass zwei Beauftragte sie von ihrer Wohnung abgeholt und vor gehabt hatten, sie direkt in das Hauptquartier der Reptiloiden, das sich unterhalb der Katakomben im Stephansdom befand, zu bringen um sie dem dortigen Komitee abzuliefern, weil sie im Kampf gegen ihn versagt hatte und daher mit dem Tod bestraft werden sollte.

Weiters erzählte sie ihm, dass sie, noch während der Fahrt dorthin, es schaffen konnte, aus dem Fahrzeug auszubrechen und den beiden Beauftragten zu entkommen.

Sie hatte im Fahrzeug ihre Reptiliengestalt angenommen und

konnte dadurch noch rechtzeitig fliehen. Die beiden Beauftragten konnte sie gerade noch so überwältigen und dafür sorgen, dass sie von der Fahrbahn abkommen, durch einen gewaltigen Überschlag mit dem Dach auf dem Boden landen und anschließend durch eine Explosion im Flammeninferno elendig verbrennen. Ihre verkohlten und entstellten Leichen wurden von den Rettungskräften aus dem Wrack geborgen und abtransportiert. Die Abendnachrichten hatten bereits von dem verheerenden Unfall berichtet, aber Ilkay war er entgangen, da er zu dem Zeitpunkt mit dem Durchsuchen der Akten seines Vaters in dessen Wohnung beschäftigt gewesen war.

Seit dem befindet sich Jennifer auf der Flucht und wollte, vor ihrem endgültigem Verschwinden, noch Abschied von ihrem besten Freund nehmen. Doch ihr anfänglicher Plan verlief nicht so, wie sie ihn sich vorgenommen hatte.

Denn, es hatte sich herausgestellt, dass nicht nur sie ein verborgenes Geheimnis hatte, sondern auch der Mann, den sie insgeheim liebte. Er gehörte zu denen, die ihresgleichen ausrotten wollten.

Er war der, den sie ursprünglich hätte umbringen sollen.

Jedes Mal, wenn sie daran dachte, überkam sie ein Gefühl von Selbsthass. Doch, wie hätte sie das nur wissen können, dass ausgerechnet der Mann, in den sie verliebt war, auch der sein würde, der sie und ihre Spezies vernichten wollte? Dass er zu ihren Feinden gehörte?

Ihre Gedanken waren im Moment sehr verwirrt und sie konnte nicht klar denken. Einerseits die Tatsache, dass beide eigentlich verfeindet sind und Andererseits ihre Flucht vor dem Komitee. Das alles war zu viel für sie. Zu viele Erfahrungen für einen einzigen Tag. Wie sollte es denn jetzt nur mit ihr weitergehen? Wie sollte es nun mit ihnen beiden weitergehen? Im Moment konnte sie keine klaren Gedanken fassen und ließ das alles erst einmal auf sich beruhen.

Ilkay hatte ihr die ganze Zeit über, ohne ein einziges Wort zu verlieren, zugehört und hatte Verständnis für ihre momentane missliche Lage. Doch auch er war sehr verwirrt über die weitere Vorgehensweise. Verwirrt über ihre Freundschaft und ihre potenzielle gemeinsame Zukunft. Auch er wusste es im Moment nicht besser und bevorzugte es vorerst darüber zu schweigen. Nur über eine einzige Sache waren sie sich im Moment einig gewesen. Auf keinen Fall durfte ihr Freund und Kollege Andreas etwas davon erfahren. Ihre wahre Identität mussten sie weiterhin geheim halten und sehr vorsichtig damit umgehen.

Kurz bevor Jennifer aus dem fahrenden Fahrzeug in die Freiheit ausbrechen konnte, hatte sie den beiden beauftragten Männern zugehört, als sie sich in der Sprache der Reptiloiden darüber unterhalten haben, dass das US-amerikanische Hauptkomitee vorhätte, demnächst nach Österreich zu verreisen. Jack Knox soll, gleich nach seiner Versammlung, dem Komitee in Österreich dies mitgeteilt haben. In etwa ein bis zwei Wochen würden sie sich in Oberösterreich befinden. Der Grund für ihren plötzlichen Besuch war das Silber das sich in den tiefen Höhlen des Traunsteins befand. Das Silber wollten sie als eine Art Waffe gegen die Wölfe auf dem gesamten Planeten einsetzen. Der Berg mit seiner Höhe von 1.691 Metern war voll davon. Die Regierung jedoch, hatte diese Tatsache ihrem Volk verschwiegen, damit die Wölfe nichts davon erfahren und das gesamte Silber für sich beanspruchen konnten. Denn sie würden es nur vernichten, weil das Silber für sie sehr schädlich und sogar tödlich gewesen war. Genau aus diesem Grund wollten die Reptiloiden im alleinigen Besitz davon sein.

Doch einer der Wölfe, hatte es geschafft diesem Geheimnis auf die Schliche zu kommen. Und so wie er davon erfahren hatte, hatte er sich auch schon auf dem Weg dorthin gemacht um sich selbst davon zu vergewissern und gegebenenfalls das Silber zu vernichten. Und dieser Wolf war kein geringerer als der Geschichtsprofessor der Universität Wien Mete Duman, der auch zugleich der Vater von Ilkay ist.

Da Jennifer offiziell nichts mehr mit ihresgleichen zu tun hatte und sich vor ihnen auf der Flucht befand, war sie der Meinung, dass sie diesen hinterhältigen Plan des Komitees gegenüber Ilkay erwähnen könnte.

Als Ilkay davon erfuhr, musste er dies erst einmal verdauen und sich überlegen, wie sie Jack Knox und das Komitee daran hindern könnten, das Silber an sich zu nehmen. Anfangs tat er sich schwer Jennifer zu vertrauen, weil er davon ausgehen musste, dass sie ihn eventuell in eine Falle locken könnte. Doch während sie immer weiter sprach und er ihr dabei ganz still und konzentriert zugehörte hatte, konnte er ganz genau beobachten und auch fühlen, dass sie die Wahrheit gesprochen hatte. Es gab kein Grund misstrauisch ihr gegenüber zu werden. Denn er konnte ganz deutlich die Angst, aber auch die Wahrheit in den Flimmern ihrer Augen sowie am Zittern ihrer Stimme herauslesen. Ilkay erkannte ganz deutlich, dass Jennifer ihm die Wahrheit erzählte.

Er war in Gedanken versunken und dachte darüber nach, wie er am besten dagegen vorbeugen könnte. Er grübelte immer intensiver nach und dann machte es plötzlich „Klick“ in seinem Gehirn als ihm klar geworden war, dass Jennifer Oberösterreich erwähnt hatte. Denn ihm war eingefallen, dass sein Vater bereits vor einigen Monaten sich nach Oberösterreich begeben, aber nicht erwähnt hatte wieso er diese Reise antreten wollte. Er wusste nur, dass sein Vater vorgegeben hatte aufgrund geschichtlichen Untersuchungen dort ein wenig forschen wollte. Doch nun machte alles einen Sinn. Irgendwie muss sein Vater herausgefunden haben, dass sich Silber in Traunstein befinden würde und hat sich sofort auf den Weg dorthin gemacht. Doch von dem dunklen Plan der Reptiloiden dürfte er wohl nichts wissen. Er fragte sich nur, wieso er in den Akten seines Vater als er in ihnen stöberte nichts davon gelesen hatte. Doch dann fiel ihm ein, dass Jennifer ihn angerufen hatte und sich ganz dringend mit ihm treffen wollte. Daher musste er seine Schnüffelei vorzeitig abbrechen.

Nachdem er Eins und Eins zusammengezählt hatte, wusste er was sie tun mussten. Das würde auch Jennifer helfen, weiterhin vor den mordlustigen Reptiloiden zu flüchten und er würde seinem Vater rechtzeitig zur Hilfe eilen und ihn vor dem Komitee der Reptiloiden warnen können.

Daher schlug er ihr folgendes vor:

>>*Wir brechen sofort auf nach Oberösterreich!*<<

Jennifer sah ihn mit fragenden Blicken an, woraufhin Ilkay wie folgt antwortete:

>>*Wir haben jetzt keine Zeit für weitere Erklärungen. Ich werde dir alles unterwegs erzählen. Wir sollten uns jetzt beeilen und keine weitere Zeit verlieren!*<<

Voller Aufregung warf er seine bequeme Sportbekleidung von sich ab und stand völlig nackt vor Jennifer im Wohnzimmer. Der Anblick gefiel ihr zwar sehr, aber sie hatte nicht viel Zeit um sie zu genießen. Denn Ilkay verlangte von ihr, dass sie in ihren natürlichen Gestalten bis nach Oberösterreich laufen werden. Erstens hatte Jennifer nichts passendes für die Reise anzuziehen und zweitens befand sie sich auf der Flucht. Eine Reise mit der Bahn oder sonstiges wäre viel zu riskant gewesen. Zu ihr nach Hause konnten sie auch nicht, da höchstwahrscheinlich weitere Beauftragte des Komitees dort auf sie lauern würden. Ihre einzige Möglichkeit bestand darin, sich zu verwandeln und so ihre Reise anzutreten. Es würde sie zwar einige Tage kosten, aber damit mussten sie sich einverstanden geben.

Ohne länger zu überlegen, leistete Jennifer den Anforderungen Ilkay's Folge und verwandelte sich in das Reptil, das sie gewesen war, während Ilkay sich von seinem dichten Fell umhüllen ließ.

Sie ließen alles zurück und nahmen nichts mit.

Einen letzten Blick warfen sie sich gegenseitig, bevor sie ihre gemeinsame Reise antreten würden. Und in diesem Augenblick wurde ihnen beiden klar, dass sie, womöglich die ersten ihrer Art waren, die als Verbündete zweier verfeindeter Spezies zusammenarbeiteten.

Ein leichtes gegenseitiges Kopfnicken und schon sprangen sie aus dem Fenster hinaus und verschwanden in der dunklen Nacht.

Es gibt viele Gestaltwandler auf der Erde,
die Wölfe jedoch,
sind mit Abstand die mächtigsten.

Akif Turan

KAPITEL 8

DAS WOLFSRUDEL

Für eine Strecke für die sie etwa zwei Tage zu Fuß benötigen würden, würden sie unter diesen Umständen mehrere Tage benötigen.

Aufgrund ihrer Verwandlung, waren sie gezwungen sich unentdeckt fortzubewegen. Daher mussten sie vorsichtig durch die Wälder streifen und sich hinter dichten Bäumen aufhalten. Nachts im Dunkeln war das zwar kein Problem, tagsüber jedoch würde der Wald nicht besonders viel Schutz bieten. Daher hatten Ilkay und Jennifer beschlossen, dass sie tagsüber schlafen und eher nachts ihren Weg weiter fortsetzen.

Da sie in der ersten Nacht bereits spät aufgebrochen waren, wurde es für sie schnell wieder hell, sodass die beiden nach einem geeigneten Schlafplatz Ausschau halten wollten, noch eher die Sonne direkt über ihnen am Himmelsfeld erscheinen und sie mit ihren warmen Strahlen erreichen konnte.

Sie hatten die Stadt also bereits weit hinter sich zurückgelassen und befanden sich in einem Waldgebiet, der mit einigen flachen Hügeln ausgestattet war. Doch die Hügel waren noch lange nicht so hoch gewesen, sodass sich zwei große Kreaturen dahinter verstecken und in aller Ruhe schlafen konnten.

Ilkay und Jennifer mussten weiter suchen und sie mussten sich dabei beeilen. Denn der Himmel wurde mit jeder Sekunde, die verstrich, heller und heller.

Mit langsamen und vorsichtigen Schritten versuchten sie sich stets hinter den dicksten Bäumen sowie an den dicht bewachsenen Stellen des Waldes aufzuhalten. Es war zwar kein einziger Mensch in dem Wald unterwegs gewesen, dennoch bestand die Gefahr von einem oder mehreren Wanderern sowie Radfahrern oder einem Förster entdeckt zu werden. Sie durften nichts riskieren und mussten an sämtliche Gefahren denken.

Je heller es wurde, umso vorsichtiger wurden die beiden. Mal krochen sie auf allen Vieren. Mal setzten sie in Hockstellung ein Fuß nach dem anderen. Mal sprangen sie von Baum zu Baum. Und brachten dabei jedes Mal ihre Augen und Ohren sowie auch ihre Nasen zum vollen Einsatz um unerwünschten Überraschungen rechtzeitig entkommen zu können.

Die Zeit lief ihnen davon und der Himmel nahm bereits ihre gewöhnliche blaue Farbe an, während Ilkay und Jennifer immer noch nach einem geeigneten Schlafplatz suchten.

Doch letztendlich, gerade noch rechtzeitig, hatte Ilkay tatsächlich ein vorübergehendes Versteck im Wald entdeckt, in der er und Jennifer sich bis zum Abend ausschlafen und ausruhen konnten.

Dann erst würden sie ihre Reise ungehindert weiter fortsetzen können.

Das Versteck, das Ilkay aufgefallen war, war eine sehr alte und kleine Hütte, die früher für Holzlagerung gedient hatte. Sie war mit von aufeinander gestapeltem Feuerholz aufgebaut worden. Die Hütte schien schon vor langer Zeit verlassen und seither nicht mehr benützt worden zu sein.

Denn die Hütte wirkte nicht ganz so stabil und auch an manchen Stellen fehlten Holzbalken, wodurch unterschiedlich große Löcher entstanden waren. Das Holz wies zudem schwärzliche Verfärbungen sowie Schimmel auf. Einige Stellen der Hütte waren mit Spinnweben versehen und andere wiederum mit Moos.

Ilkay und Jennifer war klar, dass es sich dabei nicht um ein komfortables Hotel handelte, aber da sie ja auch gar nicht vor hatten, nicht länger als den halben Tag darin zu verbringen, bot ihnen die Holzhütte die beste Verbleibe im gesamten Wald an.

Vorsichtig bewegten sie sich auf die Hütte zu. Die Holztür der Hütte war verbogen und wies sehr viele unterschiedlich große Risse auf. Ilkay stellte zudem noch fest, dass die Stelle, an der das Schloss angebracht hätte sein müssen, abgebrochen war und sich somit kein Schloss drauf befand, das Eindringlinge davon abhalten sollte die Hütte unerlaubt zu betreten.

Langsam zog er die Tür zu sich und öffnete zunächst einmal einen kleinen Spalt, beugte sich näher heran und schnüffelte mit seiner kalten Schnauze ein wenig darin herum um sicher zu gehen, dass sich auch kein Mensch darin befand. Nachdem er festgestellt hatte, dass nichts außer Fäulnis und Schimmel zu riechen war, öffnete er mit einem festen Ruck die Tür komplett auf, sodass ein wirbelnder Nebel aus Staub ihm und Jennifer entgegen kamen. Reflexartig fuchtelten sie mit ihren Händen den Staub aus ihrem Gesicht und traten in die Holzhütte hinein.

Es war dunkel darin und durch die Löcher, die mit der Zeit im Holz entstanden waren, drang das Tageslicht nahezu in Kegelform hinein und gab den Eindruck als würde sich jeden Moment eine große Feier darin abspielen.

Etwa die Hälfte der Hütte war mit, in kleine Stücke gehacktem Brennholz, belegt, die mit einer Plane verdeckt waren.

Der kleine Raum bot den beiden großgewachsenen Kreaturen genug Platz zum Schlafen an.

Ilkay zog die Holztür wieder zu, sodass der Raum noch dunkler wurde und die Lichtkegel nun wie Laserstrahlen aussahen.

Noch bevor sie sich zum Ausruhen niederlegten, machte sich Jennifer über folgendes Gedanken, die sie mit Ilkay teilte:

>>*In wenigen Stunden sollten wir eigentlich in der Arbeit sein. Wir hätten Andreas vorher Bescheid geben sollen. So wird er sich womöglich Sorgen um unser plötzliches Verschwinden machen.*<<

Ilkay sah sie einen kurzen Moment lang an, verwandelte sich

zur Hälfte zurück und gab ihr eine Antwort, die sie beruhigte:
*>>Keine Sorge!...Noch bevor wir aufgebrochen sind, habe ich
Andreas eine SMS gesendet und ihm mitgeteilt, dass du und ich
spontan einen gemeinsamen Urlaub antreten würden und ich
ihm alle Einzelheiten später erklären würde...Nicht die Wahrheit natürlich, sondern, unseren plötzlichen „Urlaub" betreffend. Mach dir keine Gedanken darüber und lass uns ein wenig
schlafen! Wir werden unsere Reise weiter fortsetzen, sobald es
wieder dunkel geworden ist.<<*
Jennifer nickte einverständnisvoll. Ilkay nahm wieder seine
ganze Wolfsgestalt an und legte sich nieder. Er schloss seine
Augen und versuchte zu schlafen.
Jennifer sah noch eine kurze Weile Ilkay an wie er auf dem
hölzernen und brüchigen Boden vor sich hin schlummerte, bevor sie sich ein wenig Abseits von ihm ebenfalls hinlegte.
Auch sie schloss ihre Augen zu und versank in Träume.
Die Sonne war bereits ganz aufgegangen und die Vögel zwit-
scherten in den Bäumen Kreuz und Quer und meldeten so einen neuen Tagesanbruch.

Andreas war, seit dem Video von David Ecker damit beschäftigt gewesen, mehr über seine Sichtung zu erfahren und recherchierte ganz intensiv, seitdem er sich von Ilkay verabschiedet,
sich in sein Auto gesetzt und nach Hause gefahren war.
Er war so sehr vertieft in diese Sache gewesen, dass er die
SMS, die Ilkay ihm in der Nacht gesendet hatte, nicht gelesen
hatte. Er hatte gar nicht mitbekommen, dass er eine Nachricht
von seinem Freund und Kollegen erhalten hatte.
Zu seinem Bedauern, hatte er gar nichts herausfinden können,
wollte jedoch noch nicht aufgeben, um seine beiden Freunde
doch noch davon überzeugen zu können, dass die Menschen
nicht die einzigen Wesen waren, die auf der Erde wandelten.

152

Daher kam er auf die Idee, sich mit David Ecker zu treffen und ihm zu seiner jüngsten Sichtung einige Fragen zu stellen und sich mit ihm über diese Themen zu unterhalten.

Und er würde auch schon sehr bald um ein Termin bei David Ecker anfragen. Eine Freundschaftsanfrage über eines seiner sozialen Netzwerke, hatte er ihm bereits gesendet, die jedoch noch nicht bestätigt wurde.

Andreas wusste, wie beschäftigt David Ecker jetzt sein müsste, weil die ganze Welt ihm womöglich keine Verschnaufpause gönnen würde, weswegen er sich noch ein wenig in Geduld übte.

Erst am Tag darauf, auf dem Weg zur Arbeit, wurde er auf die SMS von Ilkay aufmerksam und begann sie zu lesen.

Er war schon ein wenig enttäuscht darüber, dass sie ganz ohne ihn in den Urlaub angetreten waren, sodass seine Motivation, arbeiten zu gehen, plötzlich herabgesunken war.

Er hatte versucht, gleich darauf sowohl Ilkay als auch Jennifer, telefonisch zu erreichen, aber keiner von den beiden hatte abgehoben. Andreas hoffte, dass sich die beiden in nächster Zeit bei ihm melden würden und ihn nicht die ganzen nächsten drei Wochen warten lassen würden. Drei Wochen Urlaub hörte sich großartig für Andreas an und er würde es noch großartiger finden, wenn er hätte dabei sein können.

Dieses Verhalten seiner beiden Freunde war ganz neu für ihn. So kannte er sie nicht. Sonst würden sie auch immer vieles gemeinsam Unternehmen. Dazu gehörten auch Urlaube.

Dieses Verhalten und der plötzliche Urlaubsantritt von Ilkay und Jennifer kamen ihm sehr komisch vor und er wollte den Gedanken, das etwas mit den beiden nicht stimmen könnte, nicht außer Acht lassen.

Er musste diesen Gedanken in Erwägung ziehen.

Mit diesem mulmigen Gefühl in seinem Bauch, setzte er sich in sein Auto und fuhr in das Fitnessstudio. Gleich nach der Arbeit würde er sich auf den Weg zur Ilkay's Wohnung machen, in der Hoffnung ihn doch noch antreffen zu können.

Jetzt musste er sich zunächst, ob nun motiviert oder nicht, auf seine Arbeit konzentrieren.

Er setzte sich seine Sonnenbrille auf und fuhr los.

Viele enttäuschte und teilweise auch wütende Kunden musste Andreas an diesem Tag verzeichnen, die er wieder nach Hause schicken musste, weil deren Trainer Ilkay und Jennifer nicht zum vereinbarten Training erschienen waren. Dafür und auch, weil keiner seiner beiden Freunde ihrer Kundschaft abgesagt hatten, musste er gerade stehen und sich bei jedem Einzelnen entschuldigen.

Andreas konnte sich nicht daran erinnern, sich je zuvor in seinem Leben so oft entschuldigt zu haben.

Doch er hatte es geschafft und konnte die wütenden Kunden mit der Ausrede beruhigen, dass Jennifer einen plötzlichen Todesfall in der Familie hatte und, dass Ilkay am gestrigen Tag auf dem Weg nach Hause ein Unfall hatte, bei der er sich sein Fußgelenk verstaucht hatte. Dass die beiden unangekündigt in den Urlaub, und auch noch für ganze drei Wochen, angetreten waren, wollte er ihnen lieber verschweigen um noch unangenehmeren Konfrontationen aus dem Weg zu gehen.

Dem Filialleiter musste er den Verbleib seiner beiden Freunde nicht erklären, da sie als selbstständige Personal Trainer keine feste Anstellung wie er selbst hatten. Daher war es dem Filialleiter vollkommen gleichgültig, ob sie kommen oder nicht. Er musste ihnen ja schließlich kein Gehalt bezahlen.

Abgesehen von dem Stress mit der Kundschaft, verlief sein Arbeitstag, ohne seine beiden Lieblingskollegen, sehr langweilig.

Er empfand nicht den Spaß, den er sonst immer empfunden

hatte und auch die Zeit schien nicht vergehen zu wollen. Wenn schon der erste Tag so ausgesehen hatte, wie sollten dann die restlichen drei Wochen aussehen? Wenn die drei Wochen genau in diesem lahmen Tempo vergehen sollten, dann würde es die reinste Qual für ihn werden. Wie sollte er das durchstehen? Wie sollte er das bloß aushalten können?

Andreas wollte gar nicht daran denken und versuchte sich mit seiner Arbeit abzulenken. Es war bereits kurz vor Mittag gewesen und er dachte sich, dass es wieder an der Zeit wäre die Seifenspender auf ihren Inhalt zu überprüfen und gegebenenfalls aufzufüllen.

Eigentlich war das die Aufgabe von der Dame, die für die Reinigung des Fitnessstudios verantwortlich gewesen war, aber Andreas musste einfach irgendetwas machen um nicht durchzudrehen. Er musste die Zeit irgendwie totschlagen.

Daher suchte er sich Sonderbeschäftigungen. Den ganzen Tag an der Kassa zu stehen, würde er sonst nicht aushalten können. Also stellte er ein Schild auf die Theke über der Kassa mit der Aufschrift „ICH BIN IM STUDIO UNTERWEGS!", stellte die Kassa in den Ruhezustand, damit sich keiner daran bedienen konnte solange er unterwegs war, steckte sich seine Schlüssel ein und war dabei gewesen sein „Reich" zu verlassen als plötzlich zwei Männer in dunklen Anzügen vor ihm standen.

Andreas hatte überhaupt nicht bemerkt, dass die beiden Männer, die eine sehr finstere Miene aufgesetzt hatten und bestimmt über zwei Meter groß waren, hereingekommen waren. Er dachte sich, dass es daran gelegen haben könnte, weil er die ganze Zeit über schon mit seinen Gedanken bei seinen beiden Freunden Ilkay und Jennifer gewesen war.

Die beiden Männer schienen nicht sehr gesprächig zu sein, weshalb Andreas von ihnen wissen wollte, wie er ihnen behilflich sein könnte und fragte:

155

>>Bitte sehr meine Herren? Wie darf ich Ihnen behilflich sein?<<

Die beiden Männer ließen sich etwas Zeit mit ihrer Antwort.

Andreas wurde stutzig und wiederholte sich:

>>Meine Herren? Wie darf ich Ihnen helfen? Suchen Sie vielleicht etwas bestimmtes oder möchten Sie sich bei uns einschreiben?<<

Diesmal bekam er endlich eine Antwort von einem der beiden Männer, der sagte:

>>Wir suchen eine gewisse Jennifer Leone, die angeblich hier arbeiten soll.<<

Seine Stimme klang äußert tief und hörte sich auch noch so an als würde er drei Schachteln Zigaretten am Tag rauchen.

Total seltsam fand Andreas.

Er musste auf der Stelle an den plötzlichen Urlaubsantritt von Jennifer denken und daran, ob die beiden Männer etwas damit zu tun haben könnten. Er musste daran denken, was diese beiden Gestalten wohl von ihr wollen würden und in welchem Verhältnis sie zu ihr stehen würden.

Ohne sich etwas anmerken zu lassen, gab er ihnen lächelnd eine Antwort:

>>Oh, ja, Jennifer...Ja, sie arbeitet hier bei uns als selbstständige Personal Trainerin. Doch Sie haben sie leider ganz knapp verpasst. Denn sie befindet sich seit heut im Urlaub.<<

Der Mann warf seinem Kollegen einen seufzenden Blick und die Wut war den beiden in ihre Gesichter geschrieben.

>>Wo macht sie Urlaub und wann kommt sie wieder zurück?<<

Wollte der Mann nun von Andreas wissen, der kopfschüttelnd folgendes sagte:

>>Es tut mir sehr Leid, aber das hat sie uns nicht erwähnt. Wie gesagt, sie arbeitet selbstständig hier und ist keine feste Ange-

156

stellte. Sie kann also kommen und gehen und Urlaub machen, wann und wie immer sie das auch möchte.<<

Die beiden Männer wurden etwas unruhig und warfen sich erneut gegenseitige Blicke zu.

Währenddessen wollte Andreas wissen, was sie von ihr möchten und fragte nach:

>>*Darf ich fragen wer Sie sind und was Sie von Frau Leone möchten? Darf ich ihr vielleicht etwas von Ihnen ausrichten?*<<

Sofort wandten beide ihre düsteren Blicke Andreas zu, der das zwar sehr unheimlich fand, aber sich nicht einschüchtern ließ. Sie näherten sich ihm wieder langsam zu und der Mann, der der Gesprächspartner von Andreas in dieser Angelegenheit gewesen war, beugte sich etwas näher zu ihm und sagte:

>>*Ist schon gut. Wir danken Ihnen für Ihre Auskunft!*<<

Gleich danach verließen sie das Fitnessstudio und waren verschwunden.

Andreas fand das alles sowohl sehr mysteriös und auch etwas beängstigend. Er war sich sicher, dass diese beiden Männer nicht zu den Guten gehören würden. Doch was um Himmelswillen wollten sie von Jennifer? Woher kannten sie sie und was könnte so ein junges Mädchen wie Jennifer mit solch düsteren und grimmigen Typen zu tun haben?

Diese Fragen und auch die Frage, ob Ilkay auch damit etwas zu tun haben könnte, sollten ihn nun den ganzen Tag beschäftigen. Er verzichtete doch noch auf die Seifenspender und versuchte erneut seine beiden Freunde telefonisch zu erreichen. Doch auch diesmal hatte er kein Erfolg dabei.

Es war ganz klar, dass sich die beiden in einer äußerst ernsthaften Situation befunden hatten. Der plötzliche Urlaubsantritt und der Besuch von zwei mysteriösen und unheimlichen Gestalten am Tag darauf, konnte kein Zufall sein. Da muss etwas dran gewesen sein und Andreas war fest davon entschlossen herauszufinden, was das gewesen war. Seine beiden besten Freunde hatten eindeutig Probleme am Hals und er war gewillt der Sache auf den Grund zu gehen und den beiden zu helfen. So wie das Freunde eben füreinander taten.

Jetzt konnte Andreas es erst recht nicht erwarten, dass der Tag vorbei sein würde. Denn sofort nach der Arbeit, wollte er seinem ursprünglichem Plan nachgehen und Ilkay und Jennifer einen Besuch bei ihnen Zuhause abstatten.

Und Andreas hoffte sehr, dass er einen von ihnen dort vorfinden würde.

Schließlich war es dann soweit. Andreas hatte den ersten Tag ganz ohne seine beiden besten Freunde Ilkay und Jennifer, wenn auch nur etwas mühsam, überstanden.

Eine weitere Kollegin von ihm hatte ihn an der Rezeption abgelöst, sodass er endlich in den Feierabend flüchten konnte. Doch die eigentliche Arbeit, sollte erst jetzt für ihn losgehen. Denn Andreas hatte vor den Detektiv aus sich herauszulassen um so herausfinden zu können, was es mit den beiden mysteriösen Männern und der Beziehung zwischen ihnen und Jennifer auf sich hatte und auch, ob und was für eine Rolle Ilkay dabei spielen würde.

Mit der motivierten Einstellung, dass er schon sehr bald all die Antworten auf seine Fragen finden würde, machte er sich auf den Weg zu seinem Auto. Kaum war er angekommen, standen ihm erneut die beiden mysteriösen Männer in ihren dunklen Anzügen gegenüber und verhinderten Andreas daran sich in sein Auto zu begeben, indem einer von ihnen die Tür mit seiner großen Hand zudrückte. Der völlig überraschte und etwas nervöse Andreas wusste nicht, was vor sich ging und wollte aufgeklärt werden:

>>Oh! Sie beide schon wieder. Was soll das? Wieso lassen Sie mich nicht einsteigen? Was wollen Sie von mir?<<

Sein Herz raste dabei und es gelang ihm nur schwer ruhig zu bleiben. Er vermutete bereits, dass nichts erfreuliches folgen würde, konnte jedoch nichts dagegen unternehmen. Er stand an seinem Platz und wartete auf eine Antwort von den beiden Männern, die ihn zunächst wieder stumm und grimmig anstarrten und schließlich doch noch einer der beiden antwortete:

>>Sie kommen am besten mit uns!<<

Verlangte der Mann, der schon zuvor im Fitnessstudio Andreas über Jennifer ausgefragt hatte.

Andreas war verzweifelt und verwirrt. Er hatte überhaupt keine Ahnung, was das hier sollte. Er wurde nervöser und unruhiger, sodass er bereits zum Zappeln begann. Doch irgendwie schaffte er es doch noch einen anständigen Satz aus seinem Mund hervorzubringen:

>>W-was soll d-das meine Herren? W-was verlangen Sie d-da von mir? Lassen Sie mich jetzt bitte einsteigen!<<

Er war definitiv von den beiden großgewachsenen und muskelbepackten Männern eingeschüchtert gewesen und das war den zwei Männern auch bereits aufgefallen, weshalb sie umso mehr Druck ausübten:

>>Machen Sie bitte keine Schwierigkeiten! Sie werden jetzt mit uns mitkommen. Wir haben einige Fragen an Sie.<<

Andreas kämpfte damit sein Angstschweiß zurückzuhalten und versuchte darauf zu achten, dass sie nicht merkten, wie nervös er in diesem Augenblick gewesen war, doch die beiden Männer hatten ihn längst durchschaut, sodass er ihnen nichts mehr vormachen hätte können. Dennoch gab er nicht auf und versuchte sein Glück auf ein Neues:

>>W-wenn Sie f-fragen ha-haben, dann stellen Sie sie mir doch hier. Wie-wieso muss ich dafür mit ihnen mitkommen? Das

verstehe ich nicht. Entweder Sie fragen hier und jetzt o-oder Sie lassen m-mich nach Hause f-fahren. Andernfalls m-muss ich d-die P-Polizei ver-verständigen.<<

Die beiden Männer verloren so langsam ihre Geduld und damit auch kostbare Zeit, sodass sie beide plötzlich ihre Schusswaffen, die sie zwischen ihren Ledergürteln gezwängt hatten, herausholten und sie auf den vollkommen erschrockenen Andreas richteten. Spätestens jetzt wurde Andreas klar, in welch einer ernsthaften Lage er sich befand. Seine Kehle wurde schlagartig trocken und seine durchtrainierten Beine verwandelten sich in Gummi. Das war das erste Mal, dass er mit einer und in diesem unglücklichem Fall sogar gleich mit zwei Schusswaffen bedroht wurde. Das war zu viel für ihn und vor lauter Angst, konnte er nichts anderes machen als den beiden bedrohlichen Männern still und schweigend Folge zu leisten, die ihm mit dem Lauf ihrer Waffen andeuteten vorwärts zu gehen.

Sie brachten ihn zu ihrem Fahrzeug, das genau wie das Fahrzeug von zwei ihrer Kollegen, die Jennifer damit abgeholt hatten und die sie anschließend in hohen Flammen aufsteigen ließ, ausgesehen hatte. Ein schwarzes und fein lackiertes Mercedes-Benz der E-Klasse.

Andreas wusste, in welch einer schlimmen Lage er stecken würde, doch er wusste nicht wie schlimm sie tatsächlich gewesen war. Eine Stimme in ihm jedoch, verriet ihm, dass er das schon sehr bald herausfinden würde.

Er zögerte ein wenig und stieg dann doch noch, mit einem Gesicht geschminkt mit Sorgen und Furcht, in das dunkle Fahrzeug, der beiden dunklen Männer ein und fuhr mit ihnen an einen ihm unbekannten Ort.

Der Abend hatte bereits den Wald erreicht und den Himmel dunkel verfärbt.

Ilkay und Jennifer schliefen immer noch seelenruhig in der kleinen und abgekommenen Holzhütte vor sich hin.

Ein leichter Windzug sorgte für eine sanfte Melodie, indem er die Blätter in verschiedenen Tonlagen zum Rascheln brachte. Das Zirpen der Zikaden und das Geflatter von Vögeln harmonierten dabei fabelhaft miteinander, sodass die beiden aufgrund des angenehmen Waldgeräusches noch tiefer schlummerten als, dass sie daran dachten aufzustehen und ihre Reise fortzusetzen.

Sowohl Ilkay als auch Jennifer hatten sich im Schlaf, ohne es mitzubekommen, zurückverwandelt und lagen vollkommen nackt nebeneinander.

An den harten und kalten Holzboden, schienen sie sich noch nicht gewöhnt zu haben. Denn alle beide lagen verkrümmt und zusammengekauert da und hatten ihre Arme um sich selbst gewickelt.

Dennoch hätten sie wahrscheinlich noch länger in dieser Stellung weitergeschlafen, aber durch ein gewaltiges Geflatter, das von außen in ihre Ohren Drang und sich sehr bedrohlich angehört hatte, wachten beide, wie auf Kommando zur selben Zeit auf und sprangen auf ihre Beine. Jetzt sahen sie erst, dass sie sich zurückverwandelt hatten und sich vollkommen nackt gegenüber standen. Trotz der Dunkelheit konnte sie sich aufgrund ihrer Nachtsicht ganz deutlich sehen. Noch bevor sie sich darüber unterhalten konnten, hörten sie erneut das Geflatter, das sich ganz und gar nicht wie der eines Vogels angehört hatte. Sie wurden beide auf der Stelle stutzig und warfen sich fragende Blicke zu. Nachdem das Geflatter sich vermehrt hatte und plötzlich mehrere anstatt nur eines zu hören war, wussten sie, dass da draußen etwas nicht stimmen würde. Ilkay konzentrierte sich und versuchte herauszufinden wie viele sich außerhalb der Hütte aufhalten würden. Er schloss die Augen, lauschte seine beiden Ohren auf und hörte genau zu.

Er zählte sie mit seinen Fingern ab, damit Jennifer auch darüber Bescheid wissen konnte. Denn sprechen oder sogar zu flüstern könnte in so einer Situation sehr gefährlich werden.

Sowohl für sie, als auch für die, die sich draußen aufhielten.

Also hob Ilkay seine Hand hoch und streckte seinen Daum aus um damit anzudeuten, dass er einen der Fremden gezählt hatte. Dann streckte er sein Zeigefinger aus, denn er hatte eine zweite Person ausgemacht. Gleich danach wurden es schon drei und auch die vierte ließ nicht länger auf sich warten. Ilkay hielt nun vier seiner Finger ausgestreckt hoch und versuchte noch weitere ausfindig zu machen. Er konzentrierte sich noch mehr und versuchte noch intensiver seinen scharfen Gehörsinn einzusetzen. Und das machte sich auch letztendlich bezahlt. Denn Ilkay hörte ein fünftes Geflatter oberhalb der Hütte herumschwirren und streckte seinen kleinen Finger ebenfalls aus. Nun stand er mit fünf ausgestreckten Fingern vor der nervösen Jennifer, sah sie an und flüsterte ihr zu:

>>*Vampire.*<<

Jennifer machte ganz große Augen und deutete mit ihren fragenden Blicken an, was sie jetzt tun sollen. Da sie in diesem Fall nur eines machen konnten, deutete Ilkay ihr ebenfalls mit seinen Blicken an und gab ihr dadurch zu verstehen, dass sie kämpfen müssen. Jennifer war damit einverstanden und nickte ihm zu. Gleich danach verwandelten sich die beiden in die zwei Bestien, die sie waren und stürmten mit voller Kraft aus der Holzhütte heraus. Die Hütte wurde dabei regelrecht in viele kleine Stücke gesprengt. Ilkay und Jennifer sahen hinauf und erkannten die fünf Vampire, davon zwei weibliche und drei männliche, die auf der Jagd nach frischer Beute waren und ganz genau wussten, dass sich welches in der kleinen Holzhütte befinden würde. Sie flogen mit weit ausgespannten Flügeln direkt über ihnen wild herum und machten, sobald sie ihre Beute entdeckt hatten, sabbernde und ächzende Geräusche. Die weiblichen Vampire kicherten zudem noch in einer sehr nervtötenden Tonlage. Sie alle blickten auf Ilkay und Jennifer herab und konnten es kaum erwarten sich auf sie zu stürzen, ihnen das Blut auszusaugen und anschließend zu zerfleischen um sich somit ein deftiges Festmahl zu gönnen.

Ein paar von ihnen flogen immer wieder etwas tiefer und dann wieder auf, um die beiden dadurch etwas zu verwirren. Ilkay und Jennifer versuchten sie mit ihren Pranken zu packen und zu sich zu ziehen, aber sie erwischten sie nicht. Auch nicht als sie versuchten ihnen entgegen zu springen. Die lästigen fünf großgewachsenen Fledermäuse bewegten sich einfach viel zu schnell.

Ilkay wurde wütend und heulte mit ausgestrecktem Hals einmal ganz laut auf. Jennifer fletschte mit ihren Zähnen und beobachtete jeden einzelnen von ihnen ganz genau. Sie waren bereit sich auf ein Kampf auf Leben und Tod einzulassen.

Die Vampire flogen etwa zehn Meter über ihren Köpfen im Kreis herum und ließen sich mit dem Angriff ein wenig Zeit.

Ilkay und Jennifer durften sich nicht ablenken lassen und mussten sich auf einen plötzlichen Angriff der geflügelten Blutsauger bereit halten.

Sie sahen sich alle optisch ein wenig ähnlich. Die einzigen Unterschiede bestanden darin, dass die weiblichen viel schlanker waren als ihre männlichen Genossen und, dass ihre Haut verschiedene Farbtöne aufwies.

Die Weibchen hatten eine viel bleichere und hellere Haut als die der Männchen, deren Haut eher grau-braune Farben hatte.

Ein erwarteter Angriff erfolgte nicht. Die Vampire landeten im Sturzflug, wie schwere Felsbrocken, auf dem weichen Waldboden auf, sodass die Erde unter ihren gewaltigen Fängen abbröckelte. Sie hatten Ilkay und Jennifer in einem Kreis umrandet. Alle Auswege und Fluchtmöglichkeiten schienen dadurch ausgeschlossen zu sein. Wie zwei hilflose Tiere schienen die beiden sich mitten im Kreis ihrer Jäger zu befinden.

Die fünf Vampire könnten sie von allen Seiten angreifen und sie in kürzester Zeit in Hackfleisch verwandeln.

Doch dazu kam es vorerst nicht. Denn einer der männlichen Vampire, der sich als deren Anführer herausgestellt hatte, ergriff plötzlich das Wort und begann zu den beiden zu sprechen: >>*Was haben wir denn hier für eine interessante Entdeckung gemacht?*<<

Er sah mit seinen blutroten Augen zwar zu Ilkay und Jennifer, richtete seine Frage jedoch vielmehr seinen Gruppenmitgliedern. Seine Stimme klang tief.

Jetzt wo sie alle direkt vor Ilkay standen, konnte er sie besser erkennen. Obwohl sie nackt waren, waren weder Geschlechtsteile noch Brüste zu sehen. Auf den Brustkörben der Weibchen befanden sich lediglich zwei ein wenig hervorgetretene Wölbungen an den Stellen wo ihre Brüste ruhen sollten. Nur, dass keine Brustwarzen vorhanden waren. Sie sahen aus wie Brüste, die mit jede Menge Masse an Wachs übergossen worden wären. Ähnlich sah es im Schritt von beiden Geschlechtern aus.

Zudem hatten sie alle einen muskulösen Oberkörper sowie sehr fein definierte Bauchmuskeln, bei dem einige, die zu der Kundschaft von Ilkay und Jennifer gehörten, bestimmt neidisch gewesen wären.

Spitze Krallen ragten aus ihren langen und dünnen Händen heraus. Ganz zu schweigen von den Krallen, die sich an ihren Füßen befanden, die den Fängen eines Adlers glichen.

Ein wenig Unterhalb ihrer Schulterblätter waren gewaltige Flügel herausgewachsen, die an die Flügel von Drachen aus Märchen oder Fantasy Geschichten erinnerten.

Große und spitze Ohren schmückten die Seiten ihrer kahlen Köpfe. Ihre Nasen sahen genau so aus, wie die Nasen einer Fledermaus. Flach gedrückte und nach oben hin geöffnete Nasenblätter. Die fleischigen Hautlappen vermittelten den Eindruck, als wären sie gegen eine Wand gerannt und erdrückt gewesen.

Sie hatten alle sehr markante Wangenknochen und jeder einzelne Zahn in ihrem Mund war scharf und spitz, wovon ihre Fangzähne deutlich länger und spitzer waren.

Mit deren Hilfe konnten sie, wie eine Nadel einer Spritze, in die Haut ihrer Opfer hineindringen und das Blut aus ihnen ganz gemütlich aussaugen.

Keine Augenbrauen, keine Wimpern, keine Brusthaare. Sie alle waren vollkommen haarlos und sahen, auch wegen ihrer knappen drei Meter Größe, furchteinflößend aus. Jedoch nicht für Ilkay und Jennifer.

Die beiden würden sich ganz bestimmt nicht von einer Gruppe fliegender Blutsauger in die Flucht treiben lassen.

>>*Das ist ja mal eine Überraschung.*<<

Sprach der Anführer der Vampire weiter und fügte hinzu:

>>*Gut, dass ich hier gleich vier Augenzeugen habe, denn sonst würde man mir niemals glauben, dass eigentlich von Natur aus zwei verfeindete Spezies sich aus irgendeinem Grund zusammengetan haben. Um ganz ehrlich zu sein, das interessiert mich auch gar nicht.*<<

Die restlichen Vampire kicherten und lachten ganz spöttisch, während Ilkay und Jennifer weiterhin schweigend und zum Kampf bereit da standen.

Der Anführer sprach weiter:

>>*Ihr werdet bestimmt von der Abmachung gehört haben, die besagt, dass wir Vampire uns den Reptiloiden unterordnen und uns nach deren Regeln halten sollen, aber wir Fünf hier, gehö-*

165

ren zu denen, die gegen diese lächerliche und erniedrigende Abmachung sind. Denn wir lassen uns ganz bestimmt nicht vorschreiben, wie wir zu leben haben. Wir entscheiden das selbst.<<

Immer noch bevorzugten es Ilkay und Jennifer zu schweigen, während die restlichen Vampire um sie herum jubelten und der Anführer weiter sprach:

>>Und da wir uns nicht an diese bescheuerte Abmachung halten, werden wir euch beide, hier und jetzt in eure Einzelstücke zerreißen und euer Fleisch mit Genuss verzehren.<<

Ein weiterer Jubel der restlichen vier Vampire erklang im Wald.

Der Jubel wurde unterbrochen, als Jennifer ihm eine Frage stellte:

>>Willst du uns nicht wenigstens vorher verraten wer ihr seid?<<

>>Verzeiht mir bitte meine Manieren!<<

Entgegnete ihr der Anführer und stellte sich und seine Gefährten auf eine spöttische Art und Weise vor:

>>Meine Wenigkeit hört auf den Namen Marcel und ich bin der Anführer dieser kleinen bescheidenen Gruppe hier. Der Familienoberhaupt.<<

Danach zeigte er mit seiner Hand auf jeden einzelnen der restlichen vier Vampire und stellte sie ebenfalls vor:

>>Diese entzückende junge Dame heißt Stella und ist meine Gattin. Und diese reizende Dame ist meine Schwester Jana. Die beiden Herren sind Jana's Gatte Ruben und sein Bruder Laurenz. Und er hasst diese schleimigen Echsen noch mehr als die Werwölfe.<<

Er beendete die Vorstellrunde mit einem teuflischen Grinsen, das sein fahles Gesicht angenommen hatte.

>>Nun denn,...<<

Sagte er gleich darauf und sprach weiter:
>>*Genug der Worte! Es wird höchste Zeit für unser Abendessen.*<<
Kaum hatte er sein Satz beendet, stürzte er sich auch schon mit einem weit geöffnetem Mund und ausgestreckten Armen auf Ilkay und Jennifer zu und animierte dadurch seine vier Familienmitglieder ebenfalls dazu anzugreifen.

Sowohl Ilkay als auch Jennifer konnten ihre fünf Angreifer mit geschickten Bewegungen von sich abwehren und der ersten Attacke unversehrt entkommen. Dies machte jedoch Marcel und die restlichen vier Vampire sehr wütend, weshalb sie sich umso gieriger und wütender auf die beiden stürzten.

Ilkay konzentrierte sich zunächst auf Marcel während sich Jennifer seine Frau Stella vornahm. Alle sechs kämpften bis zum letzten Tropfen Blut und hielten sich vor nichts zurück.

Es wurde gebissen und gekratzt. Mal schleuderte Ilkay eines der Vampire gegen die dicken Bäume, mal wurde er von den Füßen aufwärts geflogen und zu Boden fallen gelassen.

Obwohl bereits nach kurzer Zeit viel Blut geflossen war, zeigte keiner von den Beteiligten weder Müdigkeit noch Schwäche.

Die beiden weiblichen Vampire Stella und Jana stürzten sich jeweils eine von vorne und eine von hinten auf Jennifer drauf und fingen umgehend sie zu beißen und zu kratzen an. Sie versuchte ihre Angreiferinnen von sich abzuwerfen, aber es war bei Weitem nicht so einfach wie gedacht. Sie klebten an ihr wie zwei lästige Zecken. Währenddessen hatten die drei männlichen Vampire Ilkay umzingelt und griffen ihn von allen Seiten an. Sie waren schnell und hatten zudem den Vorteil, dass sie fliegen konnten, wodurch es Ilkay umso schwerer fiel sie zu schnappen.

Mit ihren Krallen, die sie wie Dolche verwendeten stachen und schlitzen sie in die Haut von Ilkay hinein.

Doch dann, als einer der Vampire, Ruben, gerade nicht gut aufgepasst hatte, packte Ilkay diesen, während Ruben sich aus der Luft auf ihn stürzen wollte, an einem seiner Flügel und brach ihn ihm. Er brach ihn nicht nur, sondern riss den Flügel ihm aus seinem Rücken heraus, sodass Ruben qualvoll und mit einem gewaltigen Schrei auf den Waldboden klatschte.

Sofort stoppten die restlichen Vampire ihre Attacken und sahen zu dem verletzten und sich voller Schmerzen am Boden wälzenden Ruben hinüber. Seine Frau Jana brach in einem Geschrei, gemischt mit Angst und Wut, aus, als sie ihren liebenden Ehemann dermaßen leidend am Boden gelegen sah.

Sofort flog sie zu ihm und wollte sehen wie es ihm ging. Ilkay stand währenddessen die ganze Zeit über einfach so da und hielt den ausgerissenen Flügel in seiner großen und haarigen Hand.

Die restlichen Vampire, aber vor allem Marcel, wurden daraufhin sehr wütend und wollten nun endgültig Ilkay auseinanderreißen und stürzten sich mit aller Kraft auf ihn.

Jana trauerte noch um ihren verletzten Ehemann und wollte ihm nicht von der Seite weichen.

Diese Gelegenheit nutzte Jennifer für sich und schlich sich ganz langsam von hinten an sie heran.

Marcel, Stella und Laurenz, der unbedingt Rache für seinen älteren Bruder haben wollte, schlugen von allen Seiten auf Ilkay ein. Sie bewegten sich dabei sehr schnell, sodass Ilkay sie nicht richtig erfassen konnte. Er bekam einen Schlag nachdem anderen und schien keine Chance gegen die drei Vampire zu haben.

Als gerade Jennifer sich bereits, völlig unbemerkt, Jana von hinten geschlichen hatte, packte sie ihren Kopf und riss ihn mit all ihrer Kraft heraus. Sowie sie den Kopf von Jana's Oberkörper entfernt hatte, ging sie auch schon in Flammen auf und zerbröckelte zu feinem Staub.

Ruben schrie umso lauter als er Zeuge bei der Ermordung seiner geliebten Ehefrau geworden war und wollte sich, ungeachtet dessen, dass ihm ein Flügel fehlte und er schwer verletzt war, sofort auf die schuppige Kreatur stürzen.

Doch Jennifer kam ihm voraus und fuhr mit voller Wucht ihren halben Arm durch seine Brust, sodass ihre Hand hinter seinem Rücken heraus ragte. In ihrer Hand hielt sie sein noch pumpendes und schwärzlich verfärbtes Herz, das sie, ohne zu zögern, zerdrückte und Ruben dadurch ebenfalls in Flammen aufging, bevor er, zusammen mit seinem Herz in Jennifer's Hand, zu Asche und Staub zerfallen war.

Mit Leichtigkeit hatte Jennifer bereits zwei von fünf Vampiren getötet und war gerade dabei gewesen sich den restlichen drei zu widmen, mit denen Ilkay bereits auf Leben und Tod kämpfte.

Sie war gerade dabei gewesen ihm zur Hilfe zu eilen, wurde jedoch, von einem plötzlich auftauchenden Werwolf, der wie ein Blitz auf sie einschlug, aufgehalten. Die wild gewordene Bestie, die außer Kontrolle zu sein schien, griff Jennifer mit seinen reißerischen Zähnen und scharfen Klauen an. Jennifer versuchte sich mit all ihrer Kraft von der Bestie, die wie aus dem Nichts aufgetaucht war, zu befreien und ihr zu entkommen. Währenddessen tauchten plötzlich weitere Werwölfe auf, von denen sich jeder eines der drei Vampire schnappte und diese in einem Kampf voller Blut und Gemetzel zu überwältigen versuchten.

Ilkay war überrascht und wusste nicht, woher plötzlich so viele Werwölfe hergekommen waren, aber er hatte auch nicht viel Zeit um darüber nachzudenken, weil ihm gerade aufgefallen war, dass sich Jennifer in Gefahr befand. Er eilte ihr sofort zur Hilfe und stieß mit einem heftigen Kopfstoß den angreifenden

Werwolf von ihr ab. Nach einem kurzen Blick zu Jennifer, um sich zu vergewissern, dass es ihr gut ging, stürzte er sich sofort auf den anderen Werwolf und begann auf ihn einzuschlagen.

Während sie miteinander kämpften, hatten es die anderen Werwölfe bereits geschafft die übrig gebliebenen drei Vampire zu töten, indem sie sie an Ort und Stelle zerfleischten und genau wie ihre beiden Vorgänger zuvor zuerst in Flammen und gleich danach in Asche und Staub aufsteigen ließen.

So wie sie mit den Vampiren fertig waren, eilten ein paar von ihnen ihrem Freund zur Hilfe, der Ilkay vollkommen ausgeliefert zu sein schien, während sich andere auf Jennifer stürzten.

Ilkay ignorierte seine neuen Angreifer vollkommen und achtete stattdessen darauf, dass Jennifer in Sicherheit gewesen war.

Also ließ er von seinen Angreifern ab und eilte viel lieber Jennifer zur Hilfe. Kaum hatte er sich schützend vor sie gestellt und den anderen Werwölfen sowohl seine scharfen Zähne als auch seine scharfen Klauen präsentiert, erklang plötzlich eine weibliche Stimme aus dem Hintergrund, die alle dazu brachte den Kampf auf der Stelle abzubrechen:

>>*Genug!*<<

Alle Augen waren auf die junge Frau gerichtet, die hinter den Werwölfen taumelnd zum Vorschein kam und Ilkay direkt in die Augen blickte. Nachdem ihr klar geworden war, dass er ein Reptiloid in Schutz genommen hatte, sagte sie:

>>*Was in Marchosias' Namen soll das?*<<

Weder Ilkay noch Jennifer gaben ihr eine Antwort, woraufhin sie folgendes sagte:

>>*Mein Name ist Alya und das sind meine Freunde. Ich bin die Alphawölfin dieses Wolfsrudels und ihr zwei...werdet schön mit uns mitkommen. Denn ich habe da so einige Fragen an euch. Ganz speziell an dich.*<<

Sie zeigte mit ihrem Zeigefinger auf denn verwirrten Ilkay.

Ich heule jede Nacht den Mond an,
weil ich weiß, dass ich ihn niemals erreichen kann.
Ich heule jede Nacht den Mond an,
weil ich dich, obwohl du in meiner Nähe bist,
nicht berühren kann.

Akif Turan

KAPITEL 9

TACHELES REDEN

Eine kleine und unauffällige Einrichtung im Wald, unweit von der Holzhütte entfernt, die Ilkay und Jennifer sich als Schlafplatz ausgesucht hatten, war es, in der Alya und ihr Wolfsrudel lebten.

Mit Alya gemeinsam waren es insgesamt sieben Wölfe, die sich alle bereits vor vielen Jahren in den Wald zurückgezogen hatten, aber dennoch den Kontakt in die Außenwelt stets aufrecht hielten. Sie verfolgten aktiv das Geschehen in der ganzen Welt und machten Jagd auf ihre beiden natürlichen Feinde, die Reptiloiden und die Vampire, um die Welt sowohl für sich als auch für die gesamte Menschheit sicherer zu machen.

Umso unerklärlicher war es für sie, die seltsame und außergewöhnliche Beziehung zwischen Ilkay und Jennifer zu verstehen.

Alya hatte veranlasst, dass ihre zwei Gäste, sich vorerst ein wenig ausruhen und sich von dem Kampf, die sie mit den Vampiren hatten, gut erholen. Sie wollte unbedingt, dass sie wieder bei Kräften und dadurch gut ansprechbar sind, wenn die Zeit für die große Befragung gekommen ist.

Dafür wurden Ilkay und Jennifer, ohne Fesseln oder dergleichen, gemeinsam in ein Raum mit einem Bett und einem kleinen Schreibtisch gesteckt, in der sie bis zum nächsten Tag verbleiben sollten. Sie hatten jeweils eine passende Bekleidung erhalten, um ihre nackten Körper zu verhüllen.

Jegliche Erklärungsversuche, die Ilkay Alya davon überzeugen wollte, dass sie ihre Reise bis nach Oberösterreich fortsetzen müssen, waren gescheitert. Alya bestand darauf, dass die beiden heute die Einrichtung nicht mehr verlassen und hatte zwei von ihrem Rudel damit beauftragt, vor deren Tür Wache zu halten.

Weder Ilkay noch Jennifer waren davon erfreut gewesen, da sie dadurch sehr viel Zeit verlieren würden. Sie mussten es unbedingt schaffen, den Vater von Ilkay und die Silbermiene in Traunstein zu finden, noch bevor Jack Knox und sein Team eintreffen würden.

Doch da sie bedauerlicherweise in der Unterzahl waren, blieb ihnen nichts anderes übrig, als den Forderungen von Alya Folge zu leisten und sich in ihrem vorübergehenden Zimmer, so gut sie es konnten, gemütlich zu machen.

>>*Was meinst du wohl, was sie mit uns vorhaben?*<< Fragte Jennifer ganz besorgt.

>>*Das weiß ich nicht so genau, aber ich gehe davon aus, dass sie tatsächlich mit uns sprechen wollen. Denn, wenn sie uns töten wollten, hätten sie das bereits im Wald getan.*<< Versuchte Ilkay sie zu beruhigen und sagte noch weiter:

>>*Wir sollten erst einmal versuchen Ruhe zu bewahren und sie nicht zu reizen. Warten wir erst einmal den morgigen Tag ab, bevor wir voreilige Schlüsse ziehen.*<< Jennifer war zwar immer noch ein wenig besorgt, aber die Tatsache, dass sie nicht vollkommen alleine war, drängte ihre Besorgnis eher zurück. Sie war froh darüber, dass Ilkay an ihrer Seite war. Denn Ilkay strahlte sehr viel Selbstbewusstsein, sowie auch Ruhe und Mut aus, sodass er dadurch Jennifer die Angst davon scheuchte.

>>*Du solltest das Bett nehmen und dich darauf ein wenig ausruhen.*<< Bot Ilkay ihr an. Ihre Wunden und Verletzungen, die sie beide im Kampf mit den Vampiren, aber auch mit dem Wolfsrudel davon getragen hatten, waren zwar wieder verheilt, aber ein wenig erschöpft waren sie dennoch. Doch die Erschöpfung

kam nicht vom Kampf, sondern vielmehr dadurch, dass sie sich beide Gedanken darüber machten, dass sie es wohl nicht mehr rechtzeitig bis zu ihrem Ziel schaffen würden.

So legte sich Jennifer auf das Bett, während Ilkay, sich daran gelehnt, auf dem Boden saß.

Jetzt hieß es für beide erst einmal abwarten.

Andreas war nicht mehr wiederzuerkennen, nachdem sein Gesicht mit einigen gewaltigen Faustschlägen bearbeitet worden war.

Er befand sich, an ein Stuhl angekettet, unterhalb der Katakomben im Stephansdom und wurde, seit seiner Ankunft dort, von den beiden Männern in dunklen Anzügen, auf eine äußerst brutale Art und Weise befragt.

Sein Oberkörper war frei gelegt, sodass er nur seine Hose anhatte. Sein Blut rannte ihm von seinem Gesicht hinunter und tropfte auf seine Brust und von dort aus weiter auf sein Bauch. Er war erschöpft und kaum mehr in der Lage gewesen zu sprechen. Seine Haare, die er immer so schön pflegte, waren zerzaust. Seine Lippen aufgeplatzt, die Nase gebrochen und seine Augen geschwollen. Sie hatten die Größe eines Golfballs. Er hatte keine Ahnung, wie spät es bereits geworden war. Er hatte jegliches Zeitgefühl verloren und war vollkommen außer sich. Doch die beiden Männer kümmerte das nicht. Sie schlugen weiter auf ihn ein und machten mit ihrer Befragung, mit der gewohnten düsteren und tiefen Stimme, einfach weiter: *>>Denkst du tatsächlich, dass wir dir einfach so glauben sollen, dass du nicht wüsstest, wo sich deine Kollegin befindet? Sie wird dir bestimmt gesagt haben, wohin sie wollte, nicht wahr?<<*

Kein Ton außer qualvolles Keuchen kam aus Andreas heraus. Alles woran er sich in diesem Moment konzentrierte, war es nicht zu ersticken. Obwohl es ihm große Schmerzen bereitete, versuchte er langsam weiter zu atmen.

Die Stimmen der Männer, hörten sich in seinen beschädigten Ohren, die er sich von dem Prügel zugezogen hatte, noch tiefer an. Er war nicht in der Verfassung gewesen, ihnen weiter zu antworten. Alles was er wusste, hatte er bereits gesagt. Andreas hatte bereits die Wahrheit gesagt, aber er schaffte es einfach nicht, die beiden Männer davon zu überzeugen.

Sie wollten ihm einfach nicht glauben und prügelten immer und immer mehr auf ihn ein, während sie ihre Befragung weiter fortsetzten:

>>*Sie muss doch irgendeine Nachricht hinterlegt haben. Je eher du uns die Wahrheit erzählst umso eher lassen wir dich wieder laufen.*<<

Versuchte einer der Männer ihm Hoffnung zu machen, damit er ihnen eine hilfreiche Antwort gibt, doch Andreas hatte den Verstand noch nicht verloren, sodass er auf diesen alten Trick nicht hereinfallen würde, mit der man seine Opfer bei Befragungen immer locken würde. Er wusste ganz genau, auch wenn sie das bekommen würden, was sie haben wollten. Auch wenn er ihnen das sagen würde, was sie hören wollten, sie würden ihn nicht einfach so wieder gehen lassen. Andreas wusste genau, dass er diesen Ort nicht mehr lebendig verlassen würde. Doch er hatte ihnen bereits mehrmals die Wahrheit gesagt. Er wusste einfach nicht mehr weiter.

Er wünschte sich, dass seine beiden Freunde Ilkay und Jennifer jetzt bei ihm sein konnten. Sie würden ihm bestimmt helfen können. Bedauerlicherweise war er vollkommen auf sich alleine gestellt. Es war niemand da, der ihm hätte helfen können. Niemand, der die beiden Monster davon abhalten konnte, weiter auf ihn einzuprügeln.

Andreas musste da ganz alleine durch und konnte nichts anderes machen als zu hoffen. Die Hoffnung, war in diesem Moment, sein einziger Ausweg gewesen.

Leider musste er schon bald eingestehen, dass selbst die Hoffnung ihn im Stich lassen würde.

>>Na gut, du hast es nicht anders gewollt. Du wirst hier solange gefesselt bleiben, bis du zur Vernunft gekommen bist und uns gesagt hast, was wir wissen möchten.<<

Sofort danach ließen sie ihn in dem kalten und dunklen Raum, der eigentlich ein Verlies war, zurück. Sie gingen hinaus, sperrten die Metalltür hinter sich zu und ließen Andreas vor sich hin bluten.

Einer der Männer sagte zu dem anderen:

>>Was wenn er uns tatsächlich die Wahrheit gesagt hat und wirklich nicht weiß, wo sie sich aufhält? Denn jeder, auch der stärkste Mensch der Welt, würde nach so viel Prügel, jegliche Geheimnisse erzählen und selbst seine eigenen Kinder verraten.<<

>>Das haben nicht wir zu entscheiden. Wir erfüllen nur unsere Missionen. Schon bald wird Mr. Knox in Wien eintreffen, bevor er sich weiter auf den Weg nach Oberösterreich macht. Er wird dann entscheiden, wie wir weiter vorgehen sollen.<<

Antwortete ihm der andere.

Schweigend gingen sie den dunklen Gang entlang, während im Hintergrund ein schwacher Hilferuf aus dem Verlies an ihre Ohren drang.

Der Morgen war bereits angebrochen. Ilkay und Jennifer hatten kaum ein Auge zugemacht. Die Sorgen und die Gedanken, die sie beschäftigten, ließen sie die ganze Nacht aufbleiben.

Ilkay machte einige Liegestütze um bei Kräften zu bleiben und Jennifer saß nachdenklich, aber ihre Augen auf ihn gerichtet, am Bett.

Irgendwann brach sie das nicht auszuhaltende Schweigen, stand auf uns sagte:
>>*Ilkay?*<<
Ilkay unterbrach sein Morgentraining und richtete seine ganze Aufmerksamkeit auf sie.
>>*Was meinst du wird jetzt passieren?*<<
Fragte sie weiter.
Ilkay konnte die Besorgnis und auch ein wenig Furcht in ihrer Stimme deutlich heraus hören.
Er richtete sich ebenfalls auf, klopfte den Dreck von seinen Händen ab, ging langsam zu ihr, blickte in ihre Augen und sagte:
>>*Ganz ehrlich Jennifer?...Ich weiß es nicht.*<<
Das war nicht gerade die beruhigende Antwort gewesen, die sie in diesem Moment hören wollte und blickte seufzend auf den Boden.
>>*Wir werden es ganz einfach abwarten müssen. Ich denke, dass Alya eine vernünftige Person ist. So wirkt sie zumindest. Sie werden uns einige Fragen stellen, wir werden sie beantworten und danach ziehen wir weiter.*<<
Versuchte er sie zu beruhigen.
>>*Denkst du wirklich, dass das so einfach ablaufen wird?*<<
Wollte Jennifer von ihm wissen.
Ilkay starrte an die Wand gegenüber und sagte:
>>*Ich hoffe es zumindest.*<<
Genau in diesem Augenblick hörten sie, dass jemand die Tür aufsperrte. Sie nahmen beide sofort ihre Verteidigungsposition an und machten sich auf alles gefasst.
Ein junger Mann, etwa in ihrem Alter, trat herein und sagte mit einer gefühllosen Stimme:
>>*Alya möchte euch nun sprechen.*<<
Sie warfen sich gegenseitige Blicke zu und folgten anschlie-

ßend, immer noch völlig angespannt, dem jungen Mann, der sie direkt zu Alya führte.

Sie gingen an den beiden Wachen vorbei und versuchten sich alles ganz gut einzuprägen, während sie langsam den Flur entlang spazierten.

Alya wartete bereits am Frühstückstisch auf ihre beiden Gäste, die sie mit einem schlichten „Guten Morgen!" empfang.

Ilkay und Jennifer grüßten nicht zurück, sondern nickten leicht mit dem Kopf. Alya nahm das gelassen hin und hatte Verständnis für ihre momentane Haltung gegenüber der Lage in der sie sich befanden.

Sie bat sie zu Tisch:

>>*Bitte! Setzt euch und esst ein wenig was. Ein gutes Frühstück soll euch nicht verwehrt bleiben.*<<

Mit einem Lächeln, dass Ilkay sehr tückisch und suspekt erschien, beendete sie ihren Satz.

Trotz dessen, kamen sie ihrer Einladung entgegen und setzten sich dazu. Sie hatten zwar großen Hunger, wollten es sich jedoch nicht anmerken lassen.

Ihnen wurde Kaffee eingeschenkt und Trinkwasser hingestellt. Der Tisch war recht appetitlich gedeckt gewesen und duftete herrlich nach warmem Brot.

>>*Bitte! Nur zu...fangt ruhig an!*<<

Bot Alya ihnen an.

Zögernd griffen Ilkay und Jennifer nach ihrer Tasse Kaffee und machten einen kleinen Schluck von der heißen und dampfenden Köstlichkeit.

Der Kaffee schmeckte ausgezeichnet. Sie hatten es zwar nicht ausgesprochen, aber ihre Augen verrieten alles.

Auch Alya und einige aus dem Rudel fingen zu essen an. Ilkay und Jennifer beobachteten sie ein wenig und mit jeder Sekunde verschwand ihr Misstrauen ihren Gastgebern gegenüber, sodass sie schlussendlich auch ordentlich zu essen anfingen.

Nachdem sich alle ordentlich satt gegessen hatten, war die
Stunde der Wahrheit nun endlich gekommen.
*>>So, jetzt mal Tacheles reden. Was hat das zu bedeuten?
Wer seid ihr?<<*
Begann Alya bereits die ersten Fragen zu stellen um ihre Neu-
gierde endlich zu stillen und fügte eine weitere Frage dran:
*>>Was läuft da zwischen euch? Denn, das, was auch immer
ihr da habt, ist mehr als nur außergewöhnlich. Das ist euch
doch klar?<<*
Ilkay und Jennifer sahen sich einen kurzen Moment an, bevor
Ilkay antwortete:
*>>Mein Name ist Ilkay und das ist meine Freundin und Kolle-
gin Jennifer...Uns beiden ist klar, wie das hier für euch ausse-
hen muss, aber ich kann euch vergewissern, dass es einen ganz
besonderen Grund dafür gibt.<<*
>>Ich bin ganz Ohr.<<
Sagte Alya ganz gelassen und gab damit an, dass sie unbedingt
diesen Grund erfahren wollte, woraufhin Ilkay einen kräftigen
Atemzug machte und mit der Erklärung begann:
*>>Es ist so...Jennifer war eines Nachts auf der Jagd nach mir
und hatte vor mich umzubringen. Doch ich konnte sie überwältigen, woraufhin sie die Flucht ergriff.<<*
Alya setzte ein leichtes und spöttisches Lächeln auf, während
sie kopfschüttelnd in Jennifer's Augen blickte, so als würde sie
ihr damit andeuten wollen, dass dieses Verhalten typisch für
die Reptiloiden wäre. Jennifer blieb ruhig und Ilkay ignorierte
Alya's Reaktion und erzählte weiter:
*>>Jedenfalls, nachdem ihre Aktion gescheitert war, wollte das
Komitee ihren Tod. Doch sie konnte noch rechtzeitig flüchten
und bat mich ihr zu helfen. Sie wusste jedoch nichts...wir beide*

wussten nichts von unserer wahren Identität bis wir es an jenem Abend, an dem sie meine Hilfe wollte, herausgefunden haben. Wir sind bereits seit einigen Jahren sehr gut befreundet und arbeiten auch gemeinsam, weswegen wir beide umso überraschter gewesen waren, als wir uns gegenseitig unser Geheimnis offenbarten.<<

Alya nickte und vermittelte dadurch, dass sie der Geschichte von Ilkay folgen konnte, doch eine Frage beschäftigte sie immer noch:

>>Das ist noch lange kein Grund, wieso sich zwei Feinde so mir nichts, dir nichts zusammentun. Was steckt tatsächlich dahinter?<<

Erneut warfen sich Ilkay und Jennifer gegenseitige Blicke zu, woraufhin jetzt Jennifer zu Wort kommen wollte, doch kaum hatte sie ihren Mund aufgemacht, wurde sie von Alya unterbrochen:

>>Du...meine Liebe, bist erst einmal ruhig. Der einzige Grund, wieso mein Team dich nicht in Stücke zerrissen hat, ist der, dass ich unbedingt erfahren möchte, was da zwischen euch läuft. Ich mag es nämlich nicht voreilige Schlüsse zu ziehen.<<

Jennifer blickte zuerst Ilkay in die Augen, der ihr mit seinen beruhigenden Blicken vermittelte, dass das schon in Ordnung wäre, woraufhin sie gleich darauf auf den Boden starrte.

Alya wollte, dass Ilkay weiter erzählt und forderte ihn dazu auf:

>>Bitte, erzähl doch weiter lieber Ilkay!<<

Und erneut machte Ilkay einen tiefen Atemzug und sprach weiter:

>>Nun ja, sie hatte mich davon überzeugt, dass sie sich gegen ihresgleichen verschworen hatte. Sie wollte nicht sterben und ist daher vor dem Komitee geflüchtet.<<

>>Und du hilfst ihr natürlich bei der Flucht?<<

Warf Alya ein, woraufhin Ilkay folgendes darauf antwortete:
>>*Sozusagen...Denn kurz vor ihrer Flucht, konnte Jennifer hö-
ren, wie zwei Männer, die im Auftrag des Komitee's arbeiteten,
gesagt haben sollen, dass ein gewisser Jack Knox, der oberste
Anführer der Reptiloiden, sich bald mit seinem Team auf den
Weg nach Oberösterreich macht, um das ganze Silber, das sich
in Traunstein befindet, an sich nimmt.*<<
Als Alya dies erfahren hatte, öffnete sie ihre Augen ganz weit
auf und die Verblüffung war ihr, in diesem Moment, in ihr
hübsches und junges Gesicht geschrieben. Denn Alya war eine
neunundzwanzig Jährige junge Dame, die ursprünglich aus der
Türkei stammte und seit ihrem vierten Lebensjahr in Wien gelebt hatte. Bis sie sich im zarten Alter von fünfzehn Jahren,
nach dem tragischen Tod ihrer Eltern, die ebenfalls Werwölfe
gewesen waren, in die Wälder zurückgezogen und beschlossen
hatte, ihr Leben dort weiterzuführen.
Alya's Eltern fielen einer sehr fiesen Falle von Vampiren zum
Opfer, sodass sie sich seither auf die Vampir-Jagd begeben hatte. Zwischendurch hatte sie es aber auch mit Reptiloiden zu
tun. Mit der Zeit hatten sich ihr weitere Wölfe angeschlossen
und bildeten gemeinsam ein Wolfsrudel zu dessen Anführerin
Alya geworden war. Das hatten damals die anderen Mitglieder
des Rudels so abgestimmt. Denn Alya hatte eine sehr starke
Persönlichkeit und wusste ganz genau was sie wollte und was
sie tat. Sie war immer eine sehr gute Jägerin und genauso eine
hervorragende Anführerin, die die anderen im Rudel stets respektierten und als ihr Vorbild sahen. Sie hatte sich, in all den
Jahren, ein breites Spektrum an Netzwerk aufgebaut, um sich
und ihr Team stets auf dem Neuesten zu halten und zu erfahren, was sich in der Welt so abspielte. Natürlich auch, wo die
nächsten Vampire sich aufhielten. So wurde sie auch auf die
fünf Vampire aufmerksam, die Ilkay und Jennifer angegriffen

hatten.

Umso erstaunter wurde sie, als sie die Aussagen von Ilkay gehört hatte. Denn sie hatte weder etwas von Jack Knox und oder seinem Besuch noch irgendetwas von dem Silber gehört, das sich laut Ilkay's Aussagen in Traunstein befinden soll.

Das waren vollkommen neue Informationen für sie. Wichtige Informationen, sofern sie auch tatsächlich der Wahrheit entsprachen.

Daher wollte Alya mehr darüber erfahren und richtete diesmal ihre Frage an Jennifer:

>>*Stimmt das, was dein Freund hier behauptet?*<<

Jennifer warf einen kurzen Blick zu Ilkay hinüber und beantwortete noch währenddessen Alya's Frage:

>>*Ja, es ist wahr...Jack Knox möchte das Silber in die USA transportieren um eine Waffe daraus herzustellen, die alle Werwölfe auf der gesamten Welt krank machen und mit der Zeit töten soll.*<<

Daraufhin wurde Alya ein wenig nachdenklich und es folgte ein kurzer Schweigemoment im Esszimmer.

Nach knapp einer Minute, unterbrach Ilkay die Stille und sagte:

>>*Hör zu Alya! Wir müssen uns wieder auf den Weg machen und meinen Vater suchen. Denn er ist, genau in diesem Moment, irgendwo in Oberösterreich und wir müssen ihn unbedingt finden und warnen. Er wird sich möglicherweise schon längst bei dem Berg befinden. Jennifer und ich müssen noch vor Jack Knox und seiner Eliteeinheit dort eintreffen. Wir sind für eure Gastfreundschaft und eure Hilfe sehr dankbar, aber wir müssen jetzt los!*<<

Seine Stimme klang sowohl besorgt als auch auffordernd.

Doch das schien Alya nicht allzu sehr zu kümmern, woraufhin sie aufstand und sagte:

>>*Wenn das wirklich stimmt was ihr da behauptet, dann befin-*

den wir uns alle in größter Gefahr. Das betrifft uns alle. Diese durchgeknallten Echsen dürfen mit ihrem Plan nicht einfach so davonkommen. Wir müssen sie aufhalten und die Sache beenden, noch bevor sie angefangen hat. Und das schaffen wir nur, wenn wir alle gemeinsam, Seite an Seite, gegen sie kämpfen.<<

Es folgte ein weiterer Moment des Schweigens, den Ilkay und Jennifer dafür nutzten, Alya's Worte zu verinnerlichen.

>>*Was willst du damit sagen?*<<

Wollte Ilkay anschließend wissen, woraufhin Alya, ohne ihn dabei anzusehen, folgendes antwortete:

>>*Wir ziehen in den Krieg!*<<

Der Krieg hatte bereits vor langer Zeit begonnen, aber die Schlacht sollte noch eine Weile auf sich warten lassen.

Während Jack Knox sein Eliteteam zusammenstellte, um seine Reise nach Österreich vorzubereiten, wollten die Wölfe die verbleibende Zeit nutzen, um sich ebenfalls auf die Ankunft ihrer Feinde vorzubereiten.

So hatte Alya ihre beiden Gäste mit in den Versammlungsraum gebeten, in der sie und ihr Rudel ihre Pläne schmiedeten und ihre Strategien durchgingen.

Hier wollte sie sich mit Ilkay und Jennifer in aller Ruhe über einiges unterhalten, sowie mit ihnen einen gemeinsamen Plan schmieden.

>>*Hör doch bitte zu Alya! Wir haben wirklich nur wenig Zeit. Wir sollten jetzt los.*<<

Ließ Ilkay sie erneut wissen, woraufhin Alya einfach nur sagte:

>>*Keine Panik! Ich verstehe dich, aber ich möchte nun, dass ihr zwei auch mich versteht. Denn, so wie ich das verstanden habe, haben wir noch ein wenig Zeit bis diese schleimigen Reptilien ankommen und diese Zeit sollten wir nutzen, um uns auf die bevorstehende Schlacht vorzubereiten. Denn auf keinen*

Fall dürfen wir zulassen, dass dieser Jack Knox und seine Leute an das Silber gelangen.<<

>>Das ist ja schön und gut, aber mein Vater...<<

Wollte Ilkay argumentieren, wurde jedoch von Alya unterbrochen:

>>Mach dir keine Sorgen, um dein Vater! Ich habe bereits zwei vom Rudel abgesandt damit sie dein Vater aufspüren und zu uns bringen.<<

Ilkay machte große Augen und war sprachlos, woraufhin Alya sagte:

>>Ja, gleich nachdem Frühstück, bevor wir hergekommen sind, habe ich Sergej und Tahir damit beauftragt.<<

Noch bevor Ilkay darauf antworten konnte, sprach sie noch weiter:

>>Sie gehören zu den besten Fährtenlesern im Rudel. Wenn jemand deinen Vater findet, dann diese zwei Männer.<<

Ilkay schien beeindruckt zu sein, machte sich aber dennoch Sorgen:

>>Und wie wollen sie das anstellen? Die wissen ja gar nicht, wer mein Vater ist.<<

Auch hier konnte ihn Alya verblüffen:

>>Anscheinend weißt du so einiges über unsere Spezies nicht. Wir Wölfe sondern immer einen bestimmten Geruch ab, der quasi unser Fingerabdruck ist, mit der wir uns untereinander identifizieren und erkennen können, wer ein Wolf ist und wer nicht. Und dein Vater wird ebenso seine Duftmarke verteilt haben, sodass meine Jungs ihn gleich aufspüren werden. Vertraue mir, sie finden deinen Vater.<<

Ilkay warf einen verblüfften Blick zu Jennifer und deutete damit an, wie beeindruckt er über diese Neuigkeit gewesen war. Und an dieser Stelle wollte Jennifer mehr über Alya und ihr Rudel erfahren und stellte somit ihre Frage:

>>*Wer seid ihr eigentlich überhaupt?*<<

Alya setzte ein schiefes Lächeln auf und sagte:

>>*Ich dachte schon, ihr würdet nie fragen.*<<

Sie ging an ihren Platz am Versammlungstisch und setzte sich hin. Mit ihrer rechten Hand deutete sie ihren beiden Gästen ebenfalls Platz zu nehmen, der sie umgehend nachgingen. Nachdem sie es sich alle gemütlich gemacht hatten, fing Alya mit der Beantwortung von Jennifer's Frage an:

>>*Ich werde mal von mir und meinem Team beginnen, bevor ich euch beiden eine kleine Geschichtsstunde vortrage und anschließen euch über unseren Plan aufklären.*

Also, ich komme ursprünglich aus Izmir. Als ich vier Jahre alt war, kamen meine Eltern und ich nach Wien. Geschwister habe ich keine. Als ich fünfzehn Jahre alt war, wurden meine Eltern in eine hinterhältige Falle von Vampiren gelockt und ermordet. Sie waren beide geborene Börükaner. Was das bedeutet, erkläre ich euch noch.

Jedenfalls, diese verfluchten Blutsauger hatten meinen Eltern, nachdem sie von ihnen gejagt wurden, um ihre eigenen Ärsche zu retten, ein „Friedensangebot" gemacht, auf das sich meine Eltern eingelassen haben. Um dieses Angebot zu besiegeln, boten die Vampire meinen Eltern Tee an. Denn meine Eltern tranken kein Alkohol. Der Tee war jedoch mit Silberpulver vergiftet worden, woraufhin sie auf der Stelle gestorben sind. Ich war damals mit auf der Jagd gewesen und auch mir wurde Tee angeboten. Doch als ich nach der Tasse gegriffen hatte, ließ ich sie unbeabsichtigt auf den Boden fallen, weil sie so heiß gewesen war. Als sie mir gerade eine neue Tasse Tee holen wollten, hatten meine Eltern bereits von ihrem getrunken und ich sah, dass ihnen davon schlecht wurde und sie zusammenbrachen. Da wusste ich, dass mit dem Tee etwas nicht stimmte. Die Vampire lachten vor Freude, weil ihr teuflischer Plan auf-

185

gegangen war und wollten sich hinterher auf mich stürzen, aber ich konnte noch rechtzeitig fliehen. Ich ging ganz weit von Zuhause weg, damit sie mich nicht finden konnten und landete irgendwann hier in der Gegend.

Ich schwor Rache und trainierte über viele Jahre. Bis ich stark genug war, um die Mörder meiner Eltern für ihre schreckliche Tat büßen zu lassen. Schließlich fand ich sie und wechselte sofort in den Berserker Modus als ich ihnen gegenüber stand. Ich metzelte sie einen nach dem anderen nieder und ließ keinen einzigen übrig.

Sie waren alle Mitglieder des Drachenordens. Von denen gibt es noch genug. Sowohl hier bei uns als auch auf der ganzen Welt.

Seitdem lebe ich hier in den Wäldern und mache hauptsächlich Jagd auf Vampire. Während meiner Jagd habe ich nach und nach weitere Verbündete kennengelernt, die sich allesamt dem Rudel hier angeschlossen haben. Einige von ihnen wie Tahir, der auf der Suche nach deinem Vater ist, sowie Maia, Haluk und ich sind mit den Wolfsgenen geboren worden und der zweite, der an Tahir's Seite nach deinem Vater sucht, Sergej, er stammt aus Russland übrigens, sowie Erkan, ein Bulgarischer Türke und Walter aus Wien wurden alle verwandelt. Wir Sieben leben hier abgeschieden und zurückgezogen von der Zivilisation, damit wir in aller Ruhe jagen können. Wir haben jedoch ein ganzes Netzwerk in Wien, sowie in anderen Ländern aufbauen können mit denen wir ständig in Kontakt bleiben. Neulich hörten wir auch von einem gewissen David Ecker, der angeblich eine Beobachtung gemacht haben soll, bei der eine großgewachsene Echse und ein Werwolf gekämpft haben sollen und wenn ich so darüber wieder nachdenke und mir eure Geschichte kenne, gehe ich mal stark davon aus, dass er von euch beiden gesprochen haben muss. Richtig?<<

Jennifer senkte ihren Kopf und blickte verlegen auf den Boden während Ilkay zustimmend nickte.

Alya lächelte dabei und sprach weiter:

>>*Alles klar... Dann wäre das ja geklärt.*<<

Sie stand von ihrem Stuhl auf und bevorzugte es im Stehen ihren Vortrag zu halten:

>>*Und nun, wie versprochen, eine kleine Geschichtsstunde... Der sogenannte Drachenorden, vielleicht habt ihr ja schon einmal von denen gehört, ist sozusagen die Vampir-Mafia, wenn ihr es so haben wollt. Sie sind sehr gut organisiert und sind überall vertreten. Das sind ganz fiese und gemeine Biester. Der Drachenorden entstand schon zu den Zeiten von Vlad III., besser bekannt als Vlad der Pfähler oder noch besser als Dracula. Sein Vater, damals noch kein Vampir, gehörte einem Drachenorden an, die ebenfalls nicht aus Vampiren bestand, sondern aus Menschen. Er war ein angesehener Ritter und bekam den Beinamen Dracul, bedeutet Sohn des Teufels, woraufhin auch Vlad III., nachdem er zum Ritter geschlagen worden war, einen ähnlichen Beinamen erhielt, nämlich Drăculea, der bedeutet wiederum Sohn des Drachen. Jedenfalls wurde Vlad III., einige Jahre nach dem Tod seines Vaters, von einem Vampir verwandelt und nannte sich seither Dracula. Er hatte alle Mitglieder des damaligen Drachenordens auch zu Vampiren und somit zu seiner eigenen Armee gemacht. Dracula starb zwar im Krieg gegen die Werwölfe, aber seine Anhängerschaft des Drachenordens hat sich bis heute aufrecht gehalten und wird zu seinen Ehren weitergeführt.*

Nur können sie ihre Freiheiten nicht mehr so ausleben wie früher. Seitdem sie sich auf ein Deal mit den Reptiloiden eingelassen haben, tanzen sie nur noch nach deren Pfeife. Aber nicht alle Vampire sind damit einverstanden, weshalb sie ihre eigenen kleinen Gruppen und Organisationen gründeten. Die

fünf von letzter Nacht waren solche.
Sergej hatte sie aufgespürt und verfolgt. Und so haben wir
auch euch zwei entdeckt.<<
Ilkay und Jennifer hörten ihr weiterhin aufmerksam zu und
fanden diese Informationen äußerst interessant.
Alya war noch lange nicht fertig. Also erzählte sie weiter:
>>Kommen wir nun zu dem Begriff, den ich vorhin erwähnt
hatte. Als Börükaner bezeichnen wir die, die mit den Wolfsge-
nen auf die Welt kommen. Es bedeutet so viel wie „vom Wolfs-
blut" oder „vom Blut des Wolfes". Börü ist ein Begriff, der bei
den Urtürken „Der kriegerische Wolf" bedeutete, aber auch
gewöhnliche Wölfe wurden so bezeichnet. Zudem wurden Ei-
genschaften wie mutig oder furchtlos sein damit assoziiert.
Und das Wort Kan ist das türkische Wort für Blut. Man gab
uns in all den Jahren viele Namen, wie zum Beispiel „Gök-
kurt" also Himmelswolf, Fenris oder eben Werwolf sowie auch
Lykaner. Doch wir lehnen diese Bezeichnung ab. Denn als Ly-
kaner werden Menschen bezeichnet, die sich zu jedem Voll-
mond in Werwölfe verwandeln. Und das ist eine falsche An-
nahme. Denn, wir können uns zu jeder Zeit, ob Tag oder
Nacht, mit oder ohne Vollmond verwandeln. Der Vollmond
macht uns lediglich nur doppelt so stark.
Unsere Spezies hatte sich schon von Anbeginn für das Gute
und für die Gerechtigkeit eingesetzt. Die Darstellungen, die ihr
also in den Filmen oder sonst wo über Werwölfe vermittelt be-
kommt. Dass sie böswillige Kreaturen sind und so weiter,
stimmt alles nicht. Dieses Gerücht haben wir den Reptiloiden
zu verdanken, die keine Gelegenheit auslassen uns schlecht
darzustellen. Sie vermitteln den Menschen immer ein schlech-
tes Bild von uns, damit sie uns fürchten und hassen.
Wir sind ihre größten Feinde und sind dadurch auch eine gro-
ße Bedrohung für sie. Sie hatten uns schon immer gefürchtet.

Deine Freundin wird das bestimmt bestätigen können.<< Richtete sie ihren letzten Satz an Ilkay, wodurch er und Jennifer sich gegenseitig verlegene Blicke zuwarfen.

Mit einem leichten Lächeln erzählte Alya weiter:

>> *Unser Dasein haben wir einer persischen Hexe zu verdanken, die Marchosias, ein Wolfsdämon, damit beauftragt hatte, den damaligen Urtürken diese Kräfte zu verleihen, damit wir gegen das Böse kämpfen können. Und unsere ersten Feinde waren, ihr werdet es bestimmt schon wissen, die lästigen Flattermonster. Auch bekannt als Vampire. Und obwohl, und auch das haben wir den Reptiloiden zu verdanken, jeder vom Fluch des Werwolfs spricht, ist diese Gabe für uns ein Segen. Die Reptiloiden wollen uns damit wieder nur ärgern. Wenn man es genau nimmt, ist es ihr Fluch. Denn sie werden uns einfach nicht los.*<<

An dieser Stelle konnte sich Alya ein Lachen nicht verkneifen. Ilkay und Jennifer sahen sie mit erhobenen Augenbrauen verblüfft an, weil sie damit gar nicht mehr aufhören konnte. Nachdem sie sich endlich wieder eingekriegt und ihre Tränen von den Augen abgewischt hatte, atmete sie einmal kräftig ein und erzählte weiter:

>>*Na ja, weiter im Klartext!...Nachdem die Reptiloiden irgendwann herausgefunden hatten, dass wir unsere spezielle Gabe einer Hexe zu verdanken hatten, leiteten sie umgehend die Ermordung aller Hexen ein und ließen sie, meist am Scheiterhaufen, verbrennen. Sie ließen die Hexen jagen und wollten sie komplett ausrotten, damit ja keiner von ihnen unserer Spezies erneut helfen konnte. Als Grund ihrer Verfolgung nannten sie natürlich nicht die Wahrheit, sondern warfen den Hexen schwarze Magie vor und stellten sie als die Bösen dar, die versuchen, die Menschheit zu vernichten. Sie verbreiteten das Gerücht, dass sie dem Teufel dienten und ihre Kräfte aus der Höl-*

le bezogen und so weiter. Doch viele Hexen von damals konnten *fliehen und lebten seither im Verborgenen und achteten da-*
rauf unentdeckt zu bleiben und nicht aufzufallen.<<
An dieser Stelle unterbrach Ilkay sie mit einer Frage:
>>*Wieso haben sich die Hexen nicht einfach zusammengetan*
und gegen die Reptiloiden gekämpft oder sie verflucht oder so
etwas in der Art?<<
Alya fand diese Frage sehr berechtigt und beantwortete sie
auch auf der Steelle:
>>*Das ist eine sehr gute Frage, aber so einfach ist das nicht.*
Die Hexen können kein Zauber oder Fluch auf andere legen,
um sich selbst damit zu schützen. Sie können es nur für andere
machen. Ihr Zauber wirkt auf sie selber nicht. Und einfach so
bekämpfen konnten sie all die Reptilien auch nicht, weil sie
nicht stark genug waren. Daher ergriffen die Überlebenden,
die noch irgendwie entkommen konnten, die Flucht.<<
Ilkay nickte leicht mit dem Kopf und presste dabei seine Lippen zusammen.
Alya erzählte weiter:
>>*Es müsste schon jemand kommen und von ihnen verlangen,*
dass sie die Reptiloiden oder wen auch immer mit einem Fluch
oder was auch immer belegen. Dann würde ihr Zauber eine
Wirkung zeigen, aber damals wusste das niemand und auch
heute ist es nicht so einfach, da sie, wie bereits erwähnt, zu-
rückgezogen und unauffällig leben. Leider können sich die
Hexen auch nicht gegenseitig damit helfen. Eine Hexe kann für
eine andere Hexe keine Zauber bewirken. Sie könnten sich le-
diglich damit gegenseitig bekämpfen.
Die Vampire waren seit Anbeginn ihrer Existenz bis hin über
viele Jahre schwach gegenüber der Sonne gewesen. Sie hatten
das Tageslicht vermieden. Denn die Sonne war tödlich für sie.
Daher jagten und trafen sie sich immer nur in der Nacht. Doch

als sie davon gehört hatten, dass die Hexen alle gejagt und ge-
tötet werden, suchten sie eine Hexenmeisterin auf und gaben
ihr das Versprechen, dass sie den Hexen helfen und ihre Fein-
de aufhalten würden. Sie sagten, dass sie das nur dann am bes-
ten machen konnten, wenn sie sich auch tagsüber, wie alle an-
deren Menschen auch, draußen bewegen könnten. So brachten
sie die Hexenmeisterin dazu, dass sie den Vampiren ihre
Schwäche gegenüber der Sonne nahm, woraufhin seit diesem
Tag an die Sonne keine Gefahr mehr für sie darstellte. Die
Hexenmeisterin hatte in ihrer Verzweiflung den Vampiren
vertraut und ihnen ihren Wunsch gewährt. Doch die Vampire
nutzten sie nur aus und hielten sich nicht an ihr Versprechen.
So wie sie bekommen hatten was sie wollten, brachten sie die
Hexenmeisterin um. Und weil sie nun auch am Tag auf
Beutezug gehen konnten, gab es viel mehr Todesfälle. Zudem
vermehrten sie sich rasant schnell. Das wiederum gefiel den
Reptiloiden nicht, weil dadurch für sie eine weitere Gefahr
drohte, weswegen sie ein Deal mit den Vampiren aushandelten
und ihnen vorschlugen mit vereinten Kräften den gemeinsamen
Feind, nämlich uns Wölfe, zu jagen und zu vernichten. Aus ir-
gendeinem Grund hatten sich die Vampire darauf eingelassen
und mussten sich den Reptiloiden anpassen. Bis auf einige, die
gegen diese Abmachung gewesen waren und alleine oder in
kleineren Gruppen ihr Ding durchzogen.<<
An dieser Stelle sagte Jennifer:
>>Das heißt also, wenn wir eine Hexe finden würden, könnten
wir sie darum bitten uns zu helfen?<<
Alya nickte und sagte:
>>Ja, so würde es gehen, aber finde mal eine Hexe.<<
Jennifer versank kurzfristig in Gedanken.
Alya seufzte leicht und erzählte weiter:
>>Wenn wir wieder zu den Filmen und all diesem Zeug zu-

rückkommen möchten. Wie ich bereits erwähnt hatte, taten die Reptiloiden, und sie tun es immer noch, alles, um uns schlecht aussehen zu lassen. Die Hexen hatten sie zwar damit verjagen oder sogar töten können, aber uns haben sie bis heute nicht aufhalten können.

Genau so, wie sie uns in den Filmen darstellen, zeigen sie ihre Spezies ebenso in Filmen, Zeichentrickfilmen, Animationen, in Videospielen und so weiter. Manchmal gehören sie zu den Guten und manchmal zu den Bösen. In der Serie „Teen Wolf" kämpft sogar ein Reptiloid namens Kanima mit einem Werwolf. Oder auch in dem Film „Jupiter Ascending" kommen Ex-Militärjäger, die eine Kreuzung aus Mensch und Wolf sind und ebenso auch Drachenartige Kreaturen, die als die Sargorn dargestellt wurden.

Ihr seht also, dass sie unser beider Spezies oft in Filmen gegeneinander antreten lassen.

Bei einigen der fiktiven Comicbuch Charaktere, die auch in Filmen vorkommen, haben sie sich selbst als Inspiration dafür genommen. Da wäre zum Beispiel Mystique aus der „X-Men" Reihe. Die Skrulls vom selben Verlag sowie auch Die Echse aus „Spiderman". Die D'Bari aus „X-Men: Dark Phoenix" ebenso.

Der Schurke Killer Croc, der als Gegenspieler von Batman hin und wieder auftaucht. Er ist übrigens auch in dem Film „Suicide Squad" zu sehen, falls ihr den Film noch nicht kennen solltet. Der Alligator Leatherhead, der bei den „Teenage Mutant Ninja Turtles" vorkommt oder der Charakter Namens Reptile aus dem Videospiel „Mortal Kombat". Aber auch in Filmen wie „Das schwarze Reptil" aus dem Jahr 1966 und „Species" haben sie sich verewigt. Auch in „Star Trek" und „Star Wars" kommen außerirdische Echsenrassen vor. Selbst in dem Kurzfilm „Toy Story That Time Forgot" kommen so-

genannte Battlesaurs vor von denen einer Reptillus Maximus
heißt. Die Serie „Akte X" hat sie sich auch vorgenommen.
Es gibt noch zahlreiche andere Beispiele, aber ich möchte
euch jetzt nicht alle aufzählen.<<
Ilkay und Jennifer waren immer noch sehr verblüfft über all
das Wissen, das Alya sich angeeignet hatte, woraufhin Ilkay
seine nächste Frage stellte:
>>Woher weißt du das alles bloß?<<
Und erneut setzte Alya ein schiefes Lächeln auf und nahm ihm
seine Neugierde ab:
>>Ich hatte sehr viel Zeit, die ich dafür nutzte, um mehr über
uns, aber auch über unsere Feinde zu studieren. Ich lernte un-
sere Geschichte, unsere Herkunft und recherchierte über alles,
was dazu gehörte.<<
Ilkay war sehr beeindruckt von Alya gewesen. Jennifer bekam
mit, mit welch einer Bewunderung er Alya betrachtete, hielt
sich jedoch vorerst zurück und nickte lächelnd.
Danach ging Alya zu einem der Holzschränke, die an die Wand
montiert gewesen war und holte eine dicke Mappe heraus, die
sie auf den Tisch legte und aufklappte. Ilkay und Jennifer waren neugierig und kamen der Mappe etwas näher zu, um einen
besseren Blick hineinwerfen zu können.
Darin befanden sich sowohl ältere als auch aktuellere Fotos
von bekannten Persönlichkeiten.
>>In dieser Mappe...<<
Sagte Alya und sprach weiter:
>>...habe ich so einiges gesammelt, die einige prominente Per-
sonen betreffen.
Meinen Recherchen und sicheren Quellen zufolge, handelt es
sich bei diesen Individuen nicht um richtige Menschen.<<
Ilkay stieß ein *>>Whoaa!<<* aus und starrte mit weit aufgerissenen Augen Alya an, während Jennifer ganz und gar nicht

davon verblüfft gewesen war. Denn sie kannte das alles bereits und wusste, was als nächstes kommen würde.

Alya erzählte weiter, während sie dabei mit ihrem rechten Zeigefinger auf die einzelnen Fotos drauf zeigte:

>>Das erste Bild hier, wie ihr vielleicht schon erraten habt, sieht dem King of Pop Michael Jackson verblüffend ähnlich, nicht wahr?<<

Dies war eine rhetorische Frage, denn gleich darauf beantwortete Alya sie selbst:

>>Dabei handelt es sich um eine dreitausend Jahre alte Kalkstein-Büste einer unbekannten Frau aus dem alten Ägypten. Bis heute weiß man nicht, wie sie hieß oder wie sie so lebte. Meinen Recherchen zufolge, habe ich folgendes über sie herausgefunden. Sie war in der Tat mit Michael Jackson verwandt. Sie gehört zu einem seiner Vorfahren und wurde von Anubis, dem Totengott, aufgrund ihrer Treue ihm gegenüber respektiert. Sie soll eine sehr ehrliche und eine äußerst nette Frau gewesen sein, weswegen Anubis, nachdem sie gestorben war, sehr um sie getrauert haben soll. Und weil er sie so sehr schätzte und einen so wundervollen Menschen der Welt nicht vorenthalten wollte, soll er ihre Seele mit einem Zauber belegt haben, der sie, sobald sich ein menschlicher Körper von ihrem Blut, als würdig erweisen sollte ihre Seele in sich aufzubewahren, in dieser Person wiederbeleben sollte.<<

Jennifer unterbrach sie und sagte:

>>Und diese Person war Michael Jackson.<<

Alya starrte zu ihr hinüber und sagte:

>>Exakt!<<

Gleich darauf erzählte sie weiter:

>>Das war auch der Grund, wieso er mit der Zeit optisch so ausgesehen hatte, wie seine Vorfahrin.<<

Ilkay und Jennifer nickten verblüfft, während Alya auf das Bild daneben zeigte und weiter erzählte:

>>*Hier haben wir ein Bild aus dem Jahr 1650, das den jungen holländischen Maler Barent Fabritius im Selbstportrait zeigt. Er sieht doch genau so aus wie Michael Jackson in seinen jungen Jahren, oder?*<<

Eine weitere rhetorische Frage, die sie selbst beantwortete:

>>*Das liegt daran, dass dieser junger Mann Michael Jackson selbst ist...Ganz recht, Michael Jackson weilte bereits seit vielen Jahrhunderten auf dieser Welt, weil er ein verwandelter Werwolf gewesen war.*<<

Diese überraschende und unerwartete Information traf Ilkay und Jennifer wie ein Blitzschlag, der sie auf der Stelle in Schockstarre versetzte.

Alya ignorierte ihre erwarteten Reaktionen und erzählte weiter:

>>*Damit dieses Geheimnis nicht auffliegt, behauptete man, dass auf dem Bild der Maler, der Michael Jackson ähnlich sieht, selbst zusehen ist. Dabei hatte Barent Fabritius den späteren King of Pop gemalt.*

Und das ist noch nicht alles. Da Michael Jackson ein Werwolf gewesen war, hatte er als Gag, nur um sich selbst zu amüsieren, in seinem Musikvideo zu „Thriller" ein Werwolf dargestellt.<<

Alya lächelte, während Ilkay und Jennifer sie immer noch verblüfft anstarrten. Und ihre Verblüffungen sollten noch länger anhalten, denn Alya hatte noch viel zu erzählen:

>>*All die vielen Jahre, wusste niemand, dass er ein echter Werwolf und somit ein verhasster Feind der Reptiloiden gewesen war, die bereits die ganze Welt, hinter dem Vorhang, kontrollierten. Sobald sie davon erfahren hatten, fingen sie an Michael Jackson mit dem Tode zu drohen. Und als Michael Jackson damit an die Öffentlichkeit ging und der Welt mitteilte, dass man vorhätte ihn umzubringen und sie alle entlarven*

wollte, wurde es sehr bedrohlich für sie, woraufhin die Rep-
tiloiden mittels einer Giftspritze, die mit Silber befüllt war,
Michael Jackson umbringen haben lassen.<<
>>Wieso hatte er nicht die anderen Wölfe um Hilfe gebeten?<<
Wollte Ilkay wissen.
>>Weil er einfach zu stolz war. Er wollte niemanden in seine
Probleme miteinbeziehen und konnte sie immer selbst lösen.
Doch leider, war er diesmal alleine nicht stark genug gewe-
sen.<<
Ilkay verfiel in Gedanken.
Alya machte mit den nächsten Bildern weiter und offenbarte
Ilkay und Jennifer weiterhin die wahren Identitäten einiger
berühmter Persönlichkeiten:
>>Hier haben wir den ehemaligen Präsidenten der USA, John
F. Kennedy. Er war auch ein verwandelter Werwolf. Genauso
auch der Präsident vor ihm, Abraham Lincoln. Lincoln war zu-
dem, genau wie wir hier, hauptsächlich ein Vampirjäger. Beide
wurden mit der Hilfe von den Reptiloiden getötet.
Hier sehen wir den österreichischen Musiker Johann Hölzel,
besser bekannt als Falco.<<
An dieser Stelle unterbrach Ilkay Alya mit Verwunderung:
>>Was?...Falco auch?<<
Mit einem Lächeln antwortete Alya:
>>Falco war ein ganz gewöhnlicher Mensch. Also kein Wer-
wolf, Vampir, Reptiloid oder sonst irgendetwas. Aber er war
ein ganz spezieller Mensch. Denn Falco war ein hochtrainier-
ter Vampirjäger. Tagsüber machte er Musik und Nachts ging
er auf Fledermausjagd. Doch Falco jagte nicht nur irgend-
welche Vampire, sondern er jagte die ganz großen. Wie zum
Beispiel die Mitglieder des Drachenordens. Er war sehr ge-
fürchtet. Er machte den Vampiren wortwörtlich Feuer unter
ihre Ärsche. Als er eines Tages die Spuren der großen Bosse

des Drachenordens bis in die Dominikanische Republik zurückverfolgt hatte, machte er sich umgehend auf den Weg dorthin. Jedoch hatte er sich selbst überschätzt und wurde nach einem wilden Gefecht, als er gerade mit seinem Fahrzeug auf der Flucht war, vom Drachenorden in einen tödlichen Verkehrsunfall verwickelt.

Hier haben wir ein Bild von einem angeblichen französischen Schauspieler namens Paul Mounet, der von 1847 bis 1922 gelebt haben soll. In Wahrheit jedoch ist hier auf dem Bild kein geringerer zu sehen als Keanu Reeves. Denn Keanu Reeves ist ein Vampir. Er hatte sogar in Bram Stoker's „Dracula" aus 1992 mitgespielt.

Hier seht ihr Nicolas Cage, der ein Reptiloide ist. Dieses Bild von ihm entstand während des amerikanischen Bürgerkrieges im Jahre 1870.

Genauso auch die die angebliche Klimaaktivistin Greta Thunberg. Hier seht ihr ein Bild aus dem Jahr 1898 von ihr selbst. Bis heute hat sie ihr Aussehen beibehalten.

Dann haben wir hier Eddie Murphy, der ebenso ein Vampir ist. Das ist ein Bild von ihm aus 1890. Auch er verkörperte ein Vampir in dem Film „Vampire in Brooklyn". Ich schätze Michael Jackson wusste bis zu seinem Tod nicht, dass er mit einem Vampir gemeinsam Musik gemacht hatte.

Wie auch immer.

Hier haben wir gleich verschiedene Fotos aus verschieden Jahren, die alle einen recht gut erhaltenen Wladimir Putin zeigen. Hier haben wir 1920, hier 1941 und hier ein aktuelles Foto aus diesem Jahr. Denn der russische Präsident ist ebenfalls ein Vampir.

Hier seht ihr den Rapper Jay-Z aus dem Jahre 1939. Auch er ist ein Reptiloide, der seit Jahren unter uns lebt.

Seine Frau Beyoncé genauso.

Hier ist ein weiterer Reptiloide. Der Schauspieler Bruce Willis.
Hier seht ihr ihn als General im Zweiten Weltkrieg.
Weiter hier haben wir den Schauspieler Peter Dinklage. Ein
Vampir. Auf dem Foto hier wurde er als spanischer Höfling
aus dem siebzehnten Jahrhundert verewigt.
Das hier ist der Schauspieler Orlando Bloom, den man der
Welt als den rumänischen Maler Nicolae Grigorescu verkaufen
wollte. Er ist ein Vampir.
Gleich daneben seht ihr den Frauenscharm Justin Timberlake
irgendwann im Jahre 1800. Ein Polizeifoto. Ich bezweifle je-
doch, dass er wegen Blutsaugerei verhaftet worden war. Denn
er ist ein Vampir.
Hier ist Sylvester Stallone als Papst Gregory IX zu sehen. Ein
Reptiloide.
Hier haben wir Mark Zuckerberg. Obwohl ich noch so intensiv
geforscht habe, weiß ich bis heute nicht, was genau er ist. Ob
nun ein Vampir oder doch ein Reptiloid. Ich weiß es nicht.
Einer meiner Quellen, die mir bei meinen Recherchen behilf-
lich ist, ist der Meinung, dass er ein von den Reptiloiden her-
gestellter Android sein könnte, der mit dem ausspionieren der
Menschen programmiert worden ist.
Na ja, vielleicht erfahren wir das ja noch rechtzeitig.
Und zu guter Letzt, haben wir hier die Schauspielerin Jennifer
Lawrence als eine angeblich ägyptische Schauspielerin na-
mens Zubaida Tharwat. Auch sie ist eine Reptiloide. Die Rolle
für Mystique in den X-Men Filmen hat sie nicht umsonst be-
kommen.<<

Alya klappte die Mappe mit den Fotos zu und verstaute sie
wieder zurück in den Schrank aus der sie sie geholt hatte.

>>Es gibt noch genug solche Beispiele, aber ich möchte euch
damit jetzt nicht länger aufhalten. Sonst verweilen wir noch
ewig in diesem Raum.<<

Machte Alya ihren beiden Gästen klar und sagte im Anschluss:
>>*Ich würde vorschlagen, wir gehen nun zu unserem Plan
über und überlegen uns eine Strategie, wie wir Jack Knox und
seine Leute aufhalten können.*<<
Ilkay und Jennifer waren mit diesem Vorschlag einverstanden
und waren nun gespannt darauf zu hören, an was genau Alya,
die Alphawölfin, gedacht hat.
Währenddessen versuchten sie gleichzeitig all die Informationen, die sie gerade eben aufgesogen haben, zu verarbeiten.
Es war erstaunlich was sich hinter den Kulissen eigentlich abspielte. Für Ilkay war das unbegreiflich und auch teilweise beängstigend. Für Jennifer jedoch, waren die Neuigkeiten nicht
so beängstigend. Über die meisten Information verfügte sie bereits schon und die neuen hatten sie nicht besonders in Erstau-
nen versetzt. Denn sie würde dem Komitee und ihrer Anhän-
gerschaft alles zutrauen.
Sie versuchte nicht länger darüber nachzudenken und versuchte
sich auf den Plan von Alya zu konzentrieren. Sie hatte es zwar
bisher nicht ausgesprochen, aber sie war dankbar für Alya, dass
sie sie einfach so aufgenommen hatte. Sie wusste jedoch auch,
dass sie das genauso Ilkay zu verdanken hatte. Denn ohne ihn
an ihrer Seite, wäre sie wahrscheinlich schon längst nicht mehr
am Leben gewesen.
Daher hatte sie ab diesem Zeitpunkt an beschlossen, ihr best
möglichstes zu tun, um ihren neuen „Freunden" zu helfen. Und
zwar so gut wie sie es auch nur tun konnte.
Die Mittagszeit war bereits angebrochen als Alya den Rest ihres Rudels in den Raum gebeten hatte.
Jeder sollte dabei sein, jeder sollte mit anpacken und jeder sollte hilfreiche Ideen vorschlagen. Denn so gehörte es sich in einem Rudel. So arbeitete ein richtiges Team zusammen.
So arbeiteten Wölfe.

Und hier schreibe ich es erneut nieder.
Denn heute Nacht kommen die Wölfe wieder.
Heute Nacht zerreißen sie das Fleisch.
Heute Nacht, … Ja, heute Nacht
genieße ich das Gekreisch.

Akif Turan

KAPITEL 10

DIE ANKUNFT

Inzwischen war bereits eine ganze Woche vergangen, seit Ilkay und Jennifer sich auf den Weg nach Oberösterreich gemacht hatten und auf ihrer Reise von Alya und ihrem Wolfsrudel in deren Einrichtung gebracht wurden.

Mittlerweile hatten sie sich schon eingelebt und durften sich, ausnahmsweise auch Jennifer, als neue Mitglieder des Rudels dazu zählen.

Keiner der restlichen Mitglieder, obwohl sie zunächst bezüglich Jennifer ein wenig misstrauisch gewesen waren, hatte etwas dagegen.

Jennifer war einfach nur dankbar dafür, dass sie sie nicht ausgestoßen und ihre neue Einstellung akzeptiert hatten. Sie war dankbar dafür, dass Alya ihr diese Chance gewährt hatte und war auch sehr verwundert darüber, dass Mitglieder ihrer eigenen Spezies ihren Tod wollten während ihre natürlichen Feinde sie als einer von ihnen akzeptierten. Diese Erkenntnis war für sie der eindeutige Beweis dafür, dass die Welt voller Überraschungen steckte, bei der selbst zwei Feinde zu Verbündeten werden konnten, wenn sie sich nur gegenseitig die Chance auf einen Neuanfang zuerkannten. So verschwand ganz schnell das negative Bild aus ihrem Kopf, das sie all die Jahre über die Wölfe erfahren hatte. Denn ihre Gebieter hatten sich nur negativ und immerzu schlecht über die Wölfe geäußert und verbreiteten durch ihre Lügen über sie sehr viel Hass in ihren eigenen Reihen. Doch Jennifer wusste es nun besser und war froh darüber sich unter ihnen aufhalten zu dürfen. Als Alya sie in ihr Rudel aufgenommen hatte, hatte sie zu ihr gesagt, dass der Feind ihres Feindes ihr Freund sei. So gaben sie sich gegenseitig das Versprechen, dass sie im Rudel stets aufeinander aufpassen werden und, dass Jennifer Seite an Seite mit ihnen gegen die Reptiloiden in den Krieg ziehen würde.

Auch Mete Duman, der Vater von Ilkay war nach nur drei Tagen unversehrt von Sergej und Tahir aufgespürt und in die Einrichtung gebracht worden bei der Vater und Sohn endlich wieder vereint sein konnten. Ilkay hatte sich sehr über das langersehnte Wiedersehen mit seinem Vater gefreut und war sehr erleichtert darüber gewesen. Mete hingegen war über die Tatsache, dass Jennifer die ganze Zeit über eine Reptiloide war, zunächst erschüttert, hatte sich jedoch mit dieser schrecklichen Wahrheit angefreundet und war damit im Reinen gewesen nachdem er sich ihre Geschichte angehört hatte.

Die Todesnachricht von David Ecker hatte sie alle erst vor wenigen Stunden erreicht. Sowohl Ilkay als auch Jennifer gaben sich dafür die Schuld, weil sie in jener Nacht viel zu unvorsichtig gewesen waren. Beide waren der Meinung gewesen, dass sie hätten viel besser aufpassen müssen. In dem Fall würde David Ecker noch am Leben sein. Denn dem gesamten Rudel war klar, dass die Reptiloiden hinter dem plötzlichen Tod von David Ecker stecken würden. So machten sie das schon immer. Die Wölfe wussten das und auch Jennifer war diese Vorgehensweise, selbstverständlich, bekannt gewesen. Doch sowohl Mete als auch Alya versuchten ihnen ihr schlechtes Gewissen zu nehmen, in dem sie ihnen klar machten, dass das nicht ihre Schuld gewesen war. Auch der Rest des Rudels war dieser Meinung gewesen. Sie versuchten ihre zwei neuen Freunde zu trösten.

Mete versuchte sie davon abzulenken und sprach den bevorstehenden Krieg an und erinnerte jeden Einzelnen daran, dass sie sich darauf konzentrieren sollten. Denn Jack Knox und sein Team könnten jeden Moment eintreffen.

Sie befanden sich alle erneut im Versammlungsraum während Mete erneut den Plan mit ihnen durchging:

>>*Gut, also! Wie ich euch bereits vor wenigen Tagen erzählt hatte, habe ich die Silbermiene, die sich unterhalb von Traunstein befindet, gefunden. Doch es war mir nicht möglich, mich ganz in ihre Nähe zu begeben, da ich das sonst nicht überleben würde. Ich hatte in den letzten Monaten darüber gegrübelt, wie ich das Silber von dort entfernen könnte und bin zu der Erkenntnis gelangt, dass das nahezu unmöglich ist. Nicht nur, weil das Silber für mich tödlich ist, sondern auch, weil die Menge viel zu viel ist, sodass man Monate oder sogar Jahre dafür benötigen würde. Ich hatte viel Zeit über vieles nachzudenken und auch die Umgebung zu erkunden, um nach alternativen Lösungen zu suchen. Doch auch hier habe ich bedauerlicherweise nichts hilfreiches entdecken können. Mir fielen lediglich nur zwei Lösungen ein.*

Die erste ist, dass ein ganzes Team, so wie wir es sind, mit einer dafür vorgesehener Schutzausrüstung, das Silber entfernen. Doch das würde nicht so einfach werden, da wir das unmöglich machen könnten ohne aufzufallen. Wir würden die Genehmigung von den Behörden dafür benötigen, die sie uns selbstverständlich nicht geben würden. Denn sobald sie davon erfahren, würden sie das gesamte Silber beschlagnahmen. Im Grunde ist das ja auch kein Problem, wenn die Regierung nicht von den Reptiloiden kontrolliert werden würde. Im Klartext, wir würden unseren Feinden die Waffe, die uns vernichtet, direkt in ihre Hände zuspielen. Ihnen das Geschenk ihres Lebens machen.

Die zweite Lösung wäre, und da kommt euer ursprünglicher Plan, ins Spiel. Wir führen Krieg und verteidigen das Silber, indem wir den Reptiloiden zuvorkommen und sie daran verhindern, dass sie das gesamte Silber an sich nehmen. Das wäre

im Moment das beste, das wir tun können. Die Ironie davon ist nur, dass einige von uns dabei sterben werden, während wir versuchen die Waffe zu verteidigen, die tödlich für uns ist. Doch dieses Risiko müssen wir wohl oder übel auf uns nehmen. Damit wir alle anderen beschützen können. Damit wir unsere Kinder und Familien beschützen können. Wir müssen das riskieren und uns opfern, damit wir unseren Nachkommen eine sichere Welt hinterlassen können. Mir ist klar, dass dieser Krieg für einige von uns der letzte Krieg sein wird. Die letzte Schlacht in der sie ein letztes Mal für das Gute kämpfen werden. Denn Tatsache ist, dass die Feinde im Anmarsch sind. Tatsache ist, dass sie kommen werden, um das zu holen, was nicht ihres ist. Und es ist genauso eine Tatsache, dass wir das verhindern werden. Und es ist eine Tatsache, dass das nicht funktionieren wird, ohne, dass dabei Blut fließt. Denn mit diesen Ungeheuern kann man nicht verhandeln. Man kann sie nicht überreden. Diese Ungeheuer kann man nur aufhalten, wenn man sie bekämpft. Und genau das, meine Freunde, werden wir auch tun. Wir werden die Feinde bekämpfen und wir werden sie aufhalten. Wir kämpfen bis zum letzten Wolf!<<
Nach seiner motivierenden Ansprache fing das gesamte Rudel im Raum, bis auf Jennifer, laut zu heulen an. Das Geheule erklang in ihren Ohren wie eine Melodie. Und auch wenn sie es mit den anderen nicht teilte, gab ihr das wilde Geheule Mut und beruhigte gleichzeitig ihre Seele.

Denn von ihrer Spezies kannte sie das nicht. Zumindest nicht in dieser Form. Die Reptiloiden ächzten immer auf eine ohrenbetäubende Art und Weise. Abgesehen davon akzeptierten sie nicht jeden in ihrer Gruppe. Ganz besonders die weiblichen wurden nie wirklich beachtet. Sie wurden meist sehr respektlos behandelt. Ihre Meinungen waren nie gefragt und sie sollten immer nur Befehle befolgen und sie ordnungsgemäß ausführen.

Die weiblichen Reptiloiden hatten kaum Rechte. Das wusste Jennifer ganz genau. Denn sie hatte das immer wieder zu spüren bekommen. Und weil die Reptiloiden die Welt hinter den Kulissen kontrollierten, hatten sie auch dafür gesorgt, dass ihre Politik bezüglich den Frauenrechten auch auf die Menschen übertragen werden, wodurch auch die Männer stets dafür gesorgt hatten, dass sie an erster und die Frauen an letzter Stelle kommen. Die Männer sollten immer das Sagen haben. Die Männer sollten immer über die Frauen bestimmen. Die Männer sollten immer arbeiten und die Frauen zuhause aufräumen. Die Männer sollten immer das Geld verdienen. Wenn die Frauen mal Geld verdienen sollten, dann sollten sie für den selben Job und für die selben geleisteten Stunden weniger bekommen als ihre männlichen Kollegen.

Die Frauen waren und sind immer noch für die Reptiloiden stets zweitrangig gewesen. Für sie waren sowohl ihre Weibchen als auch die menschlichen Frauen nur für die Paarung wichtig gewesen. Nur dafür wurden sie von ihnen geduldet. So werden tagtäglich auch unter den Menschen die Frauen meistens unterdrückt, respektlos behandelt und ihrer Freiheiten von ihren gebieterischen Männern beraubt. In manchen Fällen sogar, werden die Frauen von ihren eigenen Söhnen und Brüdern kommandiert und schlecht behandelt. Selbst die Chance auf eine Schulausbildung oder das Erlernen eines Berufes sollte den Frauen verwehrt bleiben. Auch in der Politik hätten sie nichts verloren. Die Frauen sollten immer das Gefühl haben, dass sie auf die Hilfe der Männer angewiesen wären. Und immer muss das männliche Geschlecht, ganz egal, ob bei den Reptiloiden oder bei den Menschen, an erster Stelle stehen und von den Frauen gut versorgt werden. Immer beziehungsweise in den meisten Fällen geht es um das Wohlergehen des Mannes während die meisten Frauen nicht einmal ein Achtel der Rechte

haben dürfen, die das männliche Geschlecht sich selbst zuge-
schrieben hat.

Doch Jennifer stellte schon nach kurzer Zeit fest, dass das bei
den Wölfen ganz anders war. Sie respektierten nicht nur ihre
Frauen, sondern auch alle anderen. Sie schlossen niemanden
aus ihren Gruppen aus, sondern waren für ihre Hilfe und ihr
Engagement stets dankbar gewesen. Die Meinungen ihrer
Frauen waren immer gefragt und wurden auch immer respektiert.

Bei den Wölfen herrschte stets eine familiäre Nähe zueinander.
Sie passten aufeinander auf und sie arbeiteten immer als ein
Team.

Jennifer war froh darüber, dass sie bei ihnen sein durfte und
fühlte sich so sicher, wie sie sich noch nie zuvor gefühlt hatte.
Zum ersten Mal in ihrem Leben hatte sie das Gefühl, dass sie
irgendwo dazu gehören würde. Zum ersten Mal in ihrem Leben
fühlte sie sich sicher. Und das ausgerechnet bei denjenigen, die
sie ihr ganzes Leben lang als Feinde gekannt hatte während sie
von denjenigen, die zu ihrer eigenen Spezies gehörten, des Öf-
teren schlecht behandelt wurde.

Da er sich seit bereits einer ganzen Woche weder selber gemeldet hatte noch auf sonstigem Weg erreichbar gewesen war, war
der Arbeitgeber von Andreas gezwungen ihn zu entlassen.

Denn er war die ganze Zeit über unerlaubt abwesend gewesen,
weswegen der Kündigungsantrag bereits in seinem Briefkasten
auf ihn wartete.

Und es schien so, als würde der Brief noch eine Weile darin
liegen müssen. Denn es sah mehr als nur schlecht für Andreas
aus.

Immer noch saß er in dem dunklen und kalten Verlies an dem
Stuhl angekettet und war von seiner Schädeldecke bis hin zu

seinen Zehen mit blau-schwarzen Flecken sowie Schwellungen und sonstigen Prellungen nicht mehr wiederzuerkennen gewesen. Ganz zu schweigen von drei gebrochenen Rippen und ein paar ausgeschlagenen Zähnen.

Offenbar konnten die beiden Männer, die ihn entführt hatten, um den Aufenthaltsort von Jennifer herauszufinden, doch nicht warten bis Jack Knox eingetroffen war, weswegen sie ein paar mal mehr ihr Glück selbst versucht hatten.

Das Ergebnis war bei jedem Mal dasselbe. Andreas bestand nach wie vor darauf nichts zu wissen. Und, obwohl er immer und immer wieder, in letzter Zeit auch unter Tränen und Rotz, versuchte sie davon zu überzeugen, schien das jedes Mal an den beiden Männern abzuprallen.

Sie waren auch bereits in seiner Wohnung, um sie zu durchsuchen und auch um nachzusehen, ob sich Jennifer vielleicht dort aufhalten könnte, aber auch nachdem sie die komplette Wohnung auseinander genommen und alles auf den Kopf gestellt hatten, hatten sie weder Jennifer gefunden noch irgendeine Spur, die sie zu ihr hätte führen können.

Jennifer Leone war verschwunden und niemand wusste wohin.

Bereits in wenigen Stunden sollte Jack Knox gemeinsam mit seinem Eliteteam auch schon eintreffen und versuchen Andreas zum Reden zu bringen, bevor er sich weiter auf den Weg nach Oberösterreich machen konnte, um der eigentlichen Arbeit nachzugehen, weswegen er überhaupt den ganzen weiten Weg angetreten war. Und bis dahin durfte Andreas weiterhin in seinen eigenen Fäkalien und der uringetränkten Hose auf den großen Boss warten.

Der sonst immer frisch rasierter Andreas hatte bereits einen deutlichen Bartschatten in seinem mit Blut verschmiertem Gesicht und war ganz schön abgemagert sowie dehydriert gewesen. Auch seine völlig zerzausten Haare waren teilweise vom mittlerweile vertrocknetem und zur Kruste gewordenem Blut aneinander verklebt.

Durch seine Schmerzen, die zumeist von seinen gebrochenen Rippen stammten, tat er sich beim Atmen sehr schwer.

Sprechen konnte er auch schon nicht mehr verständlich. Er konnte gerade noch seine vertrockneten und aufgeplatzten Lippen bewegen, sodass er nur unverständliche Worte vor sich hin murmelte. Es war längst kein Nuscheln mehr gewesen, sondern hörte sich so an, als hätte er eine Zungenlähmung beziehungsweise eine geschwollene Zunge. Höchstwahrscheinlich war das auch bereits der Fall gewesen. Denn es gab nichts, was an seinem vollkommen zerbrochenem Körper noch irgendwie so funktionierte wie es funktionieren sollte.

Selbst seine Gedanken waren zerbrochen gewesen.

Vernünftiges Denken war schon länger nicht mehr möglich.

Er war bloß nur noch eine Hülle ohne Inhalt, auf dem besten Weg ein Pflegefall zu werden.

Ein Pflegefall, für den, allem Anschein nach, jegliche Art von Betreuungen nicht gewährleistet werden sollten.

Der Nachmittag nahte sich bereits dem Ende zu als Alya, Mete, Ilkay, Jennifer und der Rest vom Wolfsrudel sich in ihren Fahrzeugen bereits auf dem Weg nach Oberösterreich gemacht hatten.

Noch am selben Abend sollten sie ihr Ziel, den Berg Traunstein erreichen, sich dort in ihre abgesprochenen Position begeben und auf die Ankunft vom nichts ahnendem Jack Knox warten.

Alya hatte bereits eine Nachricht an alle verfügbaren Wölfe ausgesendet, in der sie jeden einzelnen von ihnen darum gebeten hatte, sich ihnen anzuschließen und gemeinsam gegen den Feind zu kämpfen. Je mehr von ihnen mitmachten, umso mehr würde sich ihre Chance auf ein Sieg erhöhen.

Sie war selbst davon überrascht gewesen, wieviele sich in nur so einer kurzen Zeit dazu bereit erklärt hatten.

Das erfüllte sie mit Stolz und bewies ihr ein weiteres Mal, dass die Wölfe stets zueinander hielten. Es war immer ein Miteinander gewesen. Einer für alle - alle für Einen. So kannte sie es und so sollte es auch immer sein.

Die Freiwilligen, es waren Vierzig an der Zahl, würden direkt vor Ort auf sie warten beziehungsweise sie dort antreffen.

Jeder einzelne von ihnen war bereit auf den großen Krieg gewesen. Sie ließen alles liegen und stehen und zogen auf der Stelle los, um ihre eigene Spezies zu retten.

Die Reptiloiden waren diesmal besonders zu weit gegangen und sollten mit ihrem teuflischen Plan nicht durchkommen.

Selbst wenn ein einziger Wolf übrig bleiben sollte, würde er bis zu seinem letzten Atemzug gegen seine Feinde kämpfen und versuchen sie abzuhalten. Denn die Wölfe gaben niemals auf. Sie kämpften entweder bis zum Sieg oder bis zum Tod. Sie waren schon immer der Meinung gewesen, dass sie für ihre Rechte und für ihre Freiheit viel lieber kämpfend sterben würden als den Rest ihres Lebens angekettet wie Sklaven zu leben.

Ein Wolf war niemals niemandes Sklave gewesen und sollte auch nie zu einer werden. Ein Wolf musste immer frei leben können. Und eine Horde von außerirdischen Reptilien sollte daran nichts ändern können.

Weder zu dieser Zeit noch in der Zukunft.

So begaben sich die Wölfe aus allen vier Himmelsrichtungen auf den Weg, um sich am selbem Punkt zu treffen und gemeinsam, mit vereinten Kräften, den Feind aufzuhalten.

Wie es der Schicksal für sie so vorgesehen hatte, sollte ihnen in dieser Nacht ein weiteres Mal der Vollmond beistehen.

Denn, jeder großer Krieg, den die Wölfe bisher geführt hatten, fand in einer Vollmondnacht statt. Das zeigte den Wölfen, dass das Schicksal und all die guten Kräfte stets auf ihrer Seite waren. Das Universum wollte einfach, dass sie als Gewinner vom Kriegsfeld hervorgingen. Die Wölfe glaubten daher nicht an Zufälle, sondern daran, dass alles was geschieht, deswegen geschieht, weil das Schicksal es so wollte.

Und in dieser Nacht sollten sie ein weiteres Siegesgeheul hoch in den Himmel zurufen und dem gesamten Universum dadurch mitteilen, dass kein Feind sie besiegen könnte.

Im Moment stand jedoch alles offen und sie mussten sich dennoch auf Überraschungen bereit halten. Den ihre Feinde waren nicht irgendwelche Feinde gewesen. Sie gehörten zu den unberechenbarsten und hinterhältigsten mit denen sie es in ihrer gesamte Geschichte je zu tun gehabt hatten.

Das war auch der Grund, wieso immer noch einige aus dem Wolfsrudel misstrauisch gegenüber Jennifer gewesen waren. Diese Reptilien waren dafür bekannt gewesen, dass sie mehr als nur eine Maske hatten, hinter denen sie ihr wahres Ich verbargen. Und obwohl Jennifer bislang nichts verdächtiges getan oder sich sonst irgendwie auffällig verhalten hatte, hatte sie mit ihrem außergewöhnlichem Verhalten nicht alle im Rudel überzeugen können.

Sie selbst hatte Verständnis dafür und war sich sicher, dass der Rest des Teams spätestens während des Kampfes sich doch noch davon überzeugen lassen würde.

Im Moment war es ihr nur wichtig gewesen an der Seite des Mannes zu sein, für den sie schon immer besondere Gefühle empfunden hatte. Und nur seine Meinung über sie war ihr wichtig gewesen. Alle anderen sollten ihr ruhig nicht vertrauen, wenn sie es unbedingt so haben wollten. Das war ihr vollkommen egal gewesen. Das Vertrauen von Ilkay war ihr wichtiger als alles andere. Das durfte sie auf keinen Fall verlieren. Denn ihr war bewusst, dass sie mit seinem Vertrauen auch Ilkay selbst verlieren würde. Und damit könnte sie womöglich nicht leben können. Das wäre ein tragischer Verlust für sie mit dem sie einfach nicht mehr zurecht kommen würde.

Umso mehr hoffte sie, dass sie alle gemeinsam, aber vor allem sie und Ilkay, diese Nacht gut überstehen würden.

Denn sie würde nur zu gerne, hinterher, in seine Augen blicken und ihre ehrlichen Gefühle ihm gegenüber offenbaren. Sie würde nur zu gerne seine Hand dabei halten während sie die Worte „Ich liebe dich!" über ihre schmalen und zarten Lippen erklingen lassen würde. Sie würde nur zu gerne ein neues Leben beginnen. Ein Leben mit ihm gemeinsam. Ein Leben in der er sie niemals alleine lassen würde.

Und sie wusste ganz genau, dass auch sie dafür einen gewissen Beitrag in dieser Nacht leisten musste. Dass das auch in ihren eigenen Händen lag und, dass sie ihr Bestes geben würde, um Ilkay und das gesamte Wolfsrudel im Kampf zu unterstützen. Um ihre Träume mit ihm verwirklichen zu können, musste sie das tun. Und sie würde es auch tun.

Die zwei Entführer von Andreas sowie das Team von Jack Knox warteten eine Etage oberhalb während Jack Knox sich im Verlies befand und versuchte Andreas zum Reden zu bringen. Jack Knox sprach mit einer ganz ruhigen Stimme und versuchte dadurch Andreas zur Vernunft zu bringen, um so den Aufenthalt von Jennifer herauszufinden:

>>*Da meine Leute es nicht geschafft haben, dass du ihnen die Wahrheit über Jennifer's Aufenthalt verraten hast, werde ich mein Glück versuchen. Vielleicht sagst du es ja mir.*
Du scheinst mir ein außerordentlich kluger Mensch zu sein, der sich bestimmt nicht noch länger für jemand anderen foltern lassen würde. Habe ich recht?<<

Doch nachdem er sich letztendlich eingestehen musste, dass Andreas gar nicht mehr in der Verfassung gewesen war auch nur einen einzigen Ton aus sich herauszubringen, gab Jack Knox den Versuch auf und sprach einfach zu ihm weiter, in der Hoffnung, dass Andreas wenigstens hören konnte. Denn viel Zeit wollte er mit einem Menschen nicht verschwenden und so schnell wie möglich nach Oberösterreich aufbrechen:

>>*Also gut du Mensch,...da du ja nicht mit mir reden möchtest, werde ich dir noch ein paar Worte sagen, bevor ich dich erneut der Obhut meiner Männer überlasse.*

Du sollst nämlich wissen, dass ich Menschen nicht ausstehen kann. Ich mag zwar wie einer aussehen, aber ich bin, dem Universum sei Dank, kein bisschen menschlich.

Das wird dich vielleicht jetzt ein wenig verwirren, aber ich werde dich gleich mal aufklären.

Diese Jennifer, die du mit deinem Leben zu schützen versuchst ist in Wahrheit auch kein Mensch. Ja, ganz recht. Sie ist eine Reptiloide, genau wie ich und meine Männer da oben.<<

Mit seinem Zeigefinger deutete er dabei nach oben während er weiter sprach:

>>*Sie stammt also von einem anderen Planeten und sie hat mich und ihre Spezies sehr enttäuscht, weswegen sie dadurch den Tod verdient hat. Bedauerlicherweise muss ich leider erwähnen, dass sie immer noch auf freiem Fuß irgendwo unterwegs ist und die selbe Luft einatmet wie ich. Und das kann ich gar nicht leiden musst du wissen. Das kann ich sogar noch weniger leiden als ich euch Menschen leiden kann.*

Ihr werdet von uns nur als Nahrung und als Sklaven geduldet, die wir nach belieben ausnutzen können, wie es uns gerade eben passt.

Über viele Jahrhunderte haben wir euch stets manipuliert und kontrolliert und wir werden damit auch nicht aufhören. Und zwar solange bis wir unsere Feinde, die als die einzigen in der Lage wären uns aufzuhalten, endgültig vernichtet haben. Denn sobald wir das erreicht haben, werden wir deine Spezies, die Menschen, uns als nächstes vornehmen und erst dann werdet ihr offiziell von unserer Existenz wissen und erst dann werdet ihr allesamt leiden, wie ihr noch nie zuvor in euren jämmerlichen Leben gelitten hattet. Doch ich schätze, dass du das dann nicht mehr miterleben wirst.

Wenn ich so darüber nachdenke, dann tue ich dir damit sogar einen Gefallen. Du könntest also ruhig ein wenig dankbar sein.<<

Andreas zeigte keinerlei Reaktionen. Er saß mit weit nach unten gesenktem Kopf auf seinem Stuhl und atmete sehr schwer ein und aus.

Auch wenn er sich nichts anmerken ließ, hatte er jedes einzelne Wort von Jack Knox verstanden und konnte es nicht glauben. Zuerst dachte er, dass er sich bestimmt verhört hätte, weil er durch den ganzen Prügel den er einstecken musste einen Gehörschaden bekommen hatte, aber trotz des Gehörschadens war er sich sicher, dass er sich nicht verhört hatte. Als er Jack Knox sagen hörte, dass sowohl er als auch seine Männer zu den Reptiloiden gehörten von deren Existenz er zwar irgendwie wusste, dies jedoch nie beweisen konnte, war er sowohl erleichtert als auch schockiert darüber gewesen. Doch noch schockierter war er darüber, dass seine beste Freundin und Kollegin Jennifer Leone ebenfalls einer von ihnen gewesen war. Er war gekränkt darüber, dass sie ihm und auch Ilkay nichts davon erzählt hatte. Jetzt war ihm auch klar geworden, dass David Ecker in seinem Video von Jennifer geredet haben musste. Dann überlegte er sich, ob der Werwolf vielleicht doch Ilkay gewesen sein könnte. Wenn dem so wäre, wäre er richtig sauer auf ihn gewesen. Er würde davon erfahren wollen, wenn seine beiden besten

Freunde spezielle Begabungen hätten, aber diese ihm vorenthielten.

Doch nach längerem Nachdenken hatte er Verständnis dafür und dachte, dass er sich möglicherweise genauso verhalten würde.

Jack Knox kam langsam zum Ende:

>>*Denn höre mir gut zu! Hinter all dem menschlichen Leiden stecken wir. Hinter all dem Bösen, das sich in der Welt ereignet, haben wir unsere Hände im Spiel. Denn wir kontrollieren eure Realitäten durch versteckte Manipulationen. Ihr seid nicht frei! Eure Welt ist für uns nichts weiter als eine von den vielen galaktischen Bauernhöfen. Wir mästen euch. Wir schlachten euch. Wir ernähren uns von euch. Die Erde in der ihr lebt, ist nur ein ganz großer Bauernhof, der euch Menschen das Gefühl geben soll, dass ihr frei wärt. Dass ihr freie Entscheidungen treffen könntet. Dass ihr über eure Leben entscheiden dürftet. Genau wie die Hühner, die denken, sie wären frei, nur weil sie am Land frei herumlaufen können. Nicht ahnend, dass auch sie schon bald am Schlachthof landen werden. Ihr Menschen seid unsere Subsistenz.*<<

Nachdem er seinen Vortrag zu Ende gehalten hatte und das Verlies verlassen wollte, warf Jack Knox einen letzten Blick auf Andreas, der immer noch mit gesenktem Kopf auf seinem Stuhl saß.

Danach öffnete er die Tür und ließ Andreas alleine zurück.

Sobald er oben angekommen war, wollten die Männer wissen, ob er Erfolg bei seiner Befragung hatte, woraufhin Jack Knox kaltherzig sagte:

>>*Er ist keine Hilfe. Ich wünsche euch einen guten Appetit!*<<

Sofort danach stürmten einige seiner Männer hinunter in das Verließ, nahmen ihre wahre Gestalt an und stürzten sich sofort auf Andreas zu und zerrissen ihn in Stücke. Sie rissen ihm sämtliche Gliedmaßen aus und verschlangen das menschliche Fleisch wie eine Horde hungrige Bestien, die sie waren. Ganz besonders mochten sie die menschlichen Innereien, weswegen sie mit ihren scharfen Krallen sein Bauch aufschlitzten und sich an seinen Eingeweiden gütlich taten.

Nach nur wenigen Minuten hatten sie Andreas verschlungen und nur seine Knochen, von dem sie sein Fleisch gründlich abgenagt hatten, zurückgelassen. Damit würden sie später die Katakomben ausschmücken.

Nachdem nun alle bereit waren und sich versammelt hatten, machten sich Jack Knox und sein Team auf den Weg nach Oberösterreich und wollten noch in dieser Nacht mit den Minenarbeiten in Traunstein beginnen.

Er konnte es kaum erwarten, das gesamte Silber in nächster Zeit an sich zu nehmen, um damit mit der weiteren Verarbeitung beginnen zu können.

Bei dem Gedanken, dass er dadurch schon bald alle Werwölfe vernichten würde, konnte er sich ein schiefes Lächeln nicht verkneifen.

In Gmunden war die Nacht bereits angebrochen. Der Vollmond leuchtete wie ein gewaltiger Scheinwerfer am Himmel. Das Wolfsrudel war heil und gesund am Ziel angekommen und die bereits dort auf sie wartenden Freiwilligen angetroffen.

Alya hatte sie bereits über alles ganz genau informiert und ihnen von dem teuflischen Plan der Reptiloiden erzählt. Genauso wollte sie ihnen nicht vorenthalten, dass sie in ihrem Rudel eine Reptiloide dabei hatten. Die zunächst schockierten und entsetzten Frauen und Männer wollten sie nicht dabei haben, aber sie konnten sowohl von Alya als auch von Mete beruhigt werden. Auch Jennifer hatte ihre Situation den neuen Mitstreitern gegenüber erläutert und hatte dadurch von der Mehrheit den erhofften Segen bekommen. Und damit war sie voll und ganz einverstanden und mehr als nur zufrieden gewesen.

Auch Ilkay war dankbar und sehr beruhigt darüber, dass die Menge sie nicht davon gejagt hatte.

Sie war die erste ihrer Art, die sich überhaupt mit den Wölfen eingelassen und von ihnen aufgenommen worden war.

Andersrum wusste sie, dass die Reptiloiden niemals einen ihrer Feinde aufnehmen beziehungsweise auf irgendeine Art und Weise akzeptieren würden. Sie wusste ganz genau, wer ihnen in die Hände fiel, war bereits verloren.

Sie waren allesamt motiviert und konnten es kaum erwarten ihre Feinde aufzuhalten und ein für allemal ein großes Zeichen zu setzen. Denn ihnen allen war klar, dass der Krieg in dieser Nacht ein weiterer großer Krieg seit Langem werden würde.

Eine weitere große Schlacht gegen die Reptiloiden.

Und auch in dieser Nacht sollten die Wölfe als Sieger vom Feld hervor gehen. Sie waren bereit dafür alles zu geben.

Denn wenn sie in dieser Nacht Mitglieder des Komitees der Reptiloiden töten würden, würden sie den restlichen Reptiloiden zeigen, dass sie sich nie wieder mit den Wölfen anlegen sollten. Sie mussten einfach verstehen und eingestehen, dass sie keine Chance hätten, die Wölfe aufzuhalten oder gar zu vernichten.

Und mit ihrem Einsatz würden sie auch zusätzlich die Menschheit vor der bevorstehenden Gefahr beschützen. Denn sie wussten ganz genau, wenn die Wölfe alle aussterben sollten, würde die menschliche Rasse als nächstes an der Reihe sein und den Reptiloiden zum Opfer fallen.

Und das konnten sie auf gar keinen Fall zulassen.

Alya und Mete waren den gesamten Ablauf des Plans mit allen durchgegangen und ihnen erklärt, welche Positionen jeder ein-

zelne von ihnen beziehen sollte. Im Grunde bestand der Plan
nur aus drei Teilen.

Attacke, Vernichtung und Verteidigung des Silber's.

Die Feinde attackieren, sie vernichten und dadurch das Silber
verteidigen. So und nichts anders sollte es, ihrer Meinung nach,
ablaufen.

Immerhin waren sie auch im Vorteil. Denn die Reptiloiden
wussten nicht, was ihnen bevorstand.

Sie hatten keine Ahnung davon, dass sie sich direkt in ein
Krieg begeben würden.

Alya, Ilkay und Jennifer konnten den Gesichtsausdruck von
Jack Knox kaum erwarten, den er ganz bestimmt machen würde, sobald er die Wölfe vor sich stehen sehen würde.

Ein ganz großes Wolfsrudel würde ihn und sein Team empfangen. Eine größere Ehre kann man seinem Feind nicht machen,
meinte Alya.

Außer ihnen befand sich sonst niemand auf dem weiten grünen
Feld. Sie könnten die ganze Nacht Krieg führen und niemand
würde das mitbekommen. Der Platz war genau richtig für ein
Kampf zwischen zwei Bestien.

Die Nacht war genau richtig für einen weiteren Sieg.

Mete blickte auf seine Uhr am linken Handgelenk und sah,
dass es bereits 22 Uhr gewesen und somit die Zeit gekommen
war, die besprochenen Positionen einzunehmen und auf die
Ankunft der Reptiloiden zu warten. Er gab dem Rest des Rudels zu verstehen, dass es nun allerhöchste Zeit gewesen war
sich zu konzentrieren und sich an den Plan zu halten. Denn die
Reptiloiden könnten jeden Moment eintreffen.

Noch bevor sie sich auf dem Gelände verteilten, versammelten
sie sich ein letztes Mal um Abschied zu nehmen. Denn ihnen
war klar, auch wenn das noch so schwer für sie war, dass nicht

jeder von ihnen die Nacht überleben würde.

Daher wollte Alya unbedingt eine Rede halten, bevor die Lage richtig ernst werden würde:

>>*Liebe Freunde! Ich möchte mich ein weiteres Mal bei jedem Einzelnen von euch dafür bedanken, dass ihr heute Nacht dabei seid und euch bereit erklärt habt, uns im Kampf gegen unsere Feinde zu unterstützen. Ich bin auf jeden von euch sehr stolz und möchte an dieser Stelle erwähnen, dass es mir eine Ehre ist an eure Seite kämpfen zu dürfen.*

Heute Nacht werden wir eine weitere Geschichte schreiben. Eine Geschichte, die sich noch unsere Urenkeln und deren Enkeln erzählen werden.

Heute Nacht werden wir den Feind ein weiters Mal besiegen. Wir werden kämpfen bis der letzte von uns gefallen ist.

Heute Nacht werden wir unsere Feinde nicht verschnaufen lassen.

Heute Nacht werden wir ein für allemal unsere größten Feinde vernichten und sowohl für uns als auch für die Menschen eine bessere Welt aufbauen. Wir werden nicht länger zulassen, dass diese schleimigen Kreaturen weder unsere noch die menschliche Spezies ausrotten.

Heute Nacht werden wir das ein für allemal beenden und sie wieder dorthin zurück jagen, wo auch immer sie hergekommen sind.

Denn dieser Planet ist nicht deren Planet. Dieser Planet gehört uns und den Menschen. Deswegen werden wir diesen Planeten verteidigen und ihn von dieser Seuche für immer befreien.

Denn mir reicht es nun endgültig und ich weiß, dass auch ihr alle allmählich genug davon habt. Wir werden die Reptiloiden nicht mehr länger dulden und wir werden sie bis zum letzten von ihnen bekämpfen.

Das verspreche ich euch meine Freunde!
Möge Gott uns alle heute Nacht beschützen und uns als Sieger
nach Hause zurückkehren!<<

Nachdem sie mit ihrer Rede fertig geworden war, waren alle
noch motivierter als zuvor. Sie waren alle stolz auf sich selbst.
Dann blickte Alya zum Vollmond hinauf und sagte zu ihnen
allen:

>>*Und jetzt meine Wölfe, blickt zum Vollmond hinauf, der uns*
auch heute Nacht begleiten wird und stärkt euch an dessen
Licht.<<

So wie sie alle den Vollmond angeschaut hatten, fingen sie an
sich zu verwandeln. Alya streckte ihren Kopf hoch und fing zu
heulen an. Mete und die restlichen Wölfe schlossen sich an und
heulten allesamt laut auf. Ein gewaltiges Geheul hatte die gesamte Ortschaft überdeckt.

Nachdem auch das letzte Echo davon langsam abgeklungen
war, liefen sie alle auf ihre abgesprochenen Positionen zu und
warteten auf den Befehl zum Angriff.

Ilkay und Jennifer warteten noch ein wenig mit ihrer Verwandlung. Denn die beiden hatten noch etwas miteinander zu be-
sprechen.

>>*Nach dieser Nacht werden wir alle unsere Ruhe haben.*<<

Sicherte Ilkay Jennifer zu, die daraufhin folgendes antwortete:

>>*Ja, das werden wir. Denn wir haben dich auf unserer Sei-*
te.<<

Beide schmunzelten ein wenig und ihre gegenseitigen Blicke
strahlten dabei eine solch enorme Wärme aus, die ihnen sehr
viel Kraft und Mut verlieh.

>>*Bleibe am besten an meiner Seite.*<<

Sagte Ilkay zu ihr, woraufhin sie folgendes antwortete:

>>*Sowohl jetzt als auch danach.*<<

Seine Augen fingen dabei zu leuchten an und er würde sie nur zu gerne in seine Arme nehmen und ganz fest drücken. Auch sie wollte, dass er das tut. Doch beide wussten, dass sie noch warten mussten. Noch konnten sie sich nicht gegenseitig sagen, wie sehr sie sich liebten. Noch war es zu früh dafür. Es fiel ihnen beiden schwer, die Gefühle, die sie füreinander empfanden, noch eine Weile zurückhalten zu müssen. Doch sie konnten beide diese starken und warmen Gefühle gegenseitig in ihren Augen erkennen. Durch die Worte, die sie miteinander austauschten, konnten sie beide klar und deutlich hören, dass sie sich sagten, wie sehr sich liebten. Und genau dieses Wissen sollte vorerst für sie genügen. Denn ihre Augen sagten das. Ihre Herzen sagten das. Und ihre Zungen würden das genauso sagen, wenn sie die Nacht heil und gesund überstanden haben. Bloß nur noch diese eine Nacht galt es zu überstehen. Dann würde ihre gemeinsame Zeit endlich kommen.

Eine Zeit, in der sie glücklich bis an ihr Lebensende zusammen sein würden.

Ohne weitere Worte zu verlieren, verwandelte sich Ilkay und nahm seine Gestalt als ein Werwolf, als ein Börükaner an. Gleich darauf nahm auch Jennifer ihre Reptiloidengestalt an. Ein kurzer gegenseitiger Blick und schon liefen sie los, um auch ihre Posten zu beziehen.

So lauerten sie alle auf ihren abgesprochenen Positionen und warteten hungrig und siegessicher auf die Ankunft von Jack Knox und seinem Team.

Und exakt um 23.50 Uhr trafen sie wie ein Konvoi, der den Präsidenten begleitet, ein und stellten die Motoren ihrer schwarzen Fahrzeuge ab, die in der finsteren Nacht fast unsichtbar zu sein schienen. Die hintere Tür von links eines der Fahrzeuge ging auf und Jack Knox stieg aus. Er atmete die frische Luft genüsslich ein und bestaunte mit einem schiefen Lächeln den Berg, der sich vor ihm hoch in den Himmel erstreckte.

Entweder wird ein starker und intelligenter Wolf
von einer Wölfin, die noch stärker und noch
intelligenter ist begleitet
oder er lebt den Rest seines Lebens
als ein einsamer Wolf weiter.

Akif Turan

KAPITEL 11

WÖLFE GEGEN REPTILIEN

Die immer noch nichts ahnenden Reptiloiden waren gerade dabei gewesen, die Silbermienen, die sich unterhalb von Traunstein befanden, zu erkunden.

Ausgestattet mit einem hoch professionellem Equipment schritten sie voran und wollten so schnell wie möglich mit den Ausgrabungsarbeiten beginnen.

Jack Knox blieb vorerst außerhalb, weil er sich dann erst in die Mienen begeben wollte, sobald sie komplett von seinen Leuten gesichert worden waren.

Bis dahin verweilte er neugierig auf dem grasigen Feld und zündete sich eine kubanische Zigarre an.

Während er vor sich hin paffte, ertönte plötzlich, wie aus dem Nichts, ein lautes Geheul von einem Rudel Wölfe. Das Geheul erreichte ihn von allen Seiten und war so laut, sodass er das Gefühl bekam, dass es sich dabei um eine ganze Armee von Werwölfen handeln musste. Denn Jack Knox kannte den Unterschied zwischen dem Geheul eines richtigen Wolfes und dem der Werwölfe nur sehr gut, woraufhin er zu sich selbst sagte:

>>*Das ist unmöglich. Das kann es nicht* sein.<<

Und in dem Moment als dieses überraschende und furchterregende Geheul in seine Ohren drangen, fiel ihm die Zigarre aus seinem Mund. Noch bevor die Zigarre den Boden berührte, sprang tatsächlich eine ganze Armee von wild gewordenen Werwölfen hervor, die sich sofort auf ihn und sein Team stürzten.

Die Reptiloiden, die allesamt in Schock geraten waren, verwandelten sich auf der Stelle, um sich gegen den unerwarteten

Angriff ihrer Feinde verteidigen zu können.

Auch Jack Knox ließ nicht viel Zeit verstreichen und nahm ebenfalls seine Reptiloidengestalt an und war in diesem Augenblick mehr als nur froh darüber, dass auch er mit einer ganzen Armee angekommen war.

Die Werwölfe, großteils bestehend aus Börükanern, liefen auf ihre Feinde zu als hätten sie seit Tagen kein Stück Fleisch zwischen ihren rasierklingenscharfen Zähnen gehabt.

Sie lechzten förmlich nach frischem Fleisch und Blut während sie in einer Geschwindigkeit rannten bei der selbst das Licht neidisch werden könnte. Sie waren sehr schnell und sie waren hungrig.

Einige der Reptiloiden hatten keine Chance und wurden bei dem gewaltigen Aufprall nieder getrampelt während andere sofort in Stücke gerissen wurden. Diejenigen, die dagegen Stand halten konnten, wehrten sich mit all ihrer Kraft und versuchten dabei am Leben zu bleiben.

Kurz darauf folgte ein ganz großes Gemetzel bei der sich beide Seiten nichts schenkten.

Auf beiden Seiten wurde, gebissen, gekratzt, aufgeschlitzt und auch sämtliche Gliedmaßen wurden ausgerissen.

Für die Reptiloiden war das jedoch keine Tragödie, da sie die Fähigkeit besaßen, ihre ausgerissenen beziehungsweise abgefallenen Gliedmaßen, auf der Stelle zu regenerieren und somit durch neue zu ersetzen. Die Wölfe besaßen diese Fähigkeit nicht, weswegen sie ihren schweren Verletzungen erlegen und dadurch zur leichten Beute geworden waren.

Doch trotz dessen, schlugen sie sich außerordentlich gut und nahmen sich einen Reptiloiden nachdem anderen vor.

Auch Jack Knox, der zum Ziel von Alya und Mete geworden war, versuchte sich gegen die beiden zu wehren und fügte ihnen dabei schwere und tiefe Schnitte mit seinen gewaltigen

Krallen zu. Aber auch er musste einige schwere und tiefe Kratzer einstecken.

Mete schaffte es ihm einen gewaltigen Hieb mit seiner Pranke zu verpassen, worauf hin Jack Knox kreischend und ächzend auf den Boden fiel. Gleich darauf stürzte sich Alya auf sein Hals und bohrte ihre spitzen Zähne in seine Haut hinein, woraufhin sein Blut herausspritzte wie das Wasser aus einem Rasensprenger.

Doch Jack Knox schaffte es sich dennoch zu befreien und verpasste daraufhin Alya einen effektvollen und schmerzhaften Schlag mit seinem Schwanz und warf sie zu Boden. Und als er kurz davor gewesen war Mete einen ähnlichen Schlag zu verpassen, konnte er seinen Augen nicht trauen als er einen von seiner Spezies auf der Seite seiner Feinde kämpfen sah. Sofort war ihm klar geworden, dass es sich dabei um Jennifer Leone handeln musste, woraufhin er mit diesem Wut Mete ein Tritt verpasste und sich wütend auf Jennifer stürzte.

Kurz bevor er über sie hergefallen war, schrie er:

>>*DU VERRÄTERIN!*<<

Kaum hatte sich Jennifer daraufhin umgedreht, war er auf sie drauf gesprungen und prügelte auf sie ein als wäre sie eine Stoffpuppe.

Jennifer hatte keine Chance sich gegen jemanden zu wehren, der doppelt so groß und auch doppelt so schwer war wie sie selbst. Unaufhörlich schlug er immer wieder auf ihr Gesicht ein und ließ sie gar nicht mehr zu Atem kommen.

Ilkay, der einige Meter von ihnen entfernt war und gerade den nächsten Reptiloiden in Stücke zerrissen hatte, sah die sich in Lebensgefahr befindende Jennifer und eilte ihr sofort zur Hilfe. Mit einem gewaltigen Sprung stürzte er sich auf Jack Knox drauf und fing sofort an ihm ernsthafte Biss- und Kratzspuren zuzufügen während die total angeschlagene und leicht benommene Jennifer langsam wieder zu sich kam.

Sie erholte sich schnell von ihren Verletzungen und unterstützte Ilkay im Kampf gegen Jack Knox.

Während sie zu dritt im Kampf auf Leben und Tod verwickelt waren, bekämpften sich im Hintergrund ebenso all die anderen. Die Reptiloiden waren eindeutig im Nachteil und schienen keine Chance gegen die Werwölfe zu haben. Auch Jack Knox wurde langsam schwächer, sodass er nicht mehr länger durchhalten würde.

Kurzfristig schaffte er sich aus den Fängen seiner beiden Angreifer zu befreien und verschaffte sich dadurch eine kleine Verschnaufpause, die er auch zugleich dazu nutzte, um Jennifer ein paar Worte zu richten:

>>*Jennifer Leone!...Du hast uns nicht nur enttäuscht, du hast uns noch dazu verraten, indem du zu unseren Feinden übergelaufen bist und dich ihnen angeschlossen hast. Eine Schande wie diesen habe ich in all meinen Jahren nicht erlebt...Du hast es nicht verdient eine von uns zu sein...Meine Männer und ich werden zuerst deine neuen Freunde vernichten, bevor ich dich umbringen werde. Damit du sehen kannst wie elendig sie alle verrecken...Wir nehmen sie alle genauso auseinander, wie wir deinen Kollegen aus Wien auseinander gerissen haben, bevor wir hier her kamen.*<<

An dieser Stelle waren sowohl Jennifer als auch Ilkay sehr beunruhigt gewesen und sie dachten beide sofort an ihren Freund und Kollegen Andreas. Doch sie wollten es nicht wahr haben, weswegen Jennifer mit Tränen in ihren Augen es genauer wissen wollte:

>>*Was soll das heißen? Welcher Freund aus Wien?*<<

Jack Knox grinste sehr teuflisch dabei als er es ihr genauer erklärte:

>>*Oh, ich denke, du weißt ganz genau wen ich meine...Sein*

225

Name war Andreas.<<

Das Grinsen in seinem schuppigen Gesicht wurde breiter, während Jennifer und Ilkay in Schockstarre geraten waren. Sie wussten zunächst nicht, wie sie darauf reagieren sollten, da ihnen diese tragische Information nicht glaubwürdig erschien. Sie wollten es einfach nicht wahr haben, dass ihr gemeinsamer bester Freund plötzlich tot sein sollte. Das klang für sie wie ein schlechter Scherz. Doch Jennifer wusste ganz genau, dass Reptiloiden nie scherzten, weswegen sie wütend in Tränen ausbrach und dabei vollkommen außer sich geraten war. Und während sie noch dabei gewesen war, den Verlust von Andreas zu verarbeiten, war sie dabei so sehr abgelenkt, dass sie gar nicht gemerkt hatte, dass ein weiterer Reptiloid sich von hinten an sie herangeschlichen hatte. Ilkay war zwar auch sehr benommen gewesen, aber er konnte nicht länger stehen und trauern. Denn zum Trauern sollte nachher noch viel Zeit bleiben. Also stürzte er sich in extremer Rage direkt auf Jack Knox zu und jagte ihm seine Hand mitten in dessen Gesicht, sodass sie aus dem Hinterkopf von Jack Knox wieder herauskam.

Da wo bis vor wenigen Sekunden sein schuppiges Reptiliengesicht gewesen war, befand sich jetzt nur noch ein großes Loch mit Fleischfetzen drum herum.

Doch das genügte Ilkay noch lange nicht weswegen er sich auf den leblosen Körper von Jack Knox stürzte, seine Eingeweiden herausriss und teile davon gierig verschlang.

Vor sehr vielen Jahren, war es ihm gelungen, Sultan Çelebi Mehmed gerade noch zu entkommen. In dieser Nacht jedoch, endete er schließlich doch noch als die Beute eines Werwolfes. Jennifer, die immer noch aus der Fassung, wegen des Todes von Andreas gewesen war, weinte kniend auf dem grasigen Boden vor sich hin. Denn sie gab sich selbst die Schuld an seinem Tod und machte sich Vorwürfe, dass er vielleicht noch le-

226

ben würde, wenn sie nicht weggelaufen wäre und sich stattdessen ihrem tödlichem Schicksal gestellt hätte. Dann könnte Andreas jetzt noch leben. Doch es war zu spät. Sie konnte daran nichts mehr ändern. Sie hatte ihren besten Freund und liebevollen Kollegen verloren. Und während sie weiterhin schluchzend weinte, hatte sich einer der Reptiloiden bereits so sehr an sie genähert, sodass er nun direkt hinter ihr stand.

Ilkay, der immer noch dabei gewesen war den Körper von Jack Knox brutal zu verunstalten, hörte plötzlich im Hintergrund ein Geräusch, dass so klang als hätte jemand einen mit Wasser befüllten Luftballon auf den Boden klatschen lassen. Noch bevor er sich umgedreht hatte um nachzusehen, was das Geräusch verursacht haben könnte, sah er auch schon den Kopf von Jennifer links von ihm rollen.

Er konnte zunächst seinen Augen nicht trauen. Er näherte sich langsam, mit seiner Schnauze voran, dem körperlosen Kopf, der ihn mit offenen Augen anstarrte und den Gras unter sich rot färbte. Zuletzt hatte ihn Jennifer so angesehen, bevor sie sich zu ihrem Versteck begeben hatten, um Jack Knox und seine Männer zu überraschen.

Wütend heulte er auf und trauerte so der Frau nach, die er liebte. Mit der er eine gemeinsame Zukunft aufbauen wollte. Mit der er all das hinter sich lassen und ein neues Leben beginnen wollte. Doch nun war sie ihm genommen worden. Und mit ihr auch all seine Träume.

Er wandte seine gelben Augen, die vor Wut und Hass noch heller leuchteten als der Vollmond über ihm, und sah, dass der Mörder von Jennifer immer noch über ihrem Körper stand und ihn anstarrte. Seine rechte Hand war blutgetränkt, wodurch Ilkay erkennen konnte, dass er mit einem gewaltigen Hieb ihr den Kopf vom Körper getrennt haben dürfte.

Sein Zorn sowie seine Rage verdreifachten sich als Ilkay sich

auf die schuppige und grün-braune Kreatur stürzte und ihm ebenso mit einem Hieb den Kopf von seinem Körper trennte.
Danach zerfetzte er auch dessen Körper, wie den von Jack Knox davor und zerriss ihn so sehr, dass am Ende nur noch ein großer fleischiger Matsch dadurch entstanden war.
Er hatte regelrecht Hackfleisch aus ihm gemacht. Doch damit war es nicht genug. Ilkay war noch viel zu sehr verärgert gewesen, weswegen er sich gleich danach auf sämtliche andere Reptiloiden stürzte und quasi im Alleingang einen nachdem anderen zerfleischte. Er riss ihnen die Gliedmaßen aus. Er köpfte sie. Er verschlang von einigen das Fleisch. Er sorgte für ein ordentliches Gemetzel. Die anderen Wölfe standen einfach nur da und sahen ihm eine Weile zu, bevor sie sich selbst wieder in das Getümmel stürzten.
Es folgten viele weitere Tote auf beiden Seiten.
Vom Wolfsrudel hatte es auch Sergej erwischt. Erkan hatte ein Arm verloren. Sonst blieben auch einige von den restlichen Wölfen nicht verschont. Einige bezahlten entweder mit ihrem Leben oder überlebten schwer verletzt während andere es bis dahin noch ganz gut überstanden hatten.
Sie hatten in dieser Nacht sehr viel geopfert und waren bereit noch mehr Opfer zu bringen. Sie waren fest davon entschlossen, nicht aufzuhören bis sie alle der anwesenden Reptiloiden getötet hatten.
Und während sie ihrem Ziel immer näher kamen, tauchte plötzlich direkt über ihnen am Himmel ein sehr großes Objekt wie aus dem Nichts auf und überdeckte das gesamte Kriegsfeld.
Sie blickten alle hinauf zu dem schwebenden Objekt und wollten wissen, was es damit auf sich hatte.
Es war groß, oval, schwarz und stachelig. Das womöglich größte Objekt, das sie in ihrem Leben je gesehen hatten, hatte eine Ähnlichkeit mit einer Artischocke, deren, wie Schuppen

angeordnete Blätter nicht nach innen, sondern nach außen gerichtet waren.

Als kegelförmige und sehr grelle Scheinwerfer unterhalb aufleuchteten und sämtliche auf sie gerichtete Augen für einen kurzen Moment verblendeten, wurde den Wölfen, die als die einzigen Überlebenden am Feld standen, klar, dass es sich um ein außerirdisches Raumschiff handeln musste.

Sie hatten es zwar gerade noch geschafft ihre Feinde zu besiegen und sollten endlich wieder abziehen, doch schon schienen sie mit einer noch viel größeren Gefahr konfrontiert zu werden.

Eine kreisförmige Luke öffnete sich im Zentrum des gewaltigen Raumschiffes und eine große Kreatur stieg hinunter auf das Feld. Die Wölfe waren alle sehr angespannt und obwohl sie einige in der Schlacht verloren und andere sich schwer verletzt hatten, waren sie dennoch bereit einen weiteren Kampf auf sich zu nehmen.

Als die große und mächtige Kreatur direkt vor ihnen stand, konnten die Wölfe sie viel besser sehen.

Da stand tatsächlich ein ausgewachsener Drache vor ihnen und starrte mit zornigen Blicken auf sie herab.

Jedoch handelte es sich bei dieser Kreatur nicht um einen gewöhnlichen Drachen, sondern um die außerirdische Rasse bekannt als Alpha Draconian aus dem Alpha Draconis Sternensystem.

Und das enorme Raumschiff, das sich mit Warp-Geschwindigkeit bewegen konnte, gehörte zu ihnen.

Die Alpha Draconian waren eine Jägerrasse und sahen aus wie Drachen. Und das Exemplar, das die Wölfe allesamt sehr beunruhigte, war vierzehn Meter groß und wog ganze fünfzehn Tonnen. Sein Kopf war in etwa so groß wie ein gewöhnliches Personenkraftfahrzeug. Er hatte unzählige Zähne im Maul.

Die Alpha Draconian waren bekannt dafür, dass sie aus ihren

zwei vorderen Fangzähnen, ähnlich wie eine Kobra, eine Flüssigkeit absondern können. Jedoch kein Gift, sondern eine brennbare Flüssigkeit, die sofort Feuer fängt, sobald sie mit Sauerstoff in Berührung kommt.

Alpha Draconian waren also keine feuerspeiende Kreaturen, sondern Wesen, die brennbare Flüssigkeit aus ihren Fangzähnen ausscheiden konnten.

Aufgrund ihres enormen Gewichtes, gingen sie zumeist auf ihren vier Klauen. Falls sie von ihren Händen Gebrauch machen mussten, richteten sie sich auf ihren zwei Hinterbeinen hoch und konnten so ihre Hände benützen.

Ihre Flügelspannweite ist mit der eines Passagierflugzeuges vergleichbar.

Daher sind die Alpha Draconian sehr talentierte Flieger und beherrschen den Luftraum, auch ohne ihre gewaltigen Raumschiffe, ausgezeichnet gut.

Ihre Haut ist so stark gepanzert, dass sie selbst Gewehrkugeln, ohne den kleinsten Schaden zu nehmen, standhalten kann.

Alpha Draconian können in der Dunkelheit sehr gut sehen. Und das macht sie umso gefährlicher.

Sie sind stets unbekleidet, lieben es jedoch an ihren Körpern Schmuck zu tragen. Sie bevorzugen dabei Gold und sonstigen glänzenden Schmuck.

Alpha Draconian kommunizieren zwar in der Draconian Sprache, gehören jedoch zu der Rasse, die telepathische Fähigkeiten besitzen. Daher bevorzugen sie meist die telepathische Kommunikation. Ihre eigentlichen Stimmen sind sehr tief und furchteinflößend.

Sie sind die Könige unter allen draconischen Rassen. Selbst einige andere außerirdische Rassen haben sie als Könige anerkannt. Sie sind mit Abstand die beeindruckendste Rasse im gesamten Weltall.

Alpha Draconian sind eine sehr weit entwickelte Rasse, die zwei drittel ihres Lebens im Schlaf auf der Astralebene verbringen während sie durch die Galaxien streifen.

Schon in der Vergangenheit besuchten sie einige Male die Erde, wodurch der Drachenmythos bei den Menschen entstanden war. So erzählten sich die Menschen auch dass Drachen Feuer speien können. Dabei wurden sie lediglich Zeuge vom Besuch der Alpha Draconian auf der Erde, die ihre brennbare Flüssigkeit absonderten, die aufgrund des Sauerstoffs Feuer gefangen hatte.

Auf ihrem eigenen Planeten bevorzugen sie es in selbstausgegrabenen Berghöhlen zu leben, die sie sich zurecht gebaut haben. Denn aufgrund ihrer enormen Größe, finden sie die Erbauung von Gebäuden oder dergleichen sinnlos und unnötig.

Eine Höhle ist viel praktischer, angenehmer und entsteht auch sehr schnell.

Alpha Draconian haben eine optische Ähnlichkeit mit dem Drachen Smaug aus „Herr der Ringe".

Männchen und Weibchen paaren sich ganz gewöhnlich und die Weibchen legen Eier, wie die Echsen auf der Erde.

Sie hegen stets einen respektvollen Umgang zueinander und behandeln sich, im Gegensatz zu den Reptiloiden, korrekt.

Jedoch gibt es auch bei den Alpha Draconian „Schwarze Schafe", die bösartig sind und ständig von der Mehrzahl überwacht und im Zaum gehalten werden müssen.

Einer dieser Alpha Draconian, der Anführer höchstpersönlich, stand also direkt vor dem gesamten Wolfsrudel der Werwölfe und begann mit ihnen durch Telepathie zu sprechen, sodass jeder einzelne ihn hören und verstehen konnte:

>>Ich komme von sehr weit her und gehöre zu der obersten Spezies der Reptiloiden, nämlich den Alpha Draconian an.

Unsere Spezies ist in vielen verschiedenen Rassen vertreten, die alle zu den Reptilien gehören. Die Reptiloiden, die ihr bereits seit vielen Jahren und auch heute Nacht bekämpft habt, gehören ebenso dazu.

Wir, die Alpha Draconian, beauftragen die Reptiloiden immer damit, dass sie zu verschiedenen Planeten, die sich in den unzähligen Galaxien befinden, reisen und diese Planeten für uns kolonisieren. Viele Planeten wurden bereits kolonisiert und stehen seither unter unserem Kommando. Auch euer Planet, die Erde, war schon immer eines unserer Ziele gewesen, weswegen wir vor vielen Jahren weitere Reptiloiden auf die Erde geschickt haben. Sie sollten die Erde für uns, für unsere Ankunft, vorbereiten und sie den Menschen wegnehmen. Doch bedauerlicherweise hat diese Mission, euretwegen, nicht so funktioniert wie wir uns das vorgestellt hatten. All die Planeten davor hatten wir in kürzester Zeit an uns gerissen, aber die Erde bereitete uns Probleme. Die Menschen können froh darüber sein, dass sie solch mächtige Beschützer haben wie euch. Wegen dem und wegen der Tatsache, dass ihr eine Reptiloide, einen eurer Feinde, einfach so bei euch aufgenommen habt und ihr eine zweite Chance gegeben habt, habt ihr den Respekt der gesamten Alpha Draconian verdient. Wir wissen dies sehr zu schätzen und sind dankbar für eure Großherzigkeit!<<

An dieser Stelle verfiel Ilkay erneut in Trauer und mit seinem Kopf senkten sich auch gleichzeitig seine spitzen Ohren und hingen schlapp nach unten.

Der König sprach durch Telepathie weiter:

>>Daher haben wir beschlossen, euch und euren Planeten in Ruhe zu lassen. Wir werden sofort die nötigen Maßnahmen ergreifen und jeden einzelnen der Reptiloiden, die sich auf eurem Planeten befinden, abziehen. Und ich gebe euch mein Versprechen, dass sie euch nie wieder belästigen werden.

Wir beobachten euch bereits seit vielen Jahren und wissen,

dass ihr noch andere Feinde habt vor denen ihr die Menschen beschützt. Ihr könnt euch von nun an voll und ganz auf sie konzentrieren. Trotz all dem was geschehen ist, war es mir eine Ehre eure Bekanntschaft gemacht zu haben. Ihr seid wahrlich eine sehr beachtliche Spezies.<<

Mit diesen Worten brach er die Telepathie ab und verschwand wieder durch die selbe Luke, aus der er herausgekommen war, in das Raumschiff.

Sämtliche Blicke des Wolfsrudels waren auf ihn gerichtet.

Nachdem sich die Luke geschlossen hatte, öffneten sich um das Raumschiff herum viele kleinere Luken aus denen aus denen gelbe Lichter hinunter schienen. Sämtliche Leichen und abgetrennte Körperteile der im Schlacht gefallenen Reptiloiden, wurden durch die Lichter in die Luken hineingesogen und waren darin verschwunden bis keine einzige Spur, nicht einmal Blut, auf der Erde zurückblieb.

Nur die schwarzen Fahrzeuge und das Equipment für die Silbermienen, die sie bei sich hatten, blieben wo sie waren.

Die Lichter waren erloschen und die Luken waren wieder geschlossen.

Mit Lichtgeschwindigkeit schoss das enorme Raumschiff geradeaus in den Himmel und verschwand in das Weltall.

Es war sehr erstaunlich für das Wolfsrudel gewesen, dass ein Raumschiff in dieser Größe, sich so schnell bewegen konnte.

Die Alpha Draconian schienen ihr Versprechen gehalten und die Wölfe, zumindest für den Anfang, gewonnen zu haben.

Zu Ehren ihrer gefallenen Mitstreiterinnen und Mitstreitern, sowie auch gleichzeitig, um den Sieg zu feiern, starrten sie alle zum Vollmond hinauf und heulten so laut, so wie sie noch nie zuvor geheult hatten.

Anschließend verwandelten sie sich zurück, versorgten die schwer verletzten und kümmerten sich um die Gefallenen.

1 Jahr später

Innerhalb von nur zwei Wochen nach der Landung der Alpha Draconian, wurden sämtliche Reptiloiden von der Erde abgezogen. Der König der Alpha Draconian hatte somit sein Versprechen gehalten und die Erde von deren Besatzung befreit. Seither wurde die Erde von ihnen weder bewohnt noch besucht.

Da viele der Prominente ebenfalls Reptiloiden gewesen waren, wurden sie, um gegen eine Erklärung für deren plötzliches Verschwinden vorzubeugen, durch voll funktionstüchtige Roboter ersetzt, die keineswegs den Menschen auffielen.

Hierfür hatten die Alpha Draconian die selbe Technologie verwendet, wie sie es bereits zuvor bei Mark Zuckerberg angewendet hatten.

Das Wolfsrudel hatte sich neu formiert und konzentrierte sich nur noch auf die Jagd nach den Vampiren, die, nachdem die Reptiloiden die Erde verlassen hatten, an Oberhand gewannen und vieles unter ihre Kontrolle brachten.

Ilkay war bereits über den Tod seiner beiden besten Freunde Andreas und Jennifer hinweggekommen. Besonders schwer hatte ihn der Tod von Jennifer getroffen. Die Tatsache jedoch, dass sie gar keine feste Beziehung eingegangen waren, tröstete ihn. Er war der Meinung gewesen, dass ihr Tod, wenn es so gewesen wäre, ihn umso schwerer getroffen hätte.

Er kündigte seinen Job als Personal Trainer, um nicht mehr an die Zeit mit seinen beiden verstorbenen Freunden denken zu müssen und absolvierte erfolgreich nach sechs Monaten eine Ausbildung als Front Office Manager und starrte damit eine neue berufliche Karriere im Hotel Sacher im 1. Wiener Gemeindebezirk.

Kurz danach fing er eine feste Beziehung mit Alya an und bekämpfte nebenbei an ihrer Seite, gemeinsam mit dem neuen Wolfsrudel, das nun viel größer geworden war, die Vampire.

Sein Vater Mete unterrichtete weiterhin als Professor an der Universität Wien Geschichte.

Keiner von ihnen verlor ein Wort über die Silbermiene in Traunstein. Nach wie vor wusste kein Mensch, dass sich eine ganze Silberlandschaft darunter befand.

Dieses Geheimnis wollten sie so lange wie es nur ging hüten. Und da sie viel langsamer alterten als die Menschen, sollte das auch nicht wirklich zu einem Problem werden.

Auch die ersten Hexen kamen wieder aus ihren Verstecken heraus und versuchten, seit dem Verschwinden der Reptiloiden, ihr Leben zu genießen und von Neuem zu beginnen.

Sie waren den Wölfen dafür zwar sehr dankbar gewesen, wollten sich dennoch ihnen nicht anschließen, um die Vampire zu bekämpfen. Denn die Hexen hatten mit der Vergangenheit Frieden geschlossen und wollten mit Tod und Gewalt nichts zu tun haben. Dieses Eid hatten sie weltweit untereinander abgelegt. Die Hexen waren sich einig darüber, dass die Wölfe sich, um die lästigen blutsaugenden Fledermäuse kümmern würden. Mit ihrem Zauber sorgten sie stets für ihr eigenes Wohl, aber auch für das der Menschen und der Tiere. Sie arbeiteten für ein friedliches Miteinander und versuchten die Welt viel angenehmer zu gestalten.

Die Wölfe respektierten ihren Wunsch und ließen sie damit in Frieden.

Bei einer Versammlung des Wolfsrudels, bei der Mete ebenfalls anwesend gewesen war, überlegten sie sogar, die Hexen darum zu bitten, KURTAP-Das Buch der Werwölfe, herbeizuzaubern, damit sie Marchosias an ihrer Seite haben konnten.

Sie hatten sich jedoch dagegen entschieden, um die Gefahr auszuschließen, dass es irgendwann irgendwie in die Hände ihrer

Feinde geraten könnte. Das könnte ganz verheerende Folgen haben. Ein Zauber für ihre Rückwandlung kam ohnehin, solange die Vampire existierten, nicht in Frage. Abgesehen davon hatten sie keine Garantie dafür, dass eine weitere außerirdische Bedrohung einer anderen Rasse sie angreifen könnte.

Und solange all diese Gefahren existierten und in Betracht gezogen werden mussten, mussten auch sie weiter existieren.

Für die Erde. Für die Menschen. Für die Tiere. Für das Gute. Für den Frieden. Für sich selbst.

Für die Gerechtigkeit.

EPILOG

VAMPIRE

Nachdem der Vampir vor Tomyris und ihrer hungrigen Armee von Werwölfen fliehen konnte, hielt er sich über viele Jahre in einer dunklen und feuchten Höhle irgendwo in Transsylvanien versteckt.

Tagsüber schlief er darin.

Nacht für Nacht flog er über das Gebiet umher und trieb sein Unwesen, um Ausschau nach Nahrung zu halten.

Ein Mensch nachdem anderen, sowohl Erwachsene als auch Kinder, verschwanden spurlos und das Volk konnte sich deren mysteriöses Verschwinden nicht erklären.

Der Fürst Vlad III. Drăculea, der sich auch einen Beinamen als „der Pfähler" gemacht hatte, hörte davon und nahm sich dieser Sache an.

Sein Vater war bereits vor wenigen Wochen verstorben, weswegen er seinen Platz eingenommen hatte.

Vlad III. Drăculea war ein sehr grausamer Mensch. Er folterte gerne Menschen und bestrafte Verbrecher auf eine äußerst brutale Art und Weise, bei denen er viel Gefallen an ihnen fand. Ganz besonders folterte und tötete er die türkischstämmigen Sklaven. Denn Vlad III. Drăculea hatte von dem Mythos gehört, dass die Türken eine spezielle Gabe besaßen und sich in wild gewordene Bestien verwandeln konnten. Das machte ich eifersüchtig und bereitete ihm große Angst. Denn, wenn dieses Mythos wahr sein sollte, würden die Türken zu einer großen Bedrohung für ihn und sein Volk werden. Daher ließ er alle türkischstämmigen festnehmen und verlangte von ihnen, dass sie ihm ihr Geheimnis verraten sollten. Doch zu seinem Pech, handelte es sich bei seinen Gefangenen, um gewöhnliche Menschen von denen niemand die Wolfsgene in sich trug.

Er war jedoch der Meinung gewesen, dass sie nicht die Wahrheit sagten, woraufhin er vor lauter Zorn, jeden einzelnen von ihnen tötete.

Er ließ manche auf große und spitze Pfähle sitzen bis sie dadurch einen qualvollen Tod erlitten. Da er diese Methode gerne und oft anwendete, nannte man ihn den Pfähler.

Doch das allein genügte ihm nicht, weswegen er, während seine Opfer noch auf den Pfählen saßen und ihn um Erbarmung baten, die Haut von ihren Füßen abzog, Salz auf die Wunden streute und von den Ziegen ablecken ließ.

Einige warf er lebendig in kochendes Wasser und andere wiederum verbrannte er ebenso bei lebendigem Leib.

Und als er von dem mysteriösen Verschwinden all der Menschen gehört hatte, dachte er sofort, dass dies das Werk der Werwölfe sein müsste, weswegen er, gemeinsam mit ein paar Kriegern aus seinem Heer loszog und nach ihnen suchte.

Sie suchten alles ab. Jede Ecke, jedes Loch, jedes Tal, jeden Hügel, jeden Berg. Sie suchten einfach überall und ließen nichts aus. Vlad III. Drăculea dachte nicht daran aufzugeben, bevor er die Ursache für das Verschwinden nicht ausfindig gemacht hatte.

Und eines Nachmittags fiel ihm eine große Höhle hoch über einem Berg auf, die er und seine Männer noch nicht durchsucht hat-ten.

Er befahl ein paar seinen Männern unten die Stellung zu halten während er mit dem Rest auf den Berg hinaufkletterte und die Höhle ausforschen wollte.

Der Eingang der Höhle war viel größer als sie direkt davor standen. Sie versuchten einige Blicke von ihrem Inneren zu erhaschen, aber konnten nichts als die Finsternis sehen.

Vlad III. Drăculea befahl einem seiner Männer voraus zu gehen, um sicherstellen zu können, ob die Luft rein gewesen war. Mit Angst und Vorsicht setzte der Krieger ganz langsam ein Fuß nach dem anderen und verschwand immer tiefer in die Höhle hinein.

Nach nur wenigen Sekunden schraken Vlad III. Drăculea und seine drei Krieger vor der Höhle auf, nachdem sie einen lauten Schrei gehört hatten, der ohne Zweifel von seinem Krieger kam.

Für Vlad III. Drăculea war es eindeutig, dass sich irgendetwas in der Höhle versteckt halten musste, weswegen er einen weiteren Krieger hinein schickte. Der Krieger zögerte zwar ein wenig, wollte jedoch nicht auf ein Pfahl gesetzt werden, weswegen er dem strengen Befehl seines Fürsten, mit großer Furcht, Folge leistete.

Auch er ging mit langsamen Schritten und seinem Schwert, fest in den Händen haltend, in die Höhle hinein während er vor Angstschweiß badete.

Und wieder einige Sekunden später, schrie auch er seine Seele aus dem Leib. Diesmal war der Schrei viel furchteinflößender.

Doch Vlad III. Drăculea wollte nicht fliehen und befahl seinen letzten beiden Kriegern auch hineinzugehen und nachzusehen was sich darin bloß abspielte.

Zögernd und mit wackeligen Knien gingen die beiden Männer in die Höhle hinein und verschwanden ebenso wie ihre beiden Vorgänger in der Finsternis.

Und ein weiteres Mal erklangen die gewaltigen und schmerzerfüllten Schreie der Krieger in Vlad III. Drăculea's Ohren.

Nun verlor er endgültig seine Geduld und wollte unbedingt selber nachsehen, wer oder was seine Männer so qualvoll zum Schreien gebracht hatte. Ohne einen der Krieger, die unten warteten und Ausschau hielten, hinauf zu befehligen, beschloss er, die Sache selbst in die Hand zu nehmen.

Er zog sein Schwert, wappnete sich mit all seinem Mut und seiner Entschlossenheit. Atmete einmal kräftig ein und marschierte in die finstere Höhle hinein.

Außer der puren Dunkelheit konnte er nichts sehen. Er konnte nur die enorme Kälte verspüren, die die Höhle umgab.

Vorsichtig bewegte er sich mit seinem Schwert vor seinem Gesicht in der kalten und feuchten Höhle und war auf alle möglichen Überraschungen gefasst gewesen.

Für einen Moment dachte er darüber nach, dass es doch nicht ganz so klug gewesen war, ganz alleine hineinzugehen, aber er befand sich bereits ziemlich weit drinnen, um einfach so wieder hinauszugehen.

Ohne weitere Zeit zu verlieren, wollte er seine Expedition so schnell wie möglich hinter sich bringen.

Als er gerade sich zwei Schritte mehr voran bewegt hatte, spürte er plötzlich, dass irgendetwas an ihm vorbei gerauscht war. Es war nichts zu erkennen und nichts zu hören. Es fühlte sich an wie ein leichter Windstoß.

Vlad III. Dräculea wusste, dass es kein Wind sein konnte, da die Höhle komplett geschlossen war und somit keine Luftzüge entstehen konnten. Zudem war das Wetter windstill und sonnig gewesen. Er war sich ganz sicher, dass sich irgendetwas in der Höhle befand, das nicht hierher gehörte.

Und als er dabei gewesen war, der Sache richtig auf den Grund zu gehen, stand ihm ein wahrhaftiges Ungeheuer direkt gegenüber.

Es war plötzlich vor ihm aufgetaucht.

Das hässliche und furchteinflößende Wesen hatte Vlad III. Dräculea sofort am Hals gepackt und blitzschnell noch tiefer in die Höhle gezerrt.

Die Stelle, an der sie sich nun befanden und an der das Biest Vlad III. Dräculea mit voller Wucht auf den Boden geworfen hatte, war mit brennenden Fackeln, die rund herum, zwischen die Steinwände der Höhle, hineingebohrt waren, umgeben, die die Höhle genug ausleuchteten, sodass Vlad III. Drăculea sowohl das Monster, hinter dem er gewesen war, als auch den Platz, an dem er sich nun befand, deutlich gut erkennen konnte. Vlad III. Drăculea stand vor Schmerzen verzerrtem Gesicht langsam auf und sah sich ein wenig um.

Überall waren menschliche Knochen aufgestapelt.

All die Schädel, die am Boden verteilt herum lagen, grinsten ihn an. Auch seine Krieger, die er hereingeschickt hatte, lagen mit aufgeschlitzten Bäuchen tot auf dem Boden in ihrer eigenen Blutlache. An ihren Hälsen waren sehr große Bissspuren gewesen, so als wäre ein Stück Fleisch herausgerissen worden. Und der fürchterliche Gestank, der diesen Bereich der Höhle ganz besonders umgeben hatte, war nicht auszuhalten gewesen. Vlad III. Drăculea sah das geflügelte und schlanke Monster, das ihn hierher verschleppt hatte, als wäre er eine Stoffpuppe, fassungslos an. Er traute seinen Augen nicht, als er der kahlköpfigen und großen Bestie, dessen Augen wie Feuerbälle glühten, gegenüber stand.

Er erhob sein Schwert und fragte:

>>*Du hast meine Männer und auch all die anderen, die vermisst waren, umgebracht. Was für eine Art vom Dämon bist du zum Teufel?*<<

Vlad III. Drăculea zeigte keinerlei Angst dabei.

Die Kreatur starrte ihn an, kicherte teuflisch und antwortete mit einer sehr tiefen Stimme:

>>*Ich bin kein Dämon. Ich bin etwas gänzlich anderes. Ich war einst auch ein Mensch und ein Krieger wie du, aber dann wurde mir eine Macht geschenkt, die mich so werden ließ.*<<

Vlad III. Drăculea war verwirrt, aber auch sehr interessiert gewesen, weswegen er mehr darüber erfahren wollte:

>>Was genau soll das heißen? Wie konntest du so werden? Wer oder was kann dazu nur in der Lage sein?<<

Erneut kicherte die Kreatur während sie ihm antwortete:

>>Das ist eine lange Geschichte. Abgesehen davon würde ein Mensch wie du sie nicht nachvollziehen können.<<

Vlad III. Drăculea fühlte sich beleidigt und das gefiel ihm ganz und gar nicht.

Die Bestie konnte die Wut, die in ihm kochte, spüren und sagte:

>>Du scheinst dich vor mir nicht besonders zu fürchten oder?<<

>>Ich fürchte mich vor nichts und niemandem.<<

Antwortete Vlad III. Drăculea darauf zurück.

Die Kreatur grinste diesmal äußerst dämonisch und näherte sich langsam zu ihm.

Vlad III. Drăculea machte keinen Schritt zurück und hob sein Schwert ein wenig höher als vorher und war bereit der Kreatur den Kopf abzuschlagen.

>>Wie ist dein Name?<<

Wollte die Kreatur von ihm wissen.

>>Vlad III. Drăculea.<<

Sagte er ein wenig gezögert hatte.

>>Ist mir viel zu lang der Name. Ich nenne dich einfach Dracula.<<

Vlad III. Drăculea sagte nichts darauf und hielt sich weiterhin für ein Angriff bereit.

Die Kreatur machte ihm ein Vorschlag und sagte:

>>Du bist mutig Dracula. Das gefällt mir. Deswegen werde ich dir folgenden Vorschlag machen. Wenn du mich wieder in Frieden lässt und von hier sofort verschwindest, dann werde ich dich am Leben lassen. Doch, wenn nicht, dann werden deine Knochen als nächstes mein Zuhause schmücken.<<

Vlad III. Drăculea ließ sich nicht abschrecken und sagte:
>>*Dies ist mein Grund und Boden. Du bist hier unerwünscht. Ich werde nicht länger zulassen, dass du mein Volk bestialisch abschlachtest und einen nach dem anderen tötest. Ich muss dich aufhalten.*<<
Dann sagte die Kreatur etwas, wodurch Vlad III. Drăculea sein Schwert langsam herabsenkte:
>>*Schon diese behaarten Kreaturen, die ihr Menschen als Werwölfe bezeichnet, konnten mich nicht aufhalten. Was kann also so ein jämmerlicher Mensch wie schon anrichten?*<<
Als Vlad III. Drăculea den Begriff „Werwölfe" gehört hatte, verfiel er in intensive Gedanken. Das war der endgültige Beweis für ihn, dass sie tatsächlich existierten. Er hatte zwar immer wieder Mythen über diese tollwütigen Kreaturen gehört, aber gesehen hatte er bislang noch keinen.
Also änderte er seine Meinung über die geflügelte Bestie vor ihm und versuchte ein Deal mit ihr auszuhandeln:
>>*Schon länger bin ich auf der Spur von diesen Monstern, die du erwähnt hast. Doch gefunden hatte ich bisher nichts. Seitdem ich von ihnen gehört habe, versuchte ich mich auf ein Angriff vorzubereiten, um mich und mein Volk vor diesen Bestien zu beschützen.*
Du sagts also, dass du bereits gegen diese Monster gekämpft und überlebt hast, ist das richtig?<<
Die Kreatur grinste und antwortete:
>>*In der Tat. Das ist richtig.*<<
Dabei verschwieg sie die Tatsache, dass sie geflüchtet war, um nicht wie ihre Kameraden zu sterben.
>>*Also gut.*<<
Sagte Vlad III. Drăculea und sprach weiter:
>>*Wenn du mir hilfst, diese Bestien im Kampf zu besiegen, dann gebe ich dir mein Wort, dass ich dich in Frieden lassen*

werde.<<

Die Kreatur lächelte spöttisch und sagte:

>>Wie kommst du darauf, dass ich deine Hilfe nötig habe?<<

Vlad III. Drăculea sagte darauf:

>>Weil ich die deine nötig habe.<<

Es folgte ein kurzer Schweigemoment, der wieder von Vlad III. Drăculea unterbrochen wurde:

>>Mag sein, dass du meine Hilfe nicht nötig hast, aber du musst mir zeigen, wie man diese Biester bekämpfen kann. Du musst mir dein Geheimnis verraten. Ich möchte auch genau die Fähigkeiten besitzen über die du bereits verfügst.<<

Die Kreatur überlegte einen kurzen Moment und sagte darauf:

>>Also gut,...ich werde dir helfen. Jedoch unter zwei Bedingungen.<<

Vlad III. Drăculea hörte ihm erwartungsvoll zu. Neugierig darauf, welche Bedingung die Kreatur ihm stellen würde.

Sie näherte sich Vlad III. Drăculea noch näher heran und sagte:

>>Du wirst für den Rest deines Lebens mein treuer Ergebener sein und stets das tun, was ich von dir verlange...Du wirst dich voll und ganz mir unterstellen und meine Befehle befolgen. Du wirst zu deinem Volk sprechen, aber ich werde es anführen. Und sämtliche Neugeborene, Jungen und Mädchen, sowie aber auch weibliche Jungfrauen, wirst du mir als Nahrung zur Verfügung stellen. Denn deren Blut verleiht mir viel Kraft und hält mich jung. Bist du damit einverstanden mein verehrter Fürst Dracula?<<

Mit einem weiteren teuflischen Grinsen brachte er seine Bedingungen zu Ende.

Ohne viele Gedanken über die Bedingungen der Kreatur zu verschwenden, willigte Vlad III. Drăculea sofort ein und war bereit sich an die Abmachung zu halten, in dem er sagte:

>>Dann möge es so sein. Ich akzeptiere deine Bedingungen

und gebe dir mein Wort darauf.<<
Die Kreatur war sehr erfreut darüber, lächelte bis über beide
Ohren und sagte:
*>>Also gut. Hiermit werde ich dir meine Kräfte und Fähigkei-
ten verleihen mit denen du jeden deiner Feinde besiegen wirst.
Keiner wird es mit dir aufnehmen können.<<*
Vlad III. Drăculea wartete ganz gespannt darauf endlich über
diese einzigartigen Fähigkeiten zu verfügen während die Krea-
tur sich selbst in das rechte Handgelenk biss und ihr Blut da-
raus tropfte.
>>Komm näher Dracula!<<
Verlangte sie von ihm. Vlad III. Drăculea näherte sich ihr umgehend und tat das von ihm Verlangte:
*>>Trinke reichlich von meinem Blut und dir wird die Kraft der
Vampire verliehen werden. Du wirst der erste deiner Art sein,
der seine Gestalt zwischen Mensch und Bestie verändern kann,
wann immer er es auch möchte. Und jeder Mensch, der von dir
gebissen wird, wird dein Erbe tragen und genauso auch die,
die von ihnen gebissen werden. So werden sich unsere Gene
verbreiten und so werden wir uns vermehren. So werden wir
uns auf der gesamten Welt verbreiten.<<*
Während der Vampir weitersprach, trank Vlad III. Drăculea
gierig das tropfende Blut aus dessen rechtem Handgelenk und
verfiel anschließend in eine Art Trance.
In seinem Kopf drehte sich alles und ihm wurde schwindelig.
Er sah seine Umgebung nur noch verschwommen während seine Ohren nach und nach zu hören versagten.
Nach nur wenigen Sekunden fielen seine schwer gewordenen
Augenlider zu und er fiel ohnmächtig auf den steinigen Boden.
Doch bereits einige kurze Minuten später kam er wieder lang-
sam zu sich und öffnete seine Augen.
Er fühlte sich kräftiger und energischer als zuvor während er

sich wieder auf seine Beine stellte.

Vlad III. Drăculea konnte regelrecht spüren, wie das Blut der Kreatur in seinen Adern umher floss. Es war ein unbeschreibliches Gefühl. Fast so, als könnte er ganze Bäume ausreißen, ja sogar ganze Berge versetzen.

So viel Kraft hatte er noch nie zuvor verspürt.

Es war unglaublich und er war mehr als nur begeistert davon gewesen.

Der Vampir sagte zu ihm:

>>*Ganz genau so fühlt sich Macht an mein Sohn. Jetzt bist auch du im Besitz dieser Macht und verfügst nun über die Fähigkeiten und Kräfte der Vampire. Du wirst unser Erbe weiterübertragen.*<<

>>*Mit größtem Vergnügen!*<<

Ließ Vlad III. Drăculea den Vampir wissen, der daraufhin ihn an die Abmachung erinnern wollte:

>>*Doch vergiss dabei unsere Abmachung nicht!*<<

Vlad III. Drăculea sah den Vampir mit Blicken an, als würde er ihn verhöhnen wollen und sagte mit einem schiefen Lächeln:

>>*Ach, was das angeht...*<<

Hinter seinem Rücken bewahrte er immer sein Dolch aus Silber auf, das er sich speziell für den Kampf gegen die Werwölfe schmieden lassen hatte. Er wollte sich damit absichern, weil er gehört hatte, dass Silber tödlich für Werwölfe wäre. Und da er nicht genug über Silber verfügte, konnte er vorerst Dolche und kleine Messer mit Silber schmieden lassen. Für Schwerter war nicht genug Silber vorhanden. Er hätte sich zwar ein eigenes Schwert aus Silber herstellen lassen können, doch er war der Meinung gewesen, dass ein paar Messer aus Silber effektvoller sein würden als nur ein einziges Schwert. Denn nicht nur er, sondern auch seine Armee sollte über genügend Silbermesser verfügen, damit ihre Chancen auf ein Sieg steigen konnten.

Vlad III. Drăculea wusste zwar nicht, ob Silber auch für Vampire tödlich wäre, aber er wollte es in diesem Moment herausfinden, indem er sein Dolch hervorholte und direkt in die Brust des Vampir's vor ihm hineinrammte.

Schockiert und mit einem schmerzvollem Schrei ging der Vampir, der mit so einer hinterhältigen Attacke nicht gerechnet hatte, sofort in Flammen auf und zerfiel vor Vlad III. Drăculea's Füßen zur schwarzen Asche.

Vlad III. Drăculea stand mit erhobener Brust über der heißen und verrauchten Asche, blickte auf sie herab und sagte:

>>*Ich bin mein eigener Herr und Gebieter. Ich stehe unter niemandes Kommando. Schon gar nicht unter der einer Höllenkreatur wie dir. Ich alleine entscheide über das was geschieht und ich alleine gebe die Befehle. Ich allein regiere über mein Volk.*

Denn ich bin Vlad III. Drăculea. Ich bin Vlad der Pfähler. Ich bin...Dracula!<<

Diese Bezeichnung gefiel ihm so sehr, dass er sie beibehalten und in Zukunft damit angesprochen werden wollte.

Langsam verspürte er eine Hitze in seiner Hand, in der er den Dolch hielt und aus der bereits Rauch austrat. Sofort warf er den Dolch auf den Boden und blickte auf seine Hand, deren Brandwunden bereits wieder heilten.

Da er nun wusste, dass das Silber auch für ihn und seine Nachfolger gefährlich war, würde er sich dementsprechend dagegen wappnen und die nötige Schutzrüstung herstellen lassen, um doch noch das Silber erfolgreich gegen die Werwölfe einsetzen zu können.

Als die neue Person, zu die er nun geworden war, wollte er die Höhle wieder verlassen und zu seinen Kriegern zurückkehren.

Doch sobald er ein Fuß aus der finsteren Höhle hinaus gesetzt hatte, musste er schmerzvoll feststellen, dass die Sonne ihm

ebenso gefährlich sein konnte, wie das Silber. Das Sonnenlicht
verbrannte seine Haut sogar noch stärker als das Silber, weswegen er gezwungen war, den Rest des Tages in der dunklen und
sicheren Höhle zu verbringen bis es dunkel geworden war.
Wenige Minuten später, sollten auch die restlichen Krieger, die
immer noch unten Wache hielten, nach ihrem Fürsten und ihren Kameraden nachsehen, da deren Abwesenheit bereits viel
zu lange dauerte.
Als zwei von ihnen den Berg hinaufmarschierten und vor der
großen Höhle ankamen, hörten sie die Stimme ihres Fürsten
Vlad III. Drăculea, der zu ihnen, ohne aus der Höhle herauszu-
treten, sprach:
>>*Meine treuen Krieger! Mir geht es gut. Macht euch keine
Sorgen! Nehmt die anderen mit euch mit und kehrt zurück in
das Schloss. Nach Sonnenuntergang, werde ich zu euch stoßen
und euch über einige Neuigkeiten, die ich heute in Erfahrung
gebracht habe, unterrichten. Doch jetzt, geht zurück und war-
tet auf meine Ankunft!*<<
Ohne ihrem Fürsten zu widersprechen, befolgten die Krieger
sein Befehl und kehrten gemeinsam mit ihren restlichen Kameraden zurück in das Schloss von Dracula.

Es waren bereits vier Tage vergangen und Dracula hatte seinen
Kriegern nicht nur seine Erlebnisse in der Höhle erzählt, er hat-
te sie auch bereits in Vampire verwandelt, die alle durstig nach
frischem Blut waren.
Und auch sämtliche Mitglieder des Drachenordens, zu dem er
angehörte, hatte er in Vampire verwandelt, sowie sich zu deren
Anführer erklärt.
Seit ihrer Verwandlung hatten sie sich sowohl von ihren Skla-
ven als auch von ihrer Dienerschaft ernährt.
Die Schmiede, die er mit der Herstellung der Schutzrüstungen

beauftragt hatte, arbeiteten bereits fleißig daran. Sie hatten bereits in nur wenigen Tagen fast das gesamte Heer damit ausgestattet und sollten auch schon sehr bald alle damit ausgerüstet haben.

Und das noch gerade rechtzeitig vor der Ankunft der Armee von Werwölfen und Börükanern, die geborenen Wölfe.

Denn als der Sultan Mehmed II., der ebenfalls ein Börükaner gewesen war, davon gehört hatte, dass Vlad III. Drăculea sehr viele türkischstämmige Frauen, Männer und sogar Kinder gefoltert und getötet hatte, machte er sich sofort mit seiner Armee auf den Weg nach Transsylvanien, um Vlad III. Drăculea für seine unmenschlichen Verbrechen zu bestrafen.

Sie wollten das Reich von Vlad III. Drăculea überraschend angreifen. Und dieser Angriff sollte in einer Vollmondnacht stattfinden. Sultan Mehmed II. hatte das jedoch nicht so geplant. Es schien so, als ob das Schicksal es so haben wollte.

Das gesamte Universum schien erneut auf der Seite der Wölfe gewesen zu sein.

Sobald Sultan Mehmed II. und seine Armee auf ihren Pferden das Reich von Vlad III. Drăculea betreten hatten, konnten sie ihren Augen nicht glauben.

Auf einem Gebiet mit einem Durchmesser von etwa drei Kilometern, befanden sich etwa zwanzigtausend Leichen von Männern, Frauen und Kindern, die alle auf Spießen saßen.

Es war der 4. Juni 1462 als der Krieg zwischen Sultan Mehmed II. und seinen Wölfen gegen Dracula und seiner Armee von Vampiren stattfand.

Durch einen seiner aufmerksamen Beobachter, wurde Dracula über die überraschende Ankunft von den Osmanen informiert, der zu dem Zeitpunkt noch nicht wusste, dass es sich dabei um Wölfe handelte. Sofort rief er seine Armee zusammen, ließ sie alle, um sicher zu sein, mit der neuen Schutzrüstung wappnen und stellte sich seinem Feind gegenüber.

Sowie er Sultan Mehmed II. Auge um Auge stand, verlangte er von ihm und seiner Armee wieder zurückzukehren, da es sonst verheerende Folgen für sie alle haben würde.

Doch Sultan Mehmed II. ließ sich weder von seinen Worten einschüchtern noch hatte er Angst vor seiner Armee und rief zu Dracula hinüber:

>>*Ich bin hier, um dich für deine Verbrechen, die du an unschuldigen Menschen begangen hast zu bestrafen. Ich werde nicht eher abziehen, bevor ich mir dein Kopf dafür geholt habe Vlad.*<<

Dracula lachte und rief ihm zurück:

>>*Inzwischen werde ich Dracula genannt und ich warne dich und deine Armee ein letztes Mal. Kehrt zurück, solange ich es euch noch erlaube!*<<

Auch dieses Mal ließ sich Sultan Mehmed II. von seinen Drohungen nicht abschrecken und befahl seiner Armee Stellung zu nehmen und sich für ein Angriff bereit zu halten.

Dracula verlor dabei die Geduld und beschloss seinen unerwünschten Gästen sein neues Gesicht zu zeigen und verwandelte sich in ein abscheuliches und kahlköpfiges Monster mit ausgespannten Fledermausflügeln und leuchtend roten Augen.

Seine Armee tat es ihm sofort nach und schon standen Sultan Mehmed II. und seine Armee einer Horde Vampiren gegenüber und waren vollkommen fassungslos gewesen. Vor allem Sultan Mehmed II. hatte eine solche schreckliche Überraschung nicht erwartet und sagte mehr zu sich selbst als zu seiner Armee:

>>*Meine Güte! Was hat dieser Narr da bloß gemacht?*<<

Dracula fauchte Sultan Mehmed II. an und präsentierte ihm seine spitzen Fangzähne, mit denen er sein Blut aussaugen wollte, wurde jedoch selber überrascht, als Sultan Mehmed II. und seine Armee ihre Wolfsgestalt annahmen.

Diesmal geriet Dracula zunächst in Fassungslosigkeit fing jedoch gleich darauf zu grinsen an, weil er auf ein Angriff der Wölfe vorbereitet gewesen war.

Der Sieg war ihm somit sicher und mit dieser Motivation gingen er und seine Armee von Blutsaugern in den Angriff über, der von Sultan Mehmed II. sofort gekontert wurde.

Es erfolgte eine blutige Schlacht mit viel Gemetzel und vielen Toten Bestien.

Es wurde zerfleischt und abgestochen wo es nur ging.

Die ruhige Vollmondnacht verwandelte sich von einem Moment in den anderen in eine Nacht des Grauens bei der viel Blut floss.

Sultan Mehmed II. und seine Armee wussten wie sie die Vampire am besten töten konnten und versuchten stets deren Herzen auszureißen, um sie hinterher in Flammen aufsteigen zu lassen. Genauso machten Dracula und seine Armee von ihren Silberwaffen gebrauch und rammten ihre Dolche und Messer in die Brüste der Wölfe, sodass diese kurz darauf starben.

Nach nur wenigen Stunden war die große Schlacht auch schon vorbei gewesen und Dracula und seine Armee waren geschlagen. Sultan Mehmed II. und seine Armee an Wölfen waren viel zu stark und viel zu überlegen.

Einige der Vampire, die bereits erkannt hatten, dass sie keine Chance gegen die Werwölfe und Börükaner hatten, waren bereits mitten im Krieg geflüchtet. Der schwer angeschlagene Dracula war über dieses unverzeihliche Verhalten seiner Krieger zwar sehr enttäuscht gewesen, konnte jedoch nichts dagegen unternehmen.

Er musste seine Niederlage gegenüber Sultan Mehmed II. eingestehen und seinem Schicksal ins Auge blicken.

Sultan Mehmed II. hielt was er versprach und schlug mit einem gewaltigen Hieb seines Pranken und trennte mit seinen scharfen Krallen den Kopf von Dracula's Schultern.

Er hielt den Kopf von Dracula hoch und fing zu heulen an, woraufhin die anderen Wölfe ebenso ein Siegesgeheul zum Vollmond aussendeten.

Nachdem sie sich alle wieder zurückverwandelt hatten, kleideten sie sich mit ihrer Ersatzkleidung, die sie an ihre Pferde geschnallt hatten, ein und kehrten zurück nach Hause.

Vorher ließ Sultan Mehmed II. den Kopf von Dracula, der immer noch lebte, auf dem Kriegsfeld aufspießen und sagte zu ihm:

>>*Vlad der Pfähler! Dracula! Nun wurdest du ebenso aufgespießt, wie einst deine Opfer, die du zu unrecht getötet hattest. Und als ob das nicht genug gewesen war, hast du deine Seele an den Teufel verkauft und wurdest zu dem elendigen Monster, das mich nun hilflos anblickt.*<<

Danach wandte er sich zu seinen Kriegern um, die auf sein Zeichen hin, den Rest des Körpers von Dracula daher geschleppt hatten. Dracula verfolgte das gesamte Geschehen mit seinen Augen und sagte:

>>*Du wirst verlieren mein lieber Sultan! Ihr werdet alle verlieren. Der Tag wird kommen, an dem die Wölfe alle vernichtet werden.*<<

Sultan Mehmed II. blickte zu ihm und antwortete:

>> *Das mag sein. Jedoch wirst du diesen Tag nicht mehr erleben können.*<<

Gleich darauf gab er seinen Kriegern ein weiteres Zeichen, woraufhin einer von ihnen ein Messer hervorholte und in das Herz von Dracula hineinstach. Zur selben Zeit gingen Dracula's Körper und sein aufgespießter Kopf in Flammen auf, bevor sie zu Staub und Asche zerfielen.

Danach gab er seinen Männern den Befehl zum Abmarsch und sie zogen alle gemeinsam davon.

Dracula war geschlagen, aber die Gefahr war dennoch nicht vorüber gewesen. Denn die geflüchteten Vampire könnten und würden für noch mehr Probleme sorgen. Darüber war sich Sultan Mehmed II. im Klaren gewesen. Doch er war sich auch darüber im Klaren gewesen, dass das Böse, solange die Wölfe existierten, niemals siegen würde.

Denn die Wölfe hatten ein Eid geschworen.

Sie würden stets das Böse bekämpfen und die Erde beschützen.

Und zwar bis zum letzten Wolf.

ENDE

WEITERE BÜCHER

- KARA KURT VE KIZIL SACLI KIZ – Märchenbuch
- TOTE NACHT GESCHICHTEN – Kurzgeschichten
- DER ERLÖSER – Psychothriller
- SOPHIA'S RACHE – Horror
- REBELLION DER KINDER – Thriller
- HUNT THE DEAD – Horror-Thriller
- AUF DER JAGD!
  MEMOIREN EINES RÄCHERS – Thriller
- MEINE ERLEBNISSE, GANZ KURZ
- DES TEUFELS CHAMPION – Horror